孟赤

午午 ／ 著

中国戏剧出版社
CHINA THEATRE PRESS

图书在版编目（CIP）数据

正赤 / 午午著 . -- 北京：中国戏剧出版社 , 2025.
4. -- ISBN 978-7-104-05637-9

Ⅰ . I247.5

中国国家版本馆 CIP 数据核字第 2025SF3557 号

正赤

责任编辑： 赵宇欣
责任印制： 冯志强

出版发行：	中国戏剧出版社
出 版 人：	樊国宾
社　　址：	北京市西城区天宁寺前街 2 号国家音乐产业基地 L 座
邮　　编：	100055
网　　址：	www.theatrebook.cn
电　　话：	010-63385980（总编室）　　010-63381560（发行部）
传　　真：	010-63381560

读者服务： 010-63381560
邮购地址： 北京市西城区天宁寺前街 2 号国家音乐产业基地 L 座

印　　刷：	三河市龙大印装有限公司
开　　本：	710mm×1000mm　1/16
印　　张：	18.5
字　　数：	200 千字
版　　次：	2025 年 4 月　北京第 1 版第 1 次印刷
书　　号：	ISBN 978-7-104-05637-9
定　　价：	108.00 元

版权专有，违者必究；如有质量问题，请与出版社联系调换。

作者的话

我是个年过甲子，做过五花八门工作的工科生。

我不是作家。

几年前，一个偶然的机会，我追看了一部国剧。不仅仅是被一些剧情打动，还喜欢上了某位演员。按时下的说法，我成了追星一族，成了这位演员的粉丝（fans）。

至今唯有一次。

追星人都有自己追星的方式，我的方式是为喜欢的演员写书，书中主人公有着和那位演员一样的气质和外形。我从2016年冬开始写作，第一本《鹏落大地》已出版，如今的第二本《正赤》也已经完稿。在这里，再次感谢这位给了我动力写书的演员朋友。

我希望读者能从书里对人物外貌的描述中，猜到这位演员的名字。先谢谢大家了。

感谢女儿朝朝、女婿Warren，也谢谢所有帮助我写作的亲人和朋友。

午午

2024年8月

序

中国人的家庭教育和中国社会对公序良俗的传承，一直有其独特的文化内涵。大多数的中国人，在其一生的社会活动中，成长和蜕变的关键一步，不是始于学校，不是第一份工作，而是始于家庭。对长辈的恭顺，对幼小的照顾，对同辈的谦让，所谓君子高雅、大才气度，莫不含内。

在社会变革、思想活跃、信息爆炸、碎片文化泛滥的冲击下，中国的传统教育方式是不是过时了？我的回答是否定的。

己所不欲，勿施于人；

严于律己，宽以待人；

失败是成功之母，贪欲是堕落之源……

谁能说，以上等等不是永恒的人间智慧呢？

目 录
contents

开宗明义	……………………………………………	001
第一章	伤心子 …………………………………	002
第二章	硬心母 …………………………………	009
第三章	花儿会 …………………………………	016
第四章	母子聚 …………………………………	024
第五章	高低辩 …………………………………	034
第六章	家是非 …………………………………	041
第七章	简豹离 …………………………………	050
第八章	岐黄劫 …………………………………	061
第九章	崆峒缘 …………………………………	071
第十章	学漼漫 …………………………………	079
第十一章	铁杵志 ………………………………	092
第十二章	为师计 ………………………………	103
第十三章	痴情怨 ………………………………	116
第十四章	浪子归 ………………………………	124
第十五章	从头越 ………………………………	134

第十六章	双归路	148
第十七章	谋长远	154
第十八章	古难全	161
第十九章	报应	172
第二十章	逆行	183
第二十一章	路遇	191
第二十二章	突兀	198
第二十三章	天怨	209
第二十四章	心碰	221
第二十五章	好合	236
第二十六章	圆满	248
第二十七章	冲撞	256
第二十八章	心困	266
第二十九章	缘聚	277
第三十章	正赤	287

开宗明义

何谓"正赤"？

是记录波澜壮阔的正史之文吗？

不是。

是展现文雅锦绣的颂章悠歌吗？

也不是。

正者——堂堂正正、正派、正直、正统、正宗、正名等，这里转其音"郑"；

赤者——赤热、赤诚、赤胆忠心、赤红、朱红等，这里借其意"朱"。

正赤，实为郑朱。百家中的俩姓氏。

底下所说，无非是浩瀚无际的芸芸众生中，似风似水、缘来缘聚、两家庶民的普通事。

第一章　伤心子

"砰！"一声巨响，把郑云梧惊醒了。他一跃而起，鞋都顾不上穿，几步就蹿出了帐篷。

"那个不省心的，这回又造了什么孽？"郑云梧又急又气，大声喊着。

随身侍卫姜路子把一件长衫给郑云梧披上，然后快步往帐后跑去。

"将军，四公子的作坊烧了，没伤着人，您放心吧。"没多一会儿，回报就来了。

"烧了？只是烧了会有这么大的动静？这几天又是黑药又是木炭的，他到底在干什么？"

"说是做什么炮仗。一种灰末子放多了，炉子就……就炸了。"侍卫撇着嘴，一脸懵懂的表情。

"这个不知好歹的东西！一天到晚异想天开瞎折腾，这是安了心地不让我好过呀！"郑云梧甩手回了帐。这才发现，自己浑身上下已是大汗淋漓了。

近几日，郑将军身上有点发冷，喝了发散的药也不出汗。正百般难受地想歇一会儿，给这么一炸，倒把汗给炸出来了。但瞬

第一章 伤心子

间的自在并没有让将军好过，因为他的心还在"突突"地乱跳。这荒山野岭的塞外之地，儿子要是在自己的身边出了意外，他无法向家里的女人们交代。

傍晚时分，有人在将军的帐篷外站了好一会儿了。

"既然来了，为何不进？"郑云梧道。

随着"父亲"的叫声，一个高挑的年轻人入了帐。他双手抱拳，给将军行礼。

"如果你来还是为了离营寻药的话，就不用说了。你知道为父不会准的。"郑云梧的口气虽然不容置疑，但看着灰头土脸、一身褴褛的儿子，他又心疼又无奈地暗中叹了口气。

郑云梧有三子二女，郑季豹是他的小儿子。

"父亲，我就不明白了。您把孩儿带出来，不就是想让我另起生计染浸岐黄吗？可现在却把我死死地困在这军营之中，不许我遍访名医、山野寻草，那季豹此行有何意义？军中不缺只会逃窜、无力抗敌的卒子吧？"

郑家三男之中，伯龙、仲虎都生得身宽体壮，只有这个排行老四的季豹，能吃能睡却只蹿高不长肉，体力远不如他的二位兄长。郑氏一门军武传家，男孩子从小就要接受格斗训练，郑伯龙、郑仲虎如今都是骑射枪棍的好手。而郑季豹，将军只让他学了些气功吐纳、轻弓短剑的路数。除了上房爬树、躲闪腾跳还算有用，他身上的那点硬功夫，自救有余，杀人伤敌是指不上的。

刚才的话，实是儿子对爹"教习"的顶撞。

"带来的医书你读了几篇？针艾术法你练了几回？理伤止血你又做了几次？行医尝药之类，家中诸般俱备。偌大境边之内，谁

能强过'玉云药舍'？先生有言，此行只要你静心，修为随缘。今天，为父还要添上一句，为了自己和你的女儿，收了执拗先学做人，安下心来面对以后的生活吧！"

季豹眼睛斜视、面无表情。此种话题他听厌了，父亲的老调重弹，让他麻木。

"闲空道长辞过行了。人家那些炼丹制药的家伙什儿，都给你炸得零零碎碎了，为父也替你偿了。以后，你还跟着医曹在军中做救护。下去吧。"

"父亲晚安。孩儿告辞。"郑季豹负气而退。

夜幕深坠，郑云梧在帐里挑灯酝笔。

"蕤娘敬启：

"……豹儿做事乖巧，沉静少言，一切尊诺而行。你放心……"

在宿营地最外边的一座小帐篷里，郑季豹与道士闲空席地而坐，相对饮酒。忽暗忽明的灯影里，几只空酒葫芦无章散落，季豹已经有些醉意了。

沙峦寒地，苍茫一片。疾风卷着枯草细土，横竖打在薄薄的帐篷顶子上，透着凄凉。

"这送人的把酒都喝光了，下几日的孤独荒际只剩空瓢傍身了。道士该如何谢谢四公子的告别美意呢？"闲空知道郑季豹的心情不好，又不想他因醉挨父亲的指责，就讲些笑话以结束这种虐心的别酒。

"军爷不是赔你银子了吗？身裹黄白之物，多少酒不够道兄喝的？"季豹不想停。

闲空是从崆峒山出外游历的道士，几个月前行到大漠边陲，

第一章 伤心子

正赶上一场不小的外战清场。见到士兵们死伤惨重，闲空不仅解囊送药，还出手相助，从而被带队的郑云梧将军邀请同行。郑将军很热情，比闲空年少几岁的郑季豹，还助他到处搜拣制丹的原料，这才让道士待了下来。前几日由于郑四公子的一时不当，把他配制好的一些丸药和铜锅铁炉烧炸殆尽。出家人有宿命感，闲空觉得此次历练已就，是时候回去了。

"公子应该知道，这大漠荒山的，银子也得有地方使才行啊。"

"道兄为何要走？真是因为季豹毁了你的饭盆小炉子？除了爹给的，我再赔一份好不好？求你别走，不然我在这里太难过了。"郑季豹的身子有点晃。

"缘来缘聚乃是天意。世上哪有什么人一辈子都能好过的？'难过'这种事，就算跳出三界外也避不开。四公子如今不过是心中有些羁绊罢了，只要你稍稍放下点儿执拗，一切都会好起来的。"

"执拗？呵呵，军爷今天也这么说。"季豹摇了摇头，扬起脖子灌酒，"可这执拗不是天生的，更不是我愿意的！"

闲空没想到他的一句劝，倒惹得郑季豹发了火。

"我的娘，亲娘，在赴会考的前一晚，用纳鞋底子的针刺了我的睡穴，生生地让一个乡元错过了考期。另一年，我那统领一方的总兵亲爹，一封手函递进都司衙门，又生生地摘了我应考的名头。还我执拗？豹三岁启蒙，早晚勤读十多年，到头来却强迫我听从说教放弃仕途，怎么没人说他们执拗？"

季豹把酒葫芦往地上一蹾，他的声调很高，还红着眼睛瞪着

道士。闲空一把抢过了酒葫芦,担心地看了看。他怕季豹把葫芦底给蹾漏了。

"竟有这等事?听军曹说过,令堂是他的启蒙老师,在地方上颇有声望。将军也是儒将冠名,文采超群。他们伉俪此举定有其无奈之因吧?"

"呵呵呵呵,"季豹一嘴的讪笑,拧巴的脸比哭还难看,"所以呀,是他们的无奈铸成了我的执拗,这是生就的惨淡只能认。可是,"季豹眯着眼,把头探向闲空,用手指着自己的心口,"这里,不服气,真不服。我就是执拗了!为什么爹娘的前因,要我承担后果?"季豹委屈地啜泣着,用双手胡乱地抹着脸。

都道男儿有泪不轻弹,如今看来,那一定是没有发生让男儿落泪的事。

"连嫡母大娘都打上门来为我抱不平。季豹到底做错了什么,要被自己的亲生父母如此处分?"郑季豹一腔的怨难平。

话说到这儿,闲空有些意外。

"公子,对不住了。我实在不知,被一众人尊为'先生'的令堂不是你嫡母。"

"我是军爷的庶子,今生都是,还没得选。所谓'生就的惨淡'这算其中之一吧?道兄没说错,何来对不住?"

这回轮到闲空不淡定了。他起身从已经装点好的背篓里又取出一个葫芦,还掏出两只铜碗。他决定要陪眼前的"伤心子"喝到底了。

帐外传来几声狼嗥,那声音听上去阴森瘆人。

"公子,要是不见外,现在不妨就敞开胸怀,把心中的压抑

第一章　伤心子

说个痛快。明天酒醒，满腔愤懑被一个道士背走了，你肯定就轻松了。"

"道兄还是要走？那以后连个说话的人都没了，我怎么这么惨？你知道吗？长到二十有三，但凡有个什么人、什么事，只要我欣赏的、喜欢的，都会从我的身边很快消失。因为先生……哦，该称她姨娘的。我姨娘定会把我的好事破坏掉……会把我，我喜欢的一切都拿走……有时候，我真怀疑，大娘和姨娘哪个才是我的生身母？"季豹哽咽着，也醉着。

……

郑季豹醒来时，外头已经大亮了。他环顾四周，闲空连人带行囊已不见踪影。

道士真的走了。

闲空从小在道观中长大，生性有些孤僻。此番下山游历之前，与世人从无过多交往。郑季豹话不多、心思重，对道家丹药的提取炮制充满了好奇。一个军户出身，父亲官至卫戍总兵的原生丁，身上居然没有硬重兵器的功夫。而躲闪腾挪、弩机推手的自卫把式，竟与武当派更像一脉。季豹待人谦和礼貌，言吐有物，闲空认定郑四公子不是等闲之辈，遂试着与他温和相待。郑季豹也觉得闲空有出家人洒脱淡然的风骨且酒量了得，二人很快成了杯中友。但做友亦有道，在别离感叹、情激血热的时候，他们才有机会讲了些各自的身世秘密。季豹现在也知道了，闲空的师父叫石山子，石山子有个半路出家的师弟叫长风子。而长风子正是闲空的亲生父，他本是"师叔"的俗世婚生儿。

"四公子，天底下有秘密、有无奈、有不顺的人不止你一个。

我虽不知令尊令堂不让你走仕途的原因,但就凭将军称令堂为'先生'一事,我相信,那个'仕途',可能不适合你。"闲空说的话,季豹一字一句都还记得。

外面有了人跑马嘶的嘈杂声,动静还越来越大。

"公子,将军有令,拔营走路了。"是总兵侍卫的声音。

"你跟总兵大人说一声,本公子头疼,我后赶你们行不行?"

"行!路子,把这里的水袋、食袋通通拿走,马也牵上。昨天晚上那群饿狼还在周围转悠呢,看看今天是谁成了它们的菜?开拔!"

父亲的声音里透着不满和怒气。

季豹不敢再争辩,只好乖乖地爬起来做准备了。

第二章　硬心母

高原旷野少雨，以往总是"一场秋风一场凉"。

今年，反常。

章青蕤子立在屋外的廊子上。对着细雨霏霏的天低云暗，她不禁打了个寒战。

"师父，我去药棚了。恬儿睡着，您给听着点儿动静。"随着话音，一件软软的薄棉长袄披在了章青蕤的身上。

"去吧。别忘了伞。"

"带着呢。"

一个年轻女子利落地下了台阶，顺着石板小道快速地跑走了。那是章青蕤的徒弟加养女李简。

二十年前，简儿父亲在与瓦剌人的冲突中阵亡，她母亲悲伤过度以致早产。当青蕤闻讯赶来救助时，大人已经不行了。念着她襁褓失亲，章青蕤收养了新生儿。郑云梧将军也收养了她的哥哥李丰。简儿跟着青蕤在药草坊里长大，李丰则随着郑云梧从了军。

"恬儿"是章青蕤的孙女、李简的女儿，但简儿却不是郑家的媳妇，连侍妾都谈不上。外面只知道，李简是给郑家小爷生了孩

子的女人。

也正是因为此事,卫戍总兵郑云梧将军的家宅不宁,庶出子与生身娘闹得水火不容。严厉的母亲骂儿子"自甘堕落,败坏祖名";离心的儿子梗颈呛亲"豹有骨血奉还,学究可不吝再教"。

郑将军为了息事,除了把顶嘴的儿子拉到祠堂,当着他嫡母、亲娘和两个哥哥的面打了一顿外,能做的就是把郑季豹带离家门,安置在自辖的军营里。

这一走就是两年多,倔强的季豹一次家门也不回。孩子现在都会叭叭话了,连她爹爹的面都还没见过。

望着熟睡中还撇着小嘴儿乐的孙女,青蕤不由深叹。

她不是为这个小女孩儿的境遇惋惜,章青蕤是为自己悲哀。没想到苦心泣血、挣扎求活了多年后,如今却遇到了过不去的坎儿。青蕤怎么也没料到,那个一直被人夸赞,让她骄傲了半辈子的儿子,会与自己反目。

"……也许军爷是对的,豹儿被我束缚得太过了,物极必反才有今日的离心离德。在陌生的地方让他接受艰苦的磨炼和摔打是必要的摔打,大概是他练就男儿担当的唯一途径了。可豹儿毕竟是秀才傍身的一介书生,又没有正房哥哥们的身手。塞上不平静,若有不测,我如何向他的外祖交代?青蕤呀青蕤,你一手教出来的儿子却不能理解亲娘的苦心,你做人真是失败得可以……"

近三年了,像这样的反省青蕤不知做了多少次。她承认自己犯了天下母亲都可能会犯的错:对自己的孩子太自信,高估了他们承受挫折的能力。不然,有些事明明可以处理得好一些。就连对章青蕤早已放下心结但终究不自在的郑家大娘方玉茹,都埋怨

第二章 硬心母

她对郑季豹的要求太苛刻。还说"子离母悲"的结果是她"自作自受"。这让章青蕤的自尊心深深地受到了打击。

"……这湿漉漉的,你个小东西跑出来干什么?"

一声喊,把章青蕤从沉思中唤回。她寻看四周,女孩儿不见了。

"青姐你在呀。小简呢?"一个四十来岁的中年妇人,抱着孩子进了门。

"红妹来了?你家荣哥儿呢?"

"他爷爷带着呢。学舍的桌子让廉家的小子踩坏了,趁着散堂得赶紧修哇。我和小简说好了,今天要帮她翻笸箩。刚进门就见恬姐儿在廊下嘘……青姐?你这是在……哭吗?"

章青蕤身形一矮,索性坐在了木板地上。她从那妇人的手里接过孙女搂在怀里,不加掩饰地满面流泪,哽咽得身子都在抖。

"奶奶……不哭噢。"恬儿伸出小胖手,给奶奶擦着泪,还从嘴里发出"拂拂"的气声。那是平时妈妈、奶奶哄她时做的事。

"又在想儿子了吧?唉!姐姐这是何苦呢?当初你把吕小姐的事揽上身,不给老四说清楚,不是已经料到会是这个结果的吗?"

章红苋原是青蕤的侍女,她仆随主姓,还与青蕤认了姐妹。是章青蕤生死相依、忠心不二的心腹。

"听邮马娘子说,那吕家女已给伯爵府生了嫡长子,现在正是翁姑高看、夫君荣宠呢。当初是她先挑拨了咱们哥儿,后来又负心另攀高枝。为了这种没家教的惹祸精,你犯得上挤对自己的儿子吗?这都快三年了,幸好我们有恬姐儿,不然真是替姐姐不值。"红苋边说边把恬姐儿又抱了回去。

青蕤掏出帕子捂住了脸，并不搭话。

"青姐，还是把老四叫回来吧。都这么长时间了，豹儿应该也解开心结了。就算他不愿意给小简名分，等他娶妻之后，看在恬姐儿的分上会纳了简儿的。"

红苋的话让青蕤眉头紧锁，她抬头慢慢地看着孙女，脸上的神情严肃了起来。

"我知道姐姐不愿意听这种话，可现在豹儿在外面受苦，你们娘儿几个冷呵呵地在家里受罪，谁会体谅你的个中滋味啊？"

"说到底，是季豹识人不淑，还自欺。堂堂七尺，为了点滴女爱废大义、觅死活。"章青蕤没有回应对方，她接着说，"他的乖张不羁，为娘的责己不逮。难道，还非要我扒开别人的龌龊来挺他的色盲不成？更何况，他以错代错，擅惹无辜，简儿母女为他独受闲人唾嘲。若不是李简对季豹情愫难断，别说三年，我宁可从没有过这个儿子！"章青蕤语轻意重，起身甩袖而去。

红苋望着青蕤的背影，无奈地摇头。自家小姐的脾气她太了解了，章青蕤的品性多年来没有变过，还是那么坚韧、倔强，从不怨天尤人。

一回头，李简站在门外。

"简儿，你去了哪里？我正要去找你……"红苋说着，放恬儿在地上，让孩子跑向妈妈，想以此来岔断刚才的话题。

"红姨，对不起。真的是对不起。"李简打断了对方的话，对着红苋深深地鞠了一躬。她接住女儿，身子一软跪倒在地。

"小简，你这是干什么？什么对得起对不起的？"红苋赶紧上前要扶起李简。

第二章 硬心母

"我一直以为，公子因为仕途和婚姻之事冒犯了长辈，师父恼他不敬顶撞，才不许公子回家的。今天才明白，师父是觉得我受了委屈……红姨，请您和师父一定要相信，公子真的没有冒犯简儿，我不委屈，一切都是简儿自愿的。不管公子给不给我名分，我有恬儿，还能留在师父身边做徒弟，简儿已经无憾了。"李简极力拒绝着红苋的搀扶，面无羞涩地述说着自己的坦然。

"傻孩子，你师父就是因为信你，也在乎你的心念，才没有更严厉地处罚那头豹子啊！当初四哥儿耍浑犟嘴，对青姐说收了你。为了他的一句'通房'之言，你师父一介文雅学究，上去给了宝贝儿子五个嘴巴子，把自己的手都打肿了。加上军爷的那顿板子，都只为让哥儿知道，你不是他郑家的丫头。四哥儿对你情义几何不好说，但'收而不纳'至少是他的负气而为。不知错不可怕，但知错不认、不改，甚至错上加错才不能原谅。撵老四出去是你师父和军爷对他的另类教疏，其实与你还真无太大的关系。倒是青姐，想儿子不能见，还要在人前做出无所谓的样子。不管是惩罚还是教疏，都成了她自己的了。你是个懂事的，以后替四哥儿多孝敬你师父就行了。"

红苋的一通话，让李简赶紧从地上爬了起来，还胡乱地抹了把脸。她把受了惊吓的恬儿揽在怀里，心绪还是不能安稳。她有许多话想问想说，但见红苋明显地不愿和她多说什么，也只好住嘴。

渐晚时分，凄风苦雨在隐隐闪闪的闷雷光电之间更显肆虐。

这是一处与将军府的外墙紧连，和大宅之间隔着一片人工池的两进小院。前门出去，经过弯曲的池中小桥，有边门可以直接

进入官邸。从青蕤住房的窗子望去,平时点点干涸的池底,已呈涓涓流水。

很多年以前,也是这样的一个雨夜,经过近一天的挣扎,章青蕤奇迹般地顺产了。仗着郑云梧的支持和与郑夫人的多方斡旋争取,不到两年,章青蕤就在将军府外自建了这个院子。取土造屋,留坑成池,虽然正偏两房不免龃龉,但一扇柴门挡住了不尽的口舌是非。

在郑季豹离家之前,这里一直是章青蕤为自己和儿子营造的温柔乡。"要好好地活着。"这是青蕤对父母许下的诺言。儿子的出生,已经让这个承诺之负更加沉重。然而有一天,对她言听计从的郑云梧,对她一直坚守的"活法"提出了质疑。

"'好好活着'要先'活'才能后'好'。儿子没有你的经历,与你的设身处地也完全不同。豹儿的'堕落'绝不是一蹴而就。蕤娘啊,你指责季豹没有'男儿担当'的时候,怎么不想想,从小到大,周围有什么事情需要他去担当吗?你的活法造就了你,可未必适合他。你不让他一步,给他新的机会,真折了儿子就得不偿失了。你还是放手让他从军吧!在酷境中,先练就一份男儿血性才是正途啊。"

章青蕤听得出主君的弦外之音。

大明律法,屯军将士的后代,经过开科取士,有了功名可(军)籍自脱。儿子入成年、学业就,她作为母亲和先生的责任亦尽。想让季豹开启他的新人生,先脱离这里的"香软女风"地,跟随严父当兵锻炼,才是当下必要之举。

可问题是,章青蕤既不想已有秀才功名的儿子入仕,更不想

第二章　硬心母

已脱军籍的季豹，再跟他爹一样当兵做将。

塞外杀伐，意味着"无常"影随，"活着"将是一种奢侈；苦读入仕，又必经"人道"不合，"好好"不啻白日梦境。章青蕤遵循古训的"远离危墙"之措，到了必须重新选择的关头。

云梧的劝导保证加上季豹的执拗不折，青蕤只好妥协一步：儿子随军但不入伍。

今日接到军爷的家书，季豹还是老样子。这让忍受分别之苦的母亲失望至极。

自己的"硬心"和儿子的磨炼，如果一直都没有成效，可怜的李简就还是没有出头之日。想到孙女那张可爱的小脸，章青蕤的心，被揪得生疼。

夜深人静，思念成灾。在郑家大小两院生活的女人们，为各自惦念的男人担着心。

青蕤放在炕桌上的皇历，已经翻到成化年间了。

第三章　花儿会

"失了祁连山啊,使我六畜不蕃息哎;失了焉支山呀,让我妇女无颜色哩。"

"黄河上度过了一辈呀子,浪尖上耍花儿呀一波子。"

"花儿本是心上的话呀,不唱是由不得咱家;钢刀拿来哉头割下,不死就是这个唱法哒。"

嘉峪关的互市场上,歌声起伏。来客们虽口音、语言不尽相同,但这种被叫作"花儿"的曲调,大关内外唱的形式和内容却差不多。有人做成了买卖得了钱,口袋鼓了心情一好,张嘴开唱,这是塞上不变的风情。

"你们百夫长呢?我有事找他。"郑季豹从马鞍子上拎下一袋子干草,对着一个守关门的士兵说道。

季豹问的是李简的胞兄李丰,他是守关的军执。

"李百夫长刚……刚巡场去了,可能要等会儿才能回来。"那士兵认得郑季豹。他的表情有些不自然,话也回得磕磕巴巴,眼睛还躲着季豹的注视。

"那好,这药袋子先放在这里。我一会儿再来拿。"

季豹牵着马,在大关外的集市上闲逛。

第三章 花儿会

这个互市场是成祖爷给边陲百姓留下的福惠，每年正式的大集有冬至、春分两次。像嘉峪关、阳关、敦煌这样的大关口，只要没动荡，每月的初一和十五，关口也都门洞大开。百十里内的老百姓和一些西域外族的商人，到了日子就会早早地赶来，在关门内外摆摊做买卖。那些内地口外的大商贾，也会在这种时候相聚谈生意。

郑季豹下意识地走着，对这里他太熟悉了。进关门顺着官道往前，骑马不用快跑，半炷香的工夫就可以到达他的家。

小时候爹爹带着二哥，大哥带着他，在这大关门底下，骑着马进进出出的不知有过多少回。

不远处的大凸台子，是年轻人射箭比武、擂鼓角力的地方，上面有几个少年后生正在比比画画的。季豹不想走了，他转身坐进一个支着帐篷的羊肉摊子，给自己叫了一大碗肉汤和面馍。

"四公子，怎么就你一个人？你这是出远门刚回来？"

季豹抬头，说话的摊主看上去有些眼熟："是……是刚回来，看见这里的肉和馍，馋得走不动了。"

"我见公子刚从摊边上过去，怎么没进关又回来了？"

"溜了一圈儿就这里的汤好，掌柜好生意啊。"郑季豹耐着性子与那瓦剌人搭讪，眉头却皱了：这人嘴碎心却细。

"风来吹了个心凉凉哟，妹儿呀，知不知哥哥为个啥？天黑黑到光亮亮睡呀睡不着，妹儿呀，哥哥输光了你的嫁妆，哎哟，额（我）心凉凉。"一个小伙子在台子上扯着嗓子就是一通吼。

季豹被热汤呛着了，"噗"地喷了一地。

"我说掌柜的，这是哪来的一帮二混子，好好的调调被他们唱

得叫个啥?"季豹一边抹着嘴一边忍不住地问道。

"这可被公子说着了。这些后生子,我在好几个关口的集上都见过。有口外人,也有你们天朝人。没见他们摆过摊子,大概是些做赶脚的吧?"

季豹又仔细地看了一会儿。那些人虽然服装各异,唱起歌来却都用汉话。

一个汉族打扮的姑娘从摊子边上走过,肉饼摊主热络地用瓦剌语和她打招呼。那姑娘看到正在进食的季豹时,眼神忽然有些犹豫,用手势敷衍回应着匆匆离去了。从她行动带风步履平稳就知道,姑娘是天足。

陲地多族混居,俗风各异,这里的女人大都和男子一样,要为糊口活命而出外劳作。关城附近的屯户家眷,几乎都是底层的穷百姓,没有太多的闲情逸致去笑话别家娘姨、女孩的脚大还是脚小。但即便如此,女人们出门时也是尽量长裙低垂,碎步短移,不似这姑娘般地大步流星一览无余。

土台子上的唱叫打斗声,吸引着越来越多的人去围观起哄,季豹也想去瞧瞧。刚起身,后面有人叫他:"四公子。"

是李丰。

"人既然回来了,为什么还要在这里磨蹭?知不知道先生和红姨都盼着你呢?"李丰的口气颇有些不友善。

季豹若有所思地上下打量着李丰,使劲地抽了抽鼻子。他回身反坐,还示威性地又点了一碗奶茶,既不搭话,也没招呼。这是摆明了气李丰。

"你可别觉得我有什么私心,红姨亲口说的,几次看见先生在

第三章 花儿会

伤心落泪。到底是母子亲情，你真就不顾吗？都快三年了，还要过门不入？真把自己当成大禹爷爷了？"

郑季豹听出来了，李丰是在讽刺他本事不大脾气不小。

季豹和李丰从小就认识，关系虽不亲近，但也无甚嫌隙，因李简之故二人才起了隔阂。

"李兄今天有什么好事被季豹搅了？怎么不兵不民的衣衫不整就出来巡场了？"

李丰这才发觉，自己没戴军盔，锁甲上有几个扣子开着。

"你这是掉进羊圈了？怎么身上的臊气比这奶茶还呛鼻子？还有，这股味道挺熟悉，和刚才那个过去的女人一样。"

季豹夸张地用手扇着鼻子，还起身踮着脚，直着脖子往土台子方向寻看。

"你？你说什么？啥女人不女人的？"李丰一下子口瘪了，也慌了。

"做贼心虚了吧？"季豹凑身上前，在李丰耳边说道，"刚才有个汉服胡形的高挑女子，一双熊掌比你的都大，身上的味道和你一样，像是一口锅里焖过的。我说大娘子几次给你说媳妇，你都扭扭捏捏地推三阻四，原来是因为这个。你竟然在守值期间私会外女！你的总兵干爹要是知道了会怎么处置你，你的虎威干妈会怎么撕了你，就不用我说了吧？"

季豹又坐下了。李丰惊愕地愣在原地，半天说不出话来。

李姓兄妹在郑家的处境不一样。虽然都是义子女，干爹都是郑云梧，可李丰的干娘却是方玉茹。季豹听李丰的干娘和将军爹说过，不管儿子是亲的还是干的，她可不想见到家里的儿媳妇里

面有胡女。

看义兄被自己吓成了一副傻愣愣的模样,季豹不由心中暗笑。

老实的李丰被季豹这么一诈,自露马脚。不仅不敢再劝季豹回家,还被他鸠占鹊巢,宿进了自己的执勤住处——关门城墙中一间四面无窗的小室。

夜间的烈风像一条躁动的游龙在大堡内左突右窜,携着怪叫从关底顺着走道台阶直冲关顶,强劲的风头打得小木门"咣咣"直响。季豹有点儿后悔把李丰挤走了,这个不足丈方的小地方虽可避寒,却有一股味道呛得他不能入睡。

从李丰他想到了李简……

……烂醉的雨夜,被口干舌燥、头疼欲裂扰醒的他,蓦地发现,被自己压在身下的半裸女人是李简时,他一下子傻了。他记得有人给他擦洗换衣,也记得自己做了什么,但那明明是另一个人,那个让他至今心中有痛的人。

他的初次稀里糊涂地就这么给了人,还给错了。更让他不安的是简儿的处子之身也被他占了。

"简妹妹,我我我……对不起……我……"

"豹哥哥,我能起来吗?"

"等一下。"季豹无奈地喘息。他知道这种事对一个女孩子意味着什么,"我不该借酒发狂,我错了。但我发誓不是有意冒犯,我会向先生请罪。姑娘如若不嫌季豹在郑家庶末无势,我会告知父母,你已……已是我的女人。"

这是郑季豹唯一能给李简的了。

"公子,请不要菲薄自己。你没有冒犯我,今日之事简儿自

第三章　花儿会

愿。因为……我仰慕公子很久了。"李简扭脸不与季豹对视，但话说得坦然。

他二人在一个屋檐下长大，被同一个母亲养育，这之前一直以兄妹相称。尴尬过后，他们不约而同都改变了对彼此的称谓。

李简的反应是出乎季豹意料的，这也成为他与亲娘抗争的底气。他不怕受惩罚，更感激李简对他的谅解和包容。但季豹明白，他自己还陷在不能自拔的感情激流中打转呢，拉人下水不一定能救命啊。

青蕤先是对儿子不肯给李简名分而气恼，后又因简儿怀孕，季豹还是固执不作为而暴怒。郑将军为了平息事端，只好带着儿子出关城奔大漠。又后来，将军告诉季豹，李简生产了，他有了一个女儿。

回到离家一步之遥的嘉峪关，大门向他开着，可季豹几经徘徊就是不敢再踏前一步。他无颜见李简，他还没有准备好。

他有他的理由。

遗憾、愧疚终究不是爱……与亲娘老子置气的心结还没有完全打开……

"咣当！"小门被踹开了，郑季豹惊得起身。

在火把的引导下有人进来了。

"就是他！害了我妹子的人就是他！呜呜……大人！您可要为小的做主啊！"一个汉语流利的瓦剌男人，指着一脸懵懂的郑季豹控诉。他的声音悲苦，跪在地上捂着脸哭泣。

"把这个奸人妇女、强占人财的混账给爷拿下！"一个戴着玄色纱帽、披着大氅的白面人，尖着嗓子喊道。

两个一样装扮的随从上前就要捆人。

季豹身子一拧,顺势翻滚,跃过了来人,一把抓起那个瓦剌汉子挡在前面。"各位稍等,把事情搞搞清楚再动手不迟。"在众人的惊愕中季豹已抢先开了口,"这位老客,你可别信口浑说。看好了,你当真认得我吗?"季豹把那人翻转过来厉声问道。

"你你你!我怎会不认得你?你收了我的羊皮和烟草,还是不放过我妹子。她死了,一定是你强迫不成杀人泄愤!大人,小的句句实话,您要替我讨回公道啊!"

听他这么一说,季豹心中猛然一震。对方肆无忌惮地有备而来,目的太明显了。

"好吧。"季豹不能忍地把头摇了又摇点了又点,他咬着牙抿着嘴,一把扔了瓦剌人,"各位既是公事,我不会为难你们。可是,这里毕竟是塞上禁地,你们最好也亮亮牌头。"

季豹肯定,李丰被人陷害了。那个告状的并不认得李丰就足以说明了。季豹心中的激愤,让他不顾深浅地想一探究竟。

"咱们是都司府的参事,这千里边塞的大事儿小事儿,咱爷儿们都是现管。李百夫长,你最好麻溜儿地跟爷儿走,明事理就没毛病。"又是那个尖嗓子。

"你也认识我?"季豹警觉地反问。

"咱们虽没见过面,但你的名头却如雷贯耳。现在,百夫长可以跟咱们走了吗?"

季豹不再说话,一时间他竟然有些紧张。本以为不过是刁小污攀,现在知道事情并不简单。来自都司府的参事,既知李丰也一定知道他是郑云梧的养子,是总兵将军的守关心腹。父亲刚刚外巡回府，他们竟敢大大咧咧地与外藩人合陷李丰就不正常了。趁着穿衣服套靴子的空，季豹想着接下来该如何应对。

强行脱身是不可能了，现在捅破窗户纸又怕对方恼羞成怒，自己孤身无援后果不知。

给李丰和家里人送信通气才是当务之急。

郑季豹被人用铁链子锁着推出了门。昏暗的火把下，几个守关的士兵都被黑衣人控制着不能声张。季豹一眼瞅见了那个为李丰打过掩护的人也在其中。经过的时候，季豹不动声色地对着他睁了睁眼，那士兵也认真地盯着他看。

接下来的事，只能听天由命了。

第四章　母子聚

"郑夫人，实在是个误会。那几位当值的参事，并不认得公子。本官一听说就连夜赶过来了，四公子已经被妥善安顿了。都司府让本官代他向总兵和夫人致歉，实在是莽撞了，请您多担待。"一个文官装束的人，对着方玉茹不停地作揖解释。

明朝在边塞设置军政合一的卫、所，主管军事、防务和屯垦。郑云梧不仅只是西北七大卫之一的总兵，还兼任着甘肃都司的副职，且是统领一方的要员。他的公子被错抓，那些办事不力的差官们也是挺丧气的。

"误会？不问青红皂白，就在嘉峪关大堡内随便锁人？豹儿运气好罢了，要是一般百姓喽啰，怕是已经被你们无声无息地栽赃成功、屈打成招了吧？"方玉茹跺着脚，没有给对方留一点儿面子的意思，"我不管什么当值什么参事的，你们今天要给我个说法。那告状的何方人士？胡女的尸身可在？仵作怎么验的？你们有什么证据，认定凶手就是小儿或总兵的义子？"

那文官和内里偷窥的人们现在知道了，郑夫人不只是为自己的儿子喊冤，还连带着质询他们拿李丰的行为。

"夫人，无论如何，幸而纠错及时。请您转告总兵大人，本官

第四章　母子聚

一定亲自过问此事，会给府上一个交代。我还要亲自上门给四公子赔礼。"那官员不是庸蠢之辈，答得不卑不亢，滴水不漏，"来人，快把郑四公子请来见夫人。"

方玉茹被对方的礼貌应对噎得不能再说什么。踌躇间，季豹被人领进了大厅。

"豹子！"

"母亲。"

"我的儿啊，怎么成了这副样子？主簿官，你不是说错未定吗？情况不明你们竟然敢用刑？这还有没有王法了？哎呀天！这可如何是好哇？你们这些杀千刀的，连总兵爷的公子都敢这么下黑手，要是真逮了李丰，说不定现在已经给打死了……"郑夫人扒着季豹的衣袖，看着他一身的血渍，一着急，把心里话说出来了。

"母亲！您别着急。都是儿子不好，意气用事没跟他们讲清楚。再说这算什么？爹打得不比这个狠？咱们还是快回家吧，我饿了，想吃母亲做的疙瘩汤呢。"季豹一听夫人有点口不择言，赶紧打岔。

"你爹打你是因你不长进，他们打你是枉法，怎么能一样？你个傻小子，自己还没上岸呢，就想拉救别人？我才不管你爹的什么干儿子，这回要真是李丰造的孽，看我会饶过哪一个？"方玉茹已失了分寸，来时的威严和矜持全无。

"还不快送夫人和公子回府！"主簿官大声喊着。将军夫人全无城府的失控表现，反而让他放心了。

总兵府内宅，一屋子的人都面容不展，气氛很压抑。

李丰面无血色,瘫在椅子里。他不顾男儿尊严,泪流满面,不擦也不抹。

"李兄,你别这样。我并不知道那位姑娘的真实情况。为了攀诬你,那些人信口雌黄也是有的。"季豹见不得义兄这般的失魂落魄,忍不住劝道。

"你住嘴吧!什么也不知道就别添乱了。"郑将军叹着气喝道。

"豹儿代人受过,已经很委屈了。你当爹的不心疼还在这里呵斥他?哼!反正豹子在你和他娘眼里就是个惹祸精。三年没到,你老郑的干儿子、干闺女都比我这正经的少爷金贵了。李丰!你给我说清楚,这件事里你到底是个什么角色?我不允许豹子再被你连累!"方玉茹说罢眼圈都红了。

李丰也是方玉茹从小养到大的,从没因他不姓郑而亏待过他。可无论如何,他的事差点误伤了季豹,这让大娘子不能不动怒。

季豹见状,赶紧离座轻轻地抱住了大娘的双肩。

方玉茹虽然不是生母,但季豹却能哄得她开心。大娘子性情爽快,为人心直,他们娘儿俩混得挺投缘。

"夫人莫怒,我并不是叱喝季豹,是觉得哪里有些不对。此事绝不简单!为夫一时还没捋顺由头,心中有些急切罢了。"

郑云梧生得高大威武,相貌堂堂,做事一向稳重。他唯一的软肋就是有点怕老婆,对夫人从不重语相对。

"丰儿,你从明天起,到卫衙听候查询。我已经知会都司府了,他们该怎么查就怎么查,你放心地去。我会让路子带人扎在周围,保你万无一失。"

"谢谢将军。"李丰抹泪起身。

第四章　母子聚

"等一下！我还有话说。"季豹又一次开口。

"豹儿！"方玉茹明显地不想让他再插手此事。

"母亲，此事蹊跷，可能真的不简单。儿子只是想说些在牢里听到的事，可能对父亲有用。您还是先去歇着吧，我一会儿再去陪您。别忘了，疙瘩汤里要多放些胡椒哟。"季豹用撒娇的语气对大娘子说道。

方玉茹看向季豹，她沉默无奈地摇了摇头，只好起身走了。

转过身来的郑季豹，脸上的表情严肃。

"爹，都司府中有西厂的人。"

"西厂？你怎么知道？"

"猜的。"

"什么？"

"就是猜的。"

"说理由。"

"抓我的人里面，至少有两个公公。"

"公公就是西厂的？东厂的黑衣也是公公啊。"

"昨天晚上，有个人熬不住睡着了，那个领头的骂了一句'你个门儿里的懒货'。我听医曹说过，西厂的总衙设在京城的西安门，那里办差的公公都自称是'门儿里'的。"

听了儿子的话，郑将军的眉头锁得更紧了。

"你如何知道他们是公公的？"李丰平静下来了，他也问了一句。

"那俩人衣着光鲜，用熏香的刺绣帕子，身上却飘着一股尿味，这不是公公是什么？有一个还臊气十足，一举一动像极了娘

儿们，总在我身上摸东摸西的。他的胡须明显是假的，身上还特别臭。要不是手被绑着，我非上去扇他一耳光，拔了他的假胡子。"季豹说完一抬头，看见他爹正用不高兴的眼神看着他。

"我可以肯定，他们是西厂派出来的人。"季豹一下子规矩起来了。

成化年间，"西厂"的名头无人不知。最近关外平静，除了小规模的瓦剌土匪抢劫并无战情。在这贫瘠穷苦、血染杀伐的远塞之地，若有西厂公公的身影出没，还真有些不可捉摸。

"可能是冲着为父来的。"良久，郑云梧才慢慢地说道。

季豹早就这么想了。李丰听了不由得又站了起来。他神情茫然，有些慌乱。

"丰儿，你去把堡里的军务交代一下，晚上回府里住。出入要小心，别走单了。明白了？"将军郑重地吩咐着。

"是，您放心吧。"

李丰走了之后，郑氏父子起身向着只有一门之隔的偏院走去。将军府庭院不小，人却不多。除了大娘子身边有几个仆人外，男性主人们在家里连个贴身小厮都没有。

"你在后面磨蹭什么？是不敢见你娘还是恬姐儿？"

"爹呀，我，我还是跟着大娘住正院吧。母亲说了，要给我做疙瘩汤呢。"

"你就没出息吧。你大娘什么时候下过厨房？那屋里谁在做饭，味道如何你真不知道？"郑将军知道儿子在躲避什么，"我要找你娘讨主意，让你来是怕她有话要问。完了事你能不能留下、住在哪里，为父可做不了主。"

第四章　母子聚

听父亲这么说，季豹一下子泄了气。

堂堂一介总兵将军，人前背后都没有一点点掩饰怕大娘、惧小娘的意思，他个当儿子的又能做什么？

"师父，将军……来了。"李简一眼就看见了郑云梧和季豹，她快步地跑向屋门口给章青蕤通报。她的心跳加快，声音都有些变了。

偏院里，人丁更少。章红苋不在的时候，这里只有祖孙三个女子。

郑云梧做官清廉，凭他副二品的武官之薪，不足养太多的家仆。他的妻妾都要为家庭生计辛苦操劳，许多事情女人们只能亲自动手。

郑云梧走上台阶，青蕤已现身门前，对着他低首行下蹲礼。

"军爷来了，您辛苦。"

"蕤娘，为夫此来有要事相商。"将军上来扶住了青蕤，他边说边微微侧身，给季豹留出了空当。

"先生在上，受豹儿敬拜。老师辛苦。"

青蕤家教甚严，即便是亲生儿子也只能呼她"姨娘"。"先生""老师"是众人为了避讳对她的敬称。

青蕤都没瞟儿子一下，随着郑云梧回屋了。

季豹尴尬地低头喘息，目不敢抬。因为对着眼前的另外一人，他实在是不知说什么。

因为当年的出言不逊，他被亲娘扇耳光，被父亲打屁股。一向骄傲的季豹，难堪之下更是被激得兴起。他干脆对李简的安置绝口不提，以此对父母默默地表达着自己内心的不服。季豹知道

李简是爱慕他的，可当时怨气难平，他还是赌气选择了委屈无辜。

长这么大，唯一让季豹心中有愧，觉得对不起的只有李简。但错一不能错二，扪心自问，他不爱李简，至今不爱。那"一刻"之后，他能做的都是弥补。只要李简愿意，季豹不惧弥补她一辈子。

"简儿，你……你还好吧？先生让你费心了，季豹这厢有礼。"郑季豹生硬地抬手作揖。

"公子，不敢当。师父也是简儿的娘，一切都是分内，请不必多念。你在外多时，辛苦了。"李简平和地蹲身还礼。

"娘亲，娘亲亲……娘，看。"

一声稚嫩的童音让郑季豹走了神。回头一看，一个双髻置顶的小女孩正在三肢努力地趴台阶，一只胖胖的小手里举着一块糕饼样的东西。

季豹恍惚了。这这这，这不会是……天！郑季豹的脑袋里"嗡"地一片空白。李简生了女儿，这事他早就知道了。可见孩子之前，他对此是没有任何概念的。现在，这个肉滚滚白嫩嫩的小东西就是自己的骨肉哇！郑季豹傻愣愣地看着李简跑下去，抱着孩子来到他的面前。

"姐儿，快给爹爹问声好，说'爹爹好'。"

"爹爹……爹……嗯？"小女孩看着季豹口中喃喃，像是有些害羞了，她把小脑袋往李简的肩上一歪，嘴里的声音变了调调。

季豹看明白了，孩子对他这个"爹爹"也是茫然和质疑的。他眼眶发热，心里震动。

"四哥儿，回来了。"后头的章红苋也开了口。

"红姨，是您啊？我刚才走神没看见您进来。甥儿请姨母见

第四章 母子聚

谅。"郑季豹见到红苋高兴地跑上前去,对着她又鞠躬又作揖。

除了母亲章青蕤,季豹对周围的女人们都充满了热情。他是在一众娘子、姐妹的赞扬声中长大的。尤其是红姨,从他懂事起就照顾他,带着他到处玩儿。他想要的物,想干的事,红姨都会尽量满足他。在郑季豹的心里,这个干姨母对他的疼爱不逊娘亲。

"孩子,你吃苦了。回来就好,回来就好啊。"红苋话没说完就落泪了,她用袖口抹了眼睛又抹鼻子。此时的红苋既心疼季豹,又心疼青蕤。看见一旁抱着孩子也偷偷擦泪的李简,她更不能忍。

"豹儿,"红苋把季豹拉得稍远一些,"听红姨一句话,做人要有良心啊!简儿太苦了!跟你有了恬姐儿,又没有身份,外面的唾沫星子差点把她淹了。你知道吗?出去送药看病,人家都不让她进门啊。亏了这里是荒凉大漠,要是在京城,她死都无地葬身啊!"

李简也是红苋一手拉扯大的,论起感情,如同自己的女儿。三年来她比青蕤更能体会李简的处境。

章青蕤因为建学舍、救人命,几十年如一日,在地方上有好作为和名声,她的郑家"姨娘"身份几乎没人提及。受过青蕤恩惠的男女,无论老少都尊称她为"先生""大夫"。在她面前,人们也不肯说些让她难堪的事。

但以"灭欲为美"的"理礼"社会风气之下,"事出有因"无人想知。那些低层的军官家属,卫衙府中管事的娘子,都司大堂臣僚的官眷,有些是因官人公事上的不和,有些是女人间的嫉妒不服,闲来无事专会在背后嚼舌头传污秽。因为恬姐儿,李简母女受尽了外人的白眼。要不是郑家大娘嘴头厉害、护短有力,青

蕤做事有章又教化独到,只凭李简一人的弱肩是绝对扛不过来的。

"红姨,师父和军爷正等着公子呢,咱们先顾这头吧。此时别让他分了心才好。"

李简的话,让本来心中有愧的郑季豹窘得无地自容。

"季豹,进来吧。"

正在此刻,父亲的喊声给他解了围。

"西厂之说你确定吗?"青蕤对着儿子平声直问。

"确定。"

"把你进关前后的行程重述一遍。"

季豹把昨天发生的事情,从后往前详细地讲起来。章青蕤和郑云梧听得很仔细,还不时提出一些询问。当季豹说到在肉摊上见过那个和李丰有来往的胡人姑娘时,青蕤打断了他。

"她去土台子听几个'瓦剌汉人唱烂花儿'?什么意思?"

"噢,就是有几个穿着胡服的汉人在瞎唱。"

"瞎唱'烂花儿'?"章青蕤对这种近乎白描的新词儿不大了解。

"头几句听着像'花儿'的调子,底下就是胡来了。那词儿也荒唐,唱什么'输了嫁妆'之类的。因为热闹,不少人都去听。"

"是些着胡服的内地人吗?"青蕤又逼问一句。

"应该是吧?里面也有瓦剌人。那个摊主还说在几个关口上都见过他们,但从没见那些人铺摊子做买卖,像是一伙给人做赶脚的苦力。"季豹尽量把知道的事情说得完整。

章青蕤慢慢地点了点头。

时间渐晚了,屋子里的光线暗了下来。章青蕤在翻看着一些信件,郑云梧坐在另一旁看着书,他在等青蕤的意见。父母这种

第四章　母子聚

滑稽相处的场面，季豹以前见过多次了。他知道此刻不能造次，只好耐心地等着。

李简点了两只蜡烛放在桌子上，还给郑云梧和季豹添了茶。

"军爷，妾身的想法，可能与您相悖了。"过了好一会儿，章青蕤才慢慢地说道。

"先告诉为夫，严重吗？"郑云梧神色一变。

"是。"青蕤眉头紧蹙，用不忍的眼神看着丈夫。

郑云梧紧张地放下手里的书，站了起来。

季豹见父亲如此也不由警觉起来。

"讲吧。"将军平气了一下，又坐下了。

"若妾身判断不误，此事与军爷无关，与李丰更无关。"

"既无关，蕤娘的'严重'何来？"郑云梧更惊了。

"军爷想想，李丰的职责是什么？"青蕤说完看向一旁，深深长叹。

"这样说来，都司府有染了？"郑云梧低声轻问。

"肯定。"青蕤回答。

屋里沉寂一片。

郑季豹根本猜不透父母到底在说什么，但能感觉到大事不好了。

"豹儿，你赶紧去大关，把李丰给我叫回来。一刻也不能耽搁，快去！"

"是。孩儿就去。"季豹应声跑了。

李简望着季豹消失的背影，再回头看看愁容满面的恩师夫妇，她的心也跟着揪了起来。

第五章　高低辩

"这怎么能行？你们疯了吗？"方玉茹彻底不忍了，"咱们在这里拼死拼活了大半辈子，大人孩子上上下下几十口。分过的大龙、三虎，嫁出去的二姐，许了人家的五妹，一众亲戚的身家都在甘宁九卫。我们走了，留下他们怎么办？"

"茹姐，刚才所言为实。若不是十二分的确定，为夫怎会做这样的决定？"

郑云梧比方玉茹小两岁，本来只是一介屯军后生，虽有一身的武功底子，入伍后却只能跟随父亲在都司兵库任职。他在官学里念过书，做事严谨，自律努力又为人宽厚，很得兵器主簿方大人的赏识。后来郑云梧被调往前卫府的城防部队，在与瓦剌人的作战中屡屡建功，被逐步升为守备参事。方主簿满意自己的眼光，还把女儿嫁他为妻。几十年的相濡以沫，除了郑云梧纳章青蕤为妾的时候有过龃龉外，郑氏夫妇一向关系和睦，这也是郑云梧"怕老婆"的传言由来。可今天，由于事态严峻、时间紧迫，郑云梧不得不强硬。

"为实？十二分的确定？又是郑二娘子的'独断'吧？她本来也不是大漠边的人，这么多年的苦寒委屈也是难为章大小姐了。

第五章　高低辩

怕受连累，让她自己走好了！"这才是方玉茹的不忿之处。

自打章青蕊进门，郑云梧的人生轨迹就完全转了道。曾经有过晋级甚至入京任职的好机会，都在章青蕊的轻言淡语中被他放弃了。在西陲的大关口下苦熬了多年后，又为了她的一句"断定"，郑云梧就要斩断家根出走他乡，做了决定才告知她这个家庭主母，这让方玉茹"新仇旧恨"齐聚于心。这口气实在是咽不下去。

"娘子，这个'断'是为夫下的。这么做，是保全郑家、保全亲戚的唯一之途。难道非要到了家破人亡、族人受牵才能让你明白吗？"郑云梧知道方玉茹有怨气，只能尽量揽责。

"郑子均！你不要欺人太甚！我知道二娘有过家变，她的经历让人唏嘘。即便如此，因她的一朝蛇咬，我们全家就要惧一世的井绳吗？"方玉茹被郑云梧的态度激得更怒。

郑云梧没想到方玉茹会说出这样的话，他既生气又无奈。与女人争执实在不是他的长处。夫人的脾气他也最了解，这种情况下，唯一能做的就是先住嘴。郑云梧重重地大喘一声，回身反坐，还轻轻地捶了一下桌子。

见夫君如此，方玉茹也静了一下。这个"轻捶"之举表明郑云梧很不高兴。结发夫妻过得久了，丈夫这种发怒的表达方式，虽说没见过几回，但她是知道的。

宽厚之人一旦发火便是非同小可。

"我不是不懂道理，只是觉得章青蕊想事情太刁钻。仅凭四豹子的几句话，就能断定有人夺关口，去异己？这可是朝廷的重地啊，军爷是统镇一方的正职武领，当真就没人把你放在眼里？"

郑云梧听得直摇头。唉！什么叫浅视短见？他夫人算一个。

"这种吃里爬外的勾当,不啻数典忘祖。你管不了,都司上面不是还有都督府吗?不是还有皇上吗?凭什么咱们用命讨生活的人要落这个坑?我们家有今天容易吗?能说放下就放下吗?"方玉茹如果不"吃醋",说话还是着边际的。

郑云梧无声地站起身来走到外间。

章青蕤坐在一张靠近外门的凳子上,面无表情地看着院子。章红苋哄着恬儿在大门口附近玩耍。偌大的地方不见一个仆人丫鬟。

"娘子,今天在这里说的每一句话,以后除了在为夫跟前,不要向外吐露半句。全家人的性命攸关,千万记着。"郑云梧回来,双手抚着方玉茹的肩,严肃地小声叮嘱。

"军爷这样说话真是太伤人了。我是你的大娘子啊!咱们夫妻对话,你小娘在外屋盯着,小娘的丫头在大门口守着,我的人却被你统统地赶了出去。这个家里,我就是那个'外'!你不如给我张纸,省得碍你们的眼!"方玉茹委屈到双目模糊。

"我不是和你说笑,不是哄你,也不是在求你!现在不是你们争高低、辩大小的时候,明白吗?"郑将军脸黑口硬,一反常态。

"郑子均!你,你没良心!自我方玉茹进了郑家门,为自己争过什么吗?公婆是我亲手伺候走的;你的庶出子是我给奶大的;你在外面的事我可曾过问?屋里的事我又让你操过几回心?现在一句'争高低'就把我打发了?你不如杀了我来得痛快!"

方玉茹气急败坏地叫着丈夫的字,一头扎进郑云梧的怀里,用手使劲地捶将军的胸。这是她作为人妇第一次和郑云梧撒泼耍赖,也是长期隐忍情绪的一次发泄。

第五章　高低辩

院子里的红苋听见夫人的哭声不安地看着青蕤。只见章青蕤轻轻地挥手，示意她回去盯着门外不许人靠近。

屋内，郑云梧抱着夫人坐在地上。他怜惜地给方玉茹擦着脸上的泪，大娘子也顺势倚着丈夫哭得伤心艾艾。老夫老妻闹成这样，情景有点尴尬了。方玉茹忽然懂了为什么将军要把自己身边人都支开的用意了：这个杀千刀的，竟然知道我会这么和他闹。

"夫人还记得王路之吗？"郑云梧忽然改了话题。他把方玉茹扶回座位，对着她问道。

"王千总？人家现在不是在大同吗？已经升了副总兵快与你平坐了吧？"提起此事，让还在委屈的方玉茹更添烦闷。这个王路之以前是郑云梧的部下，大同的那个职位自家军爷不就才让他后来运作到手的。

"他被押送进京候审了。大同的家也被抄了。"

"啊？什么时候的事？我一直觉得那是个好差事。为这个……"

"为这个，夫人不是怨了为夫大半年？"

"他捅娄子了？为啥？挺精明的一个人啊。"

"他精明得不是地方啊！有人图利贩私勾结了他，事发后被御史们在朝堂上告了一状，所以就这样了。"

"那……那也是他犯错在先，罪有应得。你又没贪赃，心虚什么？"

"夫人知道向他宣读圣旨的是哪个？就是拉他下水，又把责任都推到他身上的人。"

"能宣旨意的不都是……是皇，皇上身边的？"方玉茹惊得站立起来，她吓得忘了哭了。

郑云梧不动声色地点了点头。

"你是想说,我们这次也和王军爷一样,被那些人盯上了?"郑夫人低声问道。

"比他还糟糕。这次盯上我们的是比东厂还厉害的西厂新贵。而且,都司府已经被他们控制了。还有更不好的消息,商辂老大人因无力回天,已告老致仕了。你现在知道事情的严重性了吧?"

郑夫人失神无力地瘫坐在椅子上。

过了一会儿,缓过神来的方玉茹低着嗓子喃喃地念叨着:"我们辞官,辞官不做总行了吧?把李丰调回来,关口谁爱守谁守,谁爱夺谁夺。天潢贵胄都不在乎,我们不守也罢。这房子不是纯官邸,我们是花了钱的。孩子们都大了,也不用我们惦记。青蕤可以继续教学行医,我也可以种菜养畜,我们不当这个卖命的官也活得下去。"

"唉!为夫说了这么多,夫人还是没弄清状况。现在调回李丰,上表辞官就是等于伸着脖子等西厂的人来砍!摆在咱们眼前的只有一条活路,不动声色地与他们脱离接触,还不能让歹人察觉到我们知道了他们的意图。"

方玉茹生在官宦人家,长在边陲塞外,她粗通文墨,伴着郑云梧的军旅生涯过了半世,有些道理其实不必说得这样清楚。不过是辛辛苦苦操劳起来的家,是自己几十年的心血,就这么轻描淡写地扔了真是不甘。

"子均,真没有别的法子了吗?真要放弃现有的一切吗?你让我如何能舍啊?我们又没做错什么事,老天爷为什么这么不公平啊?呜呜呜……呜呜……"方玉茹这次是真的伤心了,哭声里除

第五章 高低辩

了悲哀还有无奈。

章青蕤轻轻地推门进来了。

没等方玉茹收泪掩饰，青蕤已蹲身敬毕接着双膝跪地，还对着郑氏夫妇行叩头大礼。

"蕤娘？二……妹妹……章青蕤！你这是要如何？行这么大的礼，不会真的要舍郑家弃骨肉地自奔前程吧？"方玉茹的情绪瞬间三变，她不由得起身质问。

章青蕤要干的事，她从来猜不着、看不透。

郑云梧上来把夫人摁进椅子，还示意让她别大声。

"夫人，此拜是谢大娘子对我母子的救命之恩。青蕤分娩之夜，若不是夫人不计前嫌，闯进产房打醒了我，教我运气用力还出手助产，青蕤早就死在当日了。夫人的大恩大德没齿难忘，请容青蕤再拜！"

方玉茹几次想说话，都被郑云梧止住了。

"豹儿形小身薄，没母奶。夫人分了三哥儿的乳汁给他，后来又把庶儿抱到自己屋里喂养。您救了季豹两次，这个头是蕤娘替豹儿给嫡母磕的。"

"青蕤家事突变，仓皇无落。是将军冒着风险携蕤娘来到大漠。夫人大度宽厚，容了青蕤二十多年，你夫妇给了我章青蕤一片活命的温暖天地。蕤娘对夫人、将军万铭于心，永不敢背。此次，郑氏有难，妾身斗胆以族人之名进言，也是想报答你们贤伉俪的恩义。主君夫人在上，家务大事贱妾妄语是大不敬，叩请二位主上原谅。"章青蕤又一次磕下头去。

方玉茹是个嘴硬心软的人，她哪里经得住别人的这般低姿

而尊？

"哎呀！我说老姐儿们啊，都是多年的陈芝麻了，现在提它做什么？要这么说，三哥儿还是你救的呢。那年的胡桃核没要了他的小命，还不是亏了你给他撅出来的呀？妹妹快起来，一家人要是这么倒小肠子谁还没有几筐箩？"

方玉茹说的倒是些真心话。章青蕤是孩子们的启蒙老师和家庭大夫，连她自己也是从没离开过青蕤的照顾。还有外面的"玉云学舍"，也是因蕤娘的声望建起来的家教私塾。加上她和李简师徒对妇儿两科都有造诣，出诊送药也有些钱物进项。郑家多年来能过得安逸，章青蕤功不可没。

"夫人，你也是好心有好报。要不是老四被你惯得不知天高地厚，哪有他的肆意妄闯卫衙府？还好被他发现了些端倪，加上商辂大人致仕的警告，我们才会有这个避灾的机会。"郑云梧不无感慨地对方玉茹说。

"夫人放心，西厂要的是利，除的是挡了他们求利道的人。只要咱们小心脱离了是非场，对大公子和二公子不会有牵连。郑家一脉的亲戚也都能安全。"

章青蕤此说，才解了方玉茹心中最大的疑难。

第二天的晚上，郑云梧将军家里的餐桌上多了好几个人。除了远在宁夏的郑伯龙来不了，下卫所的郑仲虎，出了门子已经有子的郑凤枝都回来了。

三公子和二小姐都感到了事情的不寻常。因为除了父母，四弟季豹、五妹凤叶，和一向不会出现在这种场合的姨娘章青蕤以及号称父亲"干儿子"的李丰都在座。

第六章　家是非

"大人，酒泉的郑将军来了。"一个衙役进来通报。

都司府师爷刘孜涵也随着到了内庭，他向正在走廊上喂鸟的韩兆林说道："郑军爷是便服来的，身边连个随从都没带。看来是有秘事要对大人讲。"

韩兆林转头看着刘师爷，见对方眨了眨眼，不由得抿了下嘴。他稍沉了沉，把鸟食罐递给了师爷，还深深地叹了口气。

"该来的躲不过呀。本官也是没法子。请郑将军偏厅用茶吧。"

一见郑云梧，韩兆林立刻换了一副脸。

"子均，什么风把你吹来了？家里弟妹还好吗？"

甘肃都司使韩兆林，字亦然，比郑云梧大一岁。因为个子不高，再加上发福，人显得比实际年龄要老些。

"蒙亦然兄惦记了。还好还好。"郑将军有点心不在焉地应酬着。

他二人相识有十几年了。都司手下的五个总兵中，郑云梧无论从带兵作战还是地域管理都是让老韩最放心的人。加上老郑少要求，不添烦，对一些分外之事只要韩兆林开口，郑云梧都尽量支持，这让他们多年的上下级关系非常和谐舒服。平常私下见面

时二人以兄弟相称，算得上亲近。

"子均此来还是为了你家老四的事吧？为兄听主簿官说了，那天弟妹差点儿把你卫衙的大堂给挑了。"韩兆林特意拣不重要的开问，语气多少有点嘲讽郑云梧管不住老婆的意思。

"啊？那，那倒不是。兄弟我来……唉！"郑将军愁眉苦脸地一副欲言又止的样子。

"怎么啦？你不会为了'干儿子'真和大娘子别扭吧？"都司使很顺利地把话拉到了正途上，说完还暗吐了一口气。

"那也没有。我只是想……下半年是谁轮值走外域？"

"左卫的许公冉，他已经在敦煌集结了。怎么，你想把李丰……"韩都司的"目的"已近在眼前。

"我们肃州卫能不能和左卫换一轮？"

"什么？"韩兆林有点没听明白。

"大人，属下想替许副总兵值这一任的外域巡查。"郑云梧咬着腮帮子倔倔地说着。看得出来，他的情绪有些激动。

"什么？"韩兆林这回真的不知该怎么回答，他已经两次被闷了口。这与他准备好了的说辞根本对不上茬子。

在河西、河套区，以及大西北的明廷将士，最苦的差事莫过于"走外域"。从最西的玉门出发，穿越巴丹吉林到达腾格里大沙漠的中部，每次出巡最少要走四五个月。四城五卫两年轮一次，已经是他们能做到的最大极限了。郑云梧所领的肃州卫，副总兵是武职文设，出巡的苦差事都是他这个总兵亲自出马。况且他刚回来没几天，现在想再值一轮，简直匪夷所思。重要的是，若由着郑云梧身处大漠荒野，就算坐实了李丰的罪，想把一个被牵连

第六章　家是非

的带重甲的总兵逮捕归案，怕不是一件容易的事。西厂的公公们可以不考虑这些情况，知道其中厉害的韩兆林却不得不考虑。若有个什么不测，他可不愿受连累。

"这怎么行？你才回来几天呀，我要放你走了，弟妹还不得找我拼命啊？"韩兆林想先稳住阵脚。

"大人，不怕您笑话，我也是被逼的。"郑云梧跺着脚捶桌子。此话一出，将军的脸都红了。

巡值换班，以前不是没有过，被换的还从没有说"不"的先例。韩兆林不能对此有太明显的阻拦，因为不合理的做法会引人生疑。

"兄弟一介铁血将军，有'被逼'一说，本官愿闻其详。"韩兆林来了手欲擒故纵。

"大人也别闻'其详'了，我还是先去敦煌交接的好。等下官回来，再向大人讨军令状。"郑云梧不由分说，行过礼就匆匆而去。

韩兆林呆呆地望着门口，一时间有点不知所措。

"大人，您不会由着郑将军替值吧？"刘师爷忽有一问。

"我能如何？李丰在他的卫衙等着受审呢。子均一没阻碍二没说情，我拿他能如何？他此去是尽责吃苦，又不是去抢银铺，我拿他又如何？西厂公公们做的扣，人家不钻我还能如何？"韩兆林说得虽有些气馁，可不知为何，他心里却有一丝丝的解脱。

"大人，口外的马匹和皮货就快到了，内地物件也囤好了。要不尽快拔掉嘉峪关这颗钉子，这桩大买卖怕是要出问题呀！西边的不会体谅咱们的难啊！"

"本官是朝廷的一方大员,现在却沦为贼贾贱商的同伙!可这里不是京城,郑云梧也不是没根的浮萍。他护塞多年,功勋卓著,兵部邸报的表彰哪年漏过他?先帝和今上对他都有过多次的赏赐和嘉奖,嘉峪关在他手里几十年从没出过差错。如今域外安稳无状况,难道要我画一个'外邦胡虏'让他卖国求荣吗?害人也得有点儿诚意吧?用李丰作饵、钓鱼郑子均,理由已经很拿不出手了。我要是全依着西厂的主意,儿戏般地做了一个大卫成的总兵,万一有个风吹草动的,下场比王路之还惨!那些没了玩意儿的东西,什么也不懂,就会蒙着眼抓钱!真有本事一刀砍了老郑不是更爽快?"韩兆林越说越气,不小心把手里的茶碗给摔了。

"大人到底是怎样打算的?"刘师爷关心地问道。

"现在情况有变,我想子均走了也未尝不可,起码他的性命暂时无忧。李丰定罪之后,我以彻查纪律为由,把州卫的守城文职调开,让咱们的人去接管,等这次买卖过后再把人换回去。这样,子均回来前那里一切恢复了正常,他就算有疑问也无从查起了。虽然这不是彻底解决问题的方法,但于我而言却不失为一种回旋。万一哪天皇上一个不爽,那些无鸟人都滚回京城了呢?如此,我安然,子均也能逃过一劫,何乐而不为?就这样走一步算一步吧!"

韩都司的两面手法玩儿得挺好,可有人却不买账。

头一个不同意的就是季豹说的那个很臭的娘人汪大洋。

"韩大人这是把咱们当成干一票就走的强人了?你别打错了主意,这可是大总管指名要的地盘。嘉峪关以后就是他老人家的金门,这种差事岂是容你糊弄的?"

汪大洋口中的大总管就是西厂的掌门人,当今皇上身边说一

第六章　家是非

不二的红人汪顺。汪大洋认了汪公公为义父，还随了干爹的姓。

"公公勿躁，正因为是长远之计，这头一步更要走得牢靠。这次两边的物件都是花了大力气的，做成买卖收了银子才是目的。郑云梧此时外出，不管什么理由，他本人不在关口坐镇是我们成事的好机会。等公公的买卖做成，道儿也蹚熟了，一个小小的总兵什么时候拿掉，还不是大总管在皇上面前的一句话？"

韩都司不愧官场老手，既点出当前的要点，又暗暗挑明，西厂此行只是汪顺之流的私人勾当，不能太明着来。

"大人之言有理。但别忘了，光一个死心眼儿的百夫长李丰，半年不到，就搅黄了我们多少次稳赚的好买卖？郑云梧要是比他干儿子还不开窍，再这么下去，大宛马变驴、好药材成草了。这些损失可是有你都司大人的一份哟。"那个抓季豹的尖嗓白脸人，也斜着眼说道。

这句话也挺厉害。警告韩兆林，现如今，任何脱关系、留后手的想法都很不明智。

说到底，要打开外域通内地的走私之路，嘉峪关是必夺之处。像郑云梧、李丰之类的守门人，不能同流就要坚决除掉以免后患。对这一点，韩兆林心知肚明。

信奉"害人也要有诚意"的韩都司，此刻还揣了另一层担心。"郑云梧对自己现在的处境当真无觉察吗？那帮抓错人的蠢货和冒名的瓦剌告发人有没有露出什么马脚？郑家老四是卫戍区出了名的嘎小子，虽然放荡不羁但绝对不傻。进卫府衙门代李丰受了刑才亮明身份可不像是小儿淘气，如果被他……"

韩兆林用脑过度，头疼得厉害。

"郑夫人是个直性子,那天在府衙的表现并无不妥啊!郑军爷的支支吾吾虽然可疑,但绝不是已知性命有虞的惊慌,倒像真有什么事情让他难以启齿。大人,先打探一下如何?"刘师爷自然最明白主子的纠结,他如是说。

毕竟与郑云梧共事多年,两家女眷平时也来往无间。对无辜同僚背后下黑手的勾当,是韩兆林这种读过"子曰"背过"圣训"的文人武官所不齿的。

"子均老弟,不是亦然不救你,是你时运不济,在不该待的地方待得太久了。为兄也是无能为力啊!挡了当朝第一牛人的财路,才是你的大不幸啊!"

韩兆林下了决心。

……

"大人,郑家人来了。"刘师爷进来禀告。

"正好,让衙役们准备吧。"

"来的不是郑将军,是郑夫人和几个女眷。"

"?"可怜的韩都司,一事三打愣。

韩兆林磨蹭着往大厅里走,想了一路还是没明白。这个时候,女眷们能做什么?

等知道方玉茹来此的目的后,韩大人差点儿喊了声"天"!

"弟妹,你你你说什么?你要干什么?"

"这是我的诉求书。我要和郑云梧和离,请大人给我做主。"方玉茹面无表情,一字一句说得很清楚。

韩兆林细看四周,除了郑夫人和两个陪同的女仆外,还有一个黑衫素裹,用一张帕子半遮面的中年妇人。

第六章　家是非

"夫人，这可是咱们辖区几十年都不曾有过的事。子均犯了什么过错能让弟妹如此？"

"郑云梧残骨肉、打妇人，行为乖张，让人恐惧。"方玉茹答得铿锵。

"弟妹呀，来来来，先坐下消消气再说。来人，快给夫人看茶。"韩兆林只好耐着性子应酬。

"大人，我们来此，不求结果，只为让大人给做个见证。"

方玉茹从一个仆娘手里接过一个包袱。打开来，一股血腥味道直冲人鼻子。

"大人看见了，这两套血衣都是我儿季豹的。一套是被你们的上差打的，一套是被他亲老子打的。"

方玉茹的声音哆嗦着，手也抖着，眼泪不停地流。韩兆林看见那个黑衣妇人也在无声地抽泣。

方玉茹一把拉掉那妇人手里的帕子："韩大人再看看这个，我家二娘的脸也被他主君打肿了。"

章青蘂的右脸颊上清楚地留有四条乌痕。韩兆林在心里试着比画着，那是右手用力的人，回手反扇造成的。

"郑云梧伤季豹，非说儿子损了他的官誉，毁了他的前程。其实他是被京里来的什么参事差人吓破了胆。季豹无非是有些不忿，想知道那个'干儿子'背着他老子都干了些什么事罢了。就算因此惹了什么大人物，你们打也打了，关也关了，人都放了，不是完结了吗？可孩子进家，饭都没吃上一口，他这个当爹的不问青红皂白，上去就是一顿板子，差点儿把季豹打死。我上前阻拦，被他一推八丈远；二娘不过一语劝言，被他反手一耳光。"方玉茹

不顾矜持，抬手撩起衣裙下摆，露出满是血疤擦痕的小腿。

"大人，郑云梧还当众放话，因为我们纵容逆子，败坏他老郑家的名声，要休妻撵妾了。可我自忖，没犯妇戒七出之过的，凭什么被他侮辱？我们娘儿几个想好了，不用他轰赶，今天就离开将军府，带着儿女另谋生路。让郑总兵自己奔他的前程去吧！大人，这纸求离书您收也好扔也罢，请转告郑云梧那个杀千刀的，有本事一辈子别来找我们！告辞！蕤娘！我们走！"

方玉茹是自然天足，走路带风，刚劲有力。章青蕤是放了裹的半天足，紧赶慢赶还是被方玉茹拽得趔趔趄趄的。一群妇人像潮水般来又如潮水般去，把韩都司和刘师爷聒噪得目瞪口呆。

出门上了车的两位大小郑娘子，还在各自理着伤处。

"蕤娘，我还行吧？开始怕说错了，慢的。可后来不知怎的就呼噜呼噜全倒出来了，又快又顺畅，还挺痛爽的。"方玉茹用手拍着小腿，她压低嗓音，兴奋异常。

"……"章青蕤用手帕摁着右脸看着车外并不搭话。

"我跟你说话你没听见？"方玉茹对章青蕤的这种半痴半呆的状态很反感，当初为了这个二人没少闹别扭。

"夫人，您心里对主君还是有些怨的吧？"

"我不是对他，是对你。季豹很好了，就因为你对他太苛刻，老郑也不敢对他好。像今天，说是演戏，你不喊停，那板子就是真打呀。这倒好，我也真摔了，你也被真扇了。知道吗？我以前总盼着军爷能扇你个大耳刮子给我出出气，可今天他真扇了我心疼死了。蕤娘啊，为了郑家你也是豁出去了。我发誓，以后谁要敢欺负你，我就跟谁拼命！"

第六章　家是非

"青蕤亦是。"

"你倒说说，都司府的戏咱们演得还好吧？"

"最后那句有些过了。"

"我也觉得最后这句不该说。可只有这句是真的啊，就这么顺嘴喊出来了。"方玉茹说完也走了神，茫然中向着车外看去。

章青蕤看着方玉茹的侧影不由得微微点头。

该做的都做了，底下的事交给上天了。

接下来，要安排季豹了。

可怜的李简和恬姐儿，难日子以后有得过了。

想到此，青蕤心中酸楚，泪不能止。

第七章　简豹离

九曲黄河在金城的边上拐了一个弯，向北奔腾而去。

从河西的甘肃过来，在这里穿过大桥，中原大地几乎是一马平川地展现在眼前。自从大汉通西域，金城就是一处方便集结、囤物的歇脚之地。穿越古今、络绎不绝的商旅马队，都在这里留下了无尽的岁月踪迹。

早在十几年前，章青蕤慧眼明察，在此地置下了一处房产。处在客栈店铺集中的繁华地段，五间三进的院子，现在被近二十口人、四五个家庭塞得满满的。

郑云梧的"断尾求生"、郑家女人的"弱势强迫"，与甘肃都司的"私心暗移"巧妙呼应，让郑氏一门的"天祸"得以避过。郑将军在"妻妾和离""子女出走"的闹剧之下不堪打击，大漠之中"抱病"进的辞呈，言语恳切让人感动，竟引起了兵部和皇上的恻隐。不仅允他离现职，还把郑云梧调任陕西都司佥事。"走外城"的差事还没完，朝廷体恤戍边将士的圣旨就到了。李丰也因失去了"诬陷"的价值而被踢出关门重地了事。

方玉茹和章青蕤刚安顿下来就接到丈夫的家书，他和李丰一众人等，已经离开了嘉峪关，在去西安任职的路上了。

第七章　简豹离

祸事已了，新年已过。郑季豹虽然为家族躲灾立了功，却还是得不到他想要的"清宁"。

在老子爹和嫡亲两母配合默契的苦肉计中，真正"享受"了皮肉之苦的只有郑季豹。血肉模糊之后，李简几乎衣不解带地伺候了他近一个月。从肃州出来，一家人穿甘走凉，翻乌鞘岭过大河，一路到了金城。郑季豹不能骑马，趴在摇摇晃晃的车里，只有恬姐儿与他相陪。季豹本来就不是铁石心肠，得知了李简的处境以后，对自己当年的任性之举很自责。来到新居后，他第一时间想做的事，就是对李简和女儿做补偿。

可让他没想到的是，此举先是被李简利落地拒绝，进而又被母亲否定。

"公子，不必如此。简儿说过，一切都是我自己的事，后果也自负。四公子还是收拾好心情，面对你以后想过的日子吧。"简儿如是说。

"你心中并无简儿，恬姐儿也只是一个'意外'。简儿所历已责难推，今日之困怨不得别人。倒是你，自己尚且不能立于天地之间，何谈安家？难道要让李简养你不成？"娘亲这样讲。

这要是放在以前，郑季豹一定尥蹶子跑了。可这回，他没有负气。

在父亲身边的两年，季豹历练颇多。呼喝的杀伐场中，他目睹了生人死鬼的一缝之隙；荒凉大漠的寒苦，他身受了绕不过去的骨痛皮烂。每当季豹看到银甲白袍的父亲，威风凛凛地弯弓持枪、马上疾奔的时候，他不仅仰慕钦佩，还义气平添。郑季豹感慨，像他爹这种一刀一枪拼身家的人，才是大丈夫的男儿本色。

在上次走外域的回程中,郑云梧特意带着儿子走在了士兵大队的最后面。郑氏父子在霁月的高岗上,在细沙缭绕的帐篷中多次促膝而谈,郑云梧还破例把青蕤的来信给季豹看。母亲的思儿苦楚,纸上的点点泪斑,把季豹心中的最软处搅动了。

此次归来,让季豹感触最深的,就是全家上下齐心抗祸的凝聚力。不管是从小和他有羁绊的三哥仲虎,还是一直与他亲近的二姐五妹,对父亲的决定都无怨言地听从和执行。父母还对季豹的细心和作为给予了肯定,这让一向觉得自己被家庭不公对待、叛逆不羁的季豹有所释怀。

所以,这次当自己的"补偿"之策得不到亲娘的回应时,季豹首先想到的是找嫡母方玉茹帮忙。

在一个上冻的早晨,当郑夫人的女仆打开房门时,看见跪在外头的郑季豹都快僵了。

"你个杀千刀的,伤痛未愈就这么胡来,你是想了断了自己还是想了断了为娘?"方玉茹气得直叫。

"母亲,李简为了儿子受了不少委屈,还给我生了女儿,我要给她一个名分。请母亲做主。"季豹以头碰地。

"让为娘给你做主?你姨娘呢?"方玉茹知道,以前青蕤对季豹不管李简很生气,但不知现在她葫芦里卖的什么药。

"母亲,姨娘不松口,简儿不敢搭理我。您就看在恬姐儿的分儿上,拉我一把吧。儿子求您了。"季豹又是一躬到地。

"先告诉我,你想怎么对待李简娘儿俩?"方玉茹对郑季豹正娶李简是有异议的。

"简儿不是家奴,儿子也还不想娶亲。母亲好歹拿个主意,只

第七章　简豹离

要对她们母女有照应就行。"

"蕤姨娘有什么打算？你的想法对她讲过吗？李简是她身边的人，我要硬是横插一杠子，她会不会与为娘翻脸啊？"

季豹的态度正合郑夫人的心意。即便是庶子，季豹也是出身有名，是她这个嫡母奶大的郑家四少爷。李简不过一屯户孤女，进门做妾也不算亏待她。只是自己之前刚刚对着青蕤夸过海口，不想在此事上为难她。

"母亲，姨娘的脾气您又不是不知，儿子的想法在姨娘那里根本不重要。您是一家之主，只有您能帮我！不然，金城就是第二个酒泉。儿子的荒唐之名再传出去，您的脸上也挂不住不是？母亲，救救儿子和您的孙女吧！"季豹夸张地用头磕得地板"咚咚"响。

"好了好了，别磕了。让为娘想想。"方玉茹嘴上这么说，可心里已经拿好了主意。

因为新家刚立，夫君又不在，主母决定一切日常开支暂从"公簿"派出。所以，郑家的大小娘子，分了二十多年后，又聚在一起过日子了。

这日进餐，方玉茹把儿子女儿都打发到别处，只与青蕤对坐。

"蕤娘，听姐姐一句话，季豹如今是真心地想讨李简，这就是在你跟前低头了。咱们做娘的，可不能在此时再强摁了。我们初来此地，要想李简以后不过酒泉那样的日子，你就松松手，让李简把头盘了、脸开了，先进郑家门行不行？以后如何就看她自己的造化了。其实军爷也早有此意，望妹妹从全局着想，就算为了恬姐儿，依老四一回可好？"

"……青蕤听从主君、主母的安排。"

挑了个吉日,李简外罩半长紫衫,做发成髻,由大娘子身边的仆人领着,进了前院的堂屋。李简给正座的方玉茹,偏座的郑季豹分别磕了头,算是完成了纳礼。

后院,在章青蕤的住室里,李简跪地而拜。

"师父,原谅弟子没听您的话。简儿感激公子的诚意,心里也放不下他,恬姐儿更不能没有爹爹呀。请师父恕罪。"

"你起来。事已至此,以后内室,母女相称吧。"青蕤深深地叹气。

"简儿怎能造次?"

"也好,跟季豹一样呼'姨娘'吧。"

"简儿不敢。好,我听师父的。娘亲在上,受女儿一拜!"李简一躬到地,此时她的心绪才稍安。

"给你姨母见礼吧。"青蕤又道。

李简转身,对着坐在一旁的红苋叩头:"姨母,晚辈简儿给您磕头了。"

红苋起身把李简扶起,示意她坐在椅子上。简儿回看青蕤,见师父微微点头方敢落座。

"简儿啊,这里不是郑家的宅子,是我们章家的产业。说起来,大娘子和你公公都是借住在此。从现在起,在咱们内院,你不必守他郑家小娘的规矩,你是章家的大小姐。等季豹出历以后,家里外头的,还指着你帮助姨父料理呢。打起精神来吧。"

听了红苋的话,李简不由得又看了看青蕤。

"姨母的话你能明白吗?"青蕤问李简。

第七章　简豹离

"公子……还是要走吗？"李简心里酸酸的。她小声问着，眼圈红了。

"唉！"青蕤又是一声叹息，她撩起了袖子拭泪。

"娘，女儿实在是不该问的。可我……"李简又给青蕤跪下了。

"孩子呀，你娘是心疼你呀！之前为何再三让你拒绝老四？不是和你说得很明白吗？这是唯一的丝丝希望让他回心转意。如今季豹纳了你，你的出头之日就更难了！"红苋说得一时情急，也哭了。

"红姨，公子当着大娘子的面开口求我，就差给我跪下了，简儿是再也拒绝不动了。而且简儿觉得，公子毕竟也是为我和恬姐儿着想啊！难道不是吗？"李简心里又慌慌起来。

"你傻呀！季豹今天给你的和三年以前有什么不同吗？搬大娘子出面，逼迫青姐答应他纳你进门，他是为了你吗？不！和以前一样，他还是为自己。知道你们母女受了苦，他心中本来是有愧的。可此举一达，豹子又心安理得了。你娘就是觉得，你的一片心思怕是空付了。"红苋心中还有话，可哽咽着就是说不下去了。

李简软软地瘫坐在地。之前心中升起的点点火苗，已被浇灭。

"是为娘没能力保护你，娘失德无方才累你如此。我答应过你母亲，要让你好好的，可娘食言了。没想到，我亲生的儿子误了你！"青蕤难过得直捶胸口。

"娘，您别这么说。是简儿愚钝，对娘的苦心教导，不能领会。我还无能，讨不到公子的欢心。可是娘啊，我真的不后悔，也不怨公子。简儿现在有亲娘、女儿，还有视我如己出的姨母，

简儿早已经是大幸之人了。请娘和红姨放心,我以后一定做章家的好女儿,以报答你们对李简的大恩大德。娘亲们在上,再受女儿一拜。"

被昏暗光线笼罩下的几个女人,都在为自己不同的心境痛哭洒泪。

……

新宅子的后门,对着一条窄窄的小巷。入夜了,外出独饮的郑季豹才磨磨蹭蹭地回来。红灯笼高悬,灯亮显眼的左手廊下,是季豹为自己选的新房。他入内后掩饰地低着头,慢慢地脱了外罩长衫,见没人来接就自己把衣服挂在了衣杆上,又慢慢动手把新郎的唯一点缀——头上的红绸丝带解了下来。忽然他觉得有点尴尬,毕竟这么久了,屋里冷悄悄的无动静。季豹转身望去,寝室中新床喜被一应俱全,却唯独缺了角色。

郑季豹并不惊奇。毕竟有个两岁的孩子缠手,新娘子要为女儿添被送汤也是正常的。想到此,季豹反而觉得心安。他见案子上有现成的茶水,就自己取盏浅酌。

合卺之夜,婚房里没新娘,新郎还如释重负心安理得。这种情景,无论什么时候、什么年代,也是对"良辰美景"的讽刺吧?

郑季豹把玩着小茶盏,思绪不受控地被拽扯着不能集中。他甚至想不起与李简的初次是……今天他又该……

门开处,果然如季豹所想,李简提着一壶热水进来了。

"公子,这是厨房里仅剩的了,晚上的茶水和洗漱应该够用。娘吩咐,明早用餐前,要去前院拜谢,到时我会来叫你的。公子歇了吧。"李简放下水壶,蹲身行过礼,转身往外走。

第七章　简豹离

季豹一愣。李简的一声"公子"已让他心疑,她的"离去"更出乎他的意料。

"等一下。简儿,你……不留下吗?"季豹说完脸皮发热。

郑季豹不爱李简,但非常清楚简儿是爱他的。不然何以无名无分地给他生了孩子,被人耻笑了两年多都毫无怨言啊?今天的"圆房",是季豹费了些力气和手段,诚心诚意地要接纳她,按理简儿不应该是这个态度啊?且以娘亲的一贯作风,点头答应的事绝不会从中作梗,那李简这是为哪般?

"公子,郑门的姓氏足以庇护简儿。我想要的,你已经给我了,我们之间没了亏欠。以后的日子,简儿会孝敬娘亲、养育幼女,不会给你和你以后的生活添任何麻烦。公子自己也多保重。"李简声音微颤,但字字清楚。

"简儿,你说过的,做我的女人你是愿意的。我也说了,会好好待你。你不信我吗?"季豹此时不仅是难为情,还有些气恼。

李简对着季豹微笑着轻轻点头,用深邃的目光盯着他,一双眸子清澈得似两汪静湖。在那片柔情似水里,季豹快要窒息了。他的耳边突然响起了母亲的质问:"……你何以立命安家?难道要李简养你不成?"

此刻,他一下子明白了。

李简爱他却不需他的怜悯。

比起这个小女人的坦白、大度、不懦弱,郑季豹自认心不纯、情不及。

……喜蜡横流,颜面扫地,新郎官独守空房。

郑季豹辗转反侧,一夜无寐。

正是冰寒的枯水季节，官道两旁裸露的洼地上点点银白。李简在前头牵着马，季豹在侧面扶着骑在马背上的恬姐儿，三口人一路无话地走着。

郑季豹遵母命，要进崆峒山正式拜师习岐黄了。李简带着孩子，一直把丈夫送到了金城外的望水亭。

"爹爹，上上，跑跑。"恬姐儿稚声稚气地叫着，还伸出小手，指向前方。

看着孩子兴高采烈的样子，季豹一时兴起。他翻身上马，一手把女儿贴身横揽，一手持缰绳。李简松了绳子，让他们父女放任而行。

郑季豹一抖缰绳，腿夹马肚，那匹棕红"大宛"肆意奔驰。恬姐儿在父亲的怀里上下起伏，高兴地晃着小脑袋扬着臂："飞，飞呀！爹爹，飞啦。"

坐在亭子里的李简，眼睛一直随着马上的大小两个身影移动。

这些日子，除了在季豹的身边照顾，为他打理出门所需的东西，李简没与季豹同房。正如青蕤判断的那样，季豹也没因此"为难"李简，两个人现在是真正的"有名无实"。他们一个面对了自己的处境，一个乐得没人逼迫。

看着自己爱着的男人和女儿一处欢快，李简不由悲从中来，暗叹上天的不公。

季豹和她是真正的两小无猜，甚至在家学里他们一直都是同桌的学伴。季豹教她骑马，陪她一起给青蕤的病人送药。郑家二娘屋里，从来不设家仆女佣。季豹在大娘处是少爷，可在亲娘处却是"苦力"，药草作坊里搬搬挪挪的事大都是李简和季豹合力完

第七章 简豹离

成的。五年前一次送药返回的路上，因为遇上了沙尘暴又马失前蹄，简儿被摔落马背。是季豹冒着大风，在天黑前找到了她。当季豹脱下自己的外罩裹在简儿身上，把她抱上马同骑回家的时候，简儿心里落下了季豹的影子。

从那以后，因为李简几次对给她提及的亲事都表达了"不满"之意，在她十六岁生日时，师父单刀直入："你是否喜欢上了什么人？"然而姑娘羞怯地否定，还用"不舍师父，不想早嫁人"的理由来搪塞。好不容易鼓足勇气，把想法与哥哥透露了一下，李丰一句"妹妹的想法有点儿多，怕是自找麻烦"的回答，让李简郁闷了许久。

直到有一天，季豹当面指责师父"心狠噬子"，还威胁母亲，不告知吕姓姑娘的下落就去"跳崖"时，李简才明白哥哥所说"自找麻烦"的意思。

然而，一个雨夜，简儿在作坊门外的泥水里，把烂醉的季豹拖进棚内，不忍看他吐秽失禁的惨状，大着胆子为他落衣擦身。收拾妥当了，简儿要去倒脏水，不料被季豹一把从后面抱住，"呜呜"地哭着叫"丽簪"的名字。他指责"簪儿"失约，害他在什么地方空等了两天。还说因为亲娘的蔑视，他气得想了断自己。要不是被人骂"小娘养的贱东西就是没出息"让他发了狠地不服气没死成，不然他现在的骨头怕是已成渣了。李简知道季豹不清醒，但对他"爱无着落"的痛处却心领身受。她对认错了人又倾倒苦水的季豹生出无限的同情。正是如此，当季豹不能自禁地抓狂放肆、要放她倒地时，李简反手拔断了灯捻，突然就顺从了。那一刻，她甚至在想，自己"不嫁人"陪着师父过一生的心愿得

以实现了。

如今,李简已进了郑家门,虽说只是个不入流的"四小娘",但毕竟成了郑季豹名下的女人。李简生熬了近三年的"名声"之苦总算结束。

李简信服师父的话,"既然选择了就要争取好结果,屈尊换不来回报。指着别人的可怜,只能一时不会一世。为了自己和恬姐儿,你要坚忍一点儿拼光景,眼前的苟且不要为上"。她现在就是按照师父说的是在"拼"。能不能有那个长远之计的"光景"还不清楚,可眼下领教的"坚忍"苦头确是真的。

季豹和恬姐儿回来了。李简把手里的一条毛毡围巾给季豹裹在了脖子上,又从季豹的手里接过了孩子。

"爹爹,飞飞,还要。"恬姐儿张开双臂,要重回父亲的怀抱。

"小孩子就是这么好哄。姐儿,爹爹还要赶路呢。天色不早了,让爹爹走吧。"李简深进浅出地平复着气息,低着头对着孩子轻轻地说着。

她不敢看季豹。

郑季豹此时手脚无措,想再亲亲孩子又怕冒犯了暗自伤心的女人。

"简儿,是我辜负了你和恬姐儿,对不起。娘靠你照顾了,好好保重自己。季豹告辞了。"郑季豹双手向前平推,对着李简深深一躬。他没等对方的反应,纵身上马,疾奔而去。

狂奔了一段路的季豹驻马回望,看见高亭之上,那个被李简抱在怀里的小小身影,还在冲着他摇晃着小手。

刹那间,他忽然被水雾蒙了眼。

第八章　岐黄劫

郑季豹顺着官道向东直奔平凉府。与上次不同的是，此行没了两母和五妹的随走，没了简儿的照顾，也没了女儿恬姐儿和一众随从的欢笑。

独行人寂寞难挨。

出了会州城不远，有一片结了冰的湖面，远远望去像平滑的镜子。季豹突然心有触动，不由得下马进湖。望着银冷的四周，眼前的景象让他恍如隔世。

郑季豹的思绪一下子被带回了西北的重镇凉州。距古城百里，有一处叫"沙湖"的地方。那里的湖水清澈，浅处彩沙粒粒。离湖边不远，有一座要涉水而进的石头亭子。

那年，季豹不眠不休，不吃不喝，在那个亭子里灼心地等着恋人吕丽簪。他们二人以命起誓，要学司马相如和卓文君离家同奔。当红姨的丈夫房玉贵出现在眼前，告诉他吕家小姐已经弃约另嫁，让他收拾心情回归家门时，季豹几乎崩溃了。

他不信，认定又是母亲从中作梗，限他交友，控他自由，断他仕途，现在又搅他婚姻。亲娘像一道挣不开甩不掉的金箍戴在头上，犹如他的天生咒语。当他质问母亲，何以能知他与吕丽簪

当会沙湖亭时，母亲轻蔑冷笑甩袖而去，不屑只言相告，这让郑季豹多年积攒的委屈情绪瞬间爆发。

情急之下他举械自戕，可身上的短剑银弩被房玉贵抢走了。别看姨父因战断了半条腿，但手上的劲道治他是足够的。

悲愤无状的他以头撞柱，又被李简和红苋死死地挡在前面。

气急败坏的郑季豹夺马奔崖，刚出门就被对头郑仲虎从马背上拽下来。崖还没跳呢，自己已经被摔得七荤八素。

他爬起来跌跌撞撞地往前跑，还被骑马追着的嘴碎之人在后面肆意贬损。

郑季豹欲哭无泪，跪地呼天："世道为什么这么不公平？我郑老四到底做错了什么，要被人间如此对待？"

李丰虽然不太喜欢季豹，但因妹妹之故，不得不出手干预。他赶上前去，既上嘴又上手地帮助季豹赶走了仲虎，可季豹并不领他的情。当季豹再次犯倔，拒绝他的劝告，梗着脖子喊什么"我就是贱，就是贱得不想活了，关你屁事！"的时候，李丰不忍了，上去就是一脚，不仅把季豹踹翻了，还要加上一句"你个混不吝欠揍的笨蛋"。

郑季豹被人踹得五脏翻腾、骂得无言以对，却不能还击。除了悲愤地双手捶地，他什么也做不了——因为打不过。

李丰并没因季豹的认怂就善罢甘休，他吼叫的调门比季豹更高："谁稀罕'关'你呀？我管你还真不是为了你！别忘了，你是总兵爷的公子，是郑家的四少爷。你活着，你的贵与贱，三公子说了不算。你死了，他嘴里的'贱货'就是你自己揽上身的。与人置气还被人牵着鼻子走，你不是贱，你他娘的就是蠢！你都不

第八章　岐黄劫

配叫蠢豹，应该叫你蠢驴、蠢狗、蠢耗子！"

那以后，季豹明白，对于李丰，以前只是打不过，往后也骂不过了。

崖没跳成的季豹沉默了，不闹腾了，他开始酗酒。与李简的事情发生后，仗着简儿的宽宥，母亲想他干的事他都执拗不从。简儿怀了身孕，恐慌之余，他用哪吒自比，抛出"骨肉还家"论，还反刺母亲有了"不吝再教"的对象。终于，好脾气的爹被激得出手相罚，也促成郑将军把他带离了母亲的视线。

时间流逝，人事全非。现在的郑季豹身为人夫人父，已经踏上为自己拼人生的旅程了。

然而，在郑季豹的心底深处，始终是波澜难平。

"丽簪，你现在如何了？就算你已为人妇，只要不是被迫就范我就心甘了。唉！当时到底发生了什么事能让你……"

重新赶路的季豹，情绪受挫。好在一片起伏连绵的峦云线已经出现在大地之端了。

崆峒，是道家"空空同同、清净自然"的转义。崆峒山中，峰壑叠嶂、林海浩瀚，水天一色、四季常青。这里自古就是道家的清修之地。

在后山一处石阶旁的泉水池边，闲空道人与一个童子正在等着季豹。

"四公子，还真把你给盼来了。赶路辛苦，先在这里歇一歇吧。"

闲空一袭灰色道袍，干净挺括。发髻整齐素系，长带飘飘，一派仙风气度。与在大漠中的脏脸乱发、土衣烂衫的时候已大有

不同。

"闲空兄，多日不见，季豹甚为想念。这次冒昧登门，给石山子掌门和道兄增添麻烦了。"季豹双手抱拳，对着闲空躬身施礼。

"那可不尽然。公子一定不会知道，郑将军亲自上山安排你来此，有几位老学究早就背着一身的本事绝学，等不及要教你这个上门的学子呢。"闲空说得认真，不像是调侃。

"什么？"季豹不解了。他看着闲空浓眉轻蹙。

"你不信？那就别耽搁了，跟上道士走吧。"闲空把刚刚坐下的季豹拽起来了。

……弯弯曲曲的石板路穿行在并不很陡的山间，看不见尽头。在一个拐弯处，有个向下的斜岔口。闲空、小童带着季豹沿着此径上上下下地走了好大一会儿，有座山门出现了。来到近处，只见高悬的横匾"羽云观"三个大字苍劲有力。里面是一进两阶，低阶中央有焚香炉，建在高阶上的主殿里供着三清圣像。

他们三人一马，过旁门来到一处有穿廊连接的四合院子。闲空领着季豹进入正厅，里面的几个人都从座位上站了起来。季豹发现他们几乎都是老年人，除了头发，有两个人眉毛都是白的。最明显的他们大都不是道士，而是普通百姓的装束。

"四公子，我给你引荐这几位……"没等闲空说完，一个老者上来就抓住了季豹的双臂，两眼直瞪着他。还有两个人也上上下下地打量着季豹。站在最后面的老翁，还对着季豹微微地点着头。

郑季豹有点不知所措。除了嫡母家的外祖父母，他接触过的老人并不多。今天有这么多的长辈对着他如此相看，让年轻的公子心中诧异。

第八章 岐黄劫

"老伯伯，请容晚辈行礼。"季豹双臂被制，只好轻声相求。

"小子，你不用跟我们几个老家伙寒暄，我们也不会跟你客气。你就直说，章汝延是你什么人？"那个抓着季豹的老者并不理会，进而问道。

"……外祖名章荃，字汝延。"季豹怯怯地回答。长这么大，这是第一次有人这样问他。在家里，提外祖父的名字是一种忌讳。

"真是苍天有眼，苍天有眼啊……啊……"后面的老翁跌坐在椅子上，嘴里念叨着，还以袖遮面。他在呜咽。

"药头子！哭什么丧呢？要哭也轮不到你！当年我们跪喊苍天的时候怎么不见你？"又一个老者用拐杖杵地，大声叱喝。

郑季豹目瞪口呆地愣在那里，看着几个老头子互相指责叫骂，乱成了一团。他劝也不是，走也不是，不由得看了闲空一眼。

"好了，都是居士大家、学究门派的几十年了，不怕被小辈人说你们斯文扫地吗？"座中唯一身着灰色道袍的壮年人开口了。

"师父说得是。各位居士都是郑公子的长辈，大家还是就座说话吧。"闲空趁机劝道。

一圈儿介绍下来，季豹终于有些明白了。除了观中掌门石山子外，其余四位老者都是与他外祖父当年同殿为官或同科进士的人。在景泰年末的"夺门"事件中，他们都侥幸地逃过了京城血洗的屠刀，进了崆峒山做了几十年的隐士。而时任礼部同知的章荃，因为力证了当朝学士也是恩师的清白，保全了一众同僚好友的性命，被新皇下令逮捕后不久，在天牢中遇难了。

外祖的事，季豹是知道的。因丽簪之故与家里发生冲突之前，季豹对父母的许多决定，就因他知情一二，所以并不十分抗拒。

但对母亲"朝政上下不清,仕途必染血腥。'正为'害己,'负为'害民。此等混沌之路,不走也罢!"的说法,他是不太认同的。可今天,面对一众耆耋,联想离世已久的外公,季豹忽然懂了母亲另外的一种隐晦情怀。

章青蕤对父亲的被害耿耿于怀,她不会让自己的儿子有重蹈覆辙的机会。

稍后,石山子掌门的师弟,羽云观的长风子道长也来了,他还给大家带来一桌算是丰盛的接风酒宴。诚惶诚恐地与各位长辈把酒弄盏之后,季豹发现,几位老人家在这个院子里都有自己的固定住处。

夜深人静,与闲空长聊之后,季豹明白了这座羽云观与自己的渊源。

"离开军营时,郑将军让我带给师父一封信,这才知道,令尊和师父本是旧识。后来师父几次问起关于你家的事,我把知道的都对师父说了。又后来,我就被这几位老居士给缠上了,追着问东问西的。没多久明白了,他们对郑将军没兴趣,对令堂或者直接说,他们对你才更感兴趣。"闲空对着季豹表情很诡异,"更可笑的是,将军在新任路上转道于此,拜会了他们几位以后,听说'药头古'要当你的老师,'崆峒三绝'都后悔为什么当初没练岐黄。他们铆足了劲儿,要给你显示绝活,都想把你收为弟子呢,底下有你难的了。这几个倔老头儿可都是名满一方的大才子,脾气也都古怪得很呢。"

季豹无语。

章青蕤学医是典型的半路出家。除了在家里当姑娘的时候,

第八章　岐黄劫

看过些父亲收藏的医书外，她拿手的儿妇两科之术，不过是在边塞苦地的妇幼身上自悟得来的。

"为母之学只是皮毛，若论岐黄精髓不及一二。我儿要跻身其中，基础尤为重要。你外祖有一同门，虽曾品高在堂，却是医药世家出身。他隐匿崆峒，静心尝药试银，已成一方名师。羽云观的石山子道长已经答应你父亲，要荐你入他门。你若有心此志，就抛却一切非念，专行此道。岐黄门下，立命不易，安身足矣。"

青薐口中的"外祖同门"就是那个见了季豹哭泣不已的老人，曾任景泰朝吏部文选司主事的古济天。现在人称"药头古"，是名震崆峒一地的大医手。

第二天，在石山子、长风子二位道长的见证下，一袭浅色长衫的郑季豹，向庭中正坐的古济天叩首，行跪拜礼，还献上了父母给师父的谢物——一方鸡血黄石。药头古呆呆地半天才接，老人又一次落泪。因为当年的好友章荃，就有一块相同质地的印章。

拜师过后，季豹随着师父来到"崆峒三绝"的面前，给几位老人家行"晚辈"礼。

三绝之一，人称"泼云"的画手欧阳雨津，字台泽。宣德年间与章荃是同科的进士。他出身江南豪商大户，为了光耀门楣，自小被家里逼着读书上进。他做人豪爽尽兴，与章荃的沉默寡言正好相对。

另外二位，是一起开门教学，弹一手好琴的"抖云"孔令南和管箫大家"聊云"刘水禅。他们当年都是章荃手下做职管的同僚。

季豹发现，"三绝"都对自己的师父很不客气，甚至有些鄙视。而师父好像也不在乎，还低身俯首地有点巴结他们。

弄清了个中原委，郑季豹终于完整、详细地了解了外祖父的生平。

章荃生在鲁地，和"亚圣"孟子是同乡。祖上有人官至六部，并在太祖高皇帝的"酷制"中得以全身而退。书香传家的清流门楣，出了无数秀才、进士，做官的也不少，而且几乎人人能保已全家，善始善终。不是章氏子弟孱弱无品，只是他们的"入世"都伴随着对"中庸"的深谙而已。

这一传统，在章荃这里戛然而止了。

景泰八年，太上皇朱祁镇趁弟弟景泰皇帝病危之际，发动政变重新上台掌权。时为朝中重臣的商辂，作为新皇旧时"潜邸"的老人，本来在"夺门之变"后不会被波及，但由于他反对"夺门"又"夺命"，从而被"复辟帮"诬陷，指控他与兵部尚书于谦勾结，有"另立"藩王之举。要不是他的门生章荃冷静周旋，趁面圣的机会，当堂拿出了恩师"立储"意见的手卷存档稿，商辂早就继于少保的后尘了。当然，这让那些想借机扳倒商辂的"夺门有功"者对章荃恨之入骨。

于谦死后，许多官员受牵下狱，冤案齐发。首当其冲的章荃，在狱中受尽酷刑却一口咬定换存手稿是他一人所为。商辂被放出天牢之时，执意要与章荃相见。狱卒告知，他的学生已"病"重不治。

章荃流尽了自己的血，救了恩师和与此有关联的同行。

这也是章青蕤在父亲枉死、母亲病殁之后，能避过充军抄家之祸，又在郑云梧"纳娶"的掩护之下，离开京城，顺利来到大漠安身的原因。那些被章荃保下来的人，在救助其独女的行动中，

第八章 岐黄劫

群策群力,有人的出人脉,有钱的出财帛。可以这么说,郑季豹能来到这世间,都是沾了他外祖父的荫庇。

"夺门当晚,我正在部衙当值。听说有人已经'奉命'在抓捕于少保的路上,慌乱之下我跑去告诉了汝延。你外祖当即去礼部,自摹了商大人的'复储疏',把原稿换了出来。上面内阁留中的'印',是汝延用朱砂描上去的。老夫到现在都还记得,那枚方印被章兄描得与真无二。后来徐贼(徐有真)派来毁稿灭证的阉人,根本没发现那卷手稿是假的。不多时商大人果然被下了狱,我胆战心惊,惶惶不可终日。你外祖让我递辞书,还劝我尽快远离京城。这也是你那几位祖辈叔伯至今鄙视我的缘由。"

"祖叔伯们应该知道那是外祖在保护您啊!"季豹有点为师父叫屈。

"可我确实在大家都倒霉的时候提前逃跑了。商大人被打入了天牢,性命堪忧。上百的六部同人跪在甬道上为其喊冤,你外祖几经交涉,终于在面圣的时候呈上了商辂大人的手稿。可大家刚回到部府,锦衣卫就把汝延锁走了。同人们又返回为汝延喊冤,还被那些阉人驱除殴打,你泼云师伯头上有一道伤疤至今可见。这么多年了,为师一想起来还是觉得对不起他们,对不起汝延。今天能收你为徒,是上天给我的机会。你学成之日,就是老夫的翻身之时!豹儿,为师也拜托你了。"

比郑季豹大了近五十岁的药头古,在自己年轻的弟子面前哭得像个小孩子。

"师父,徒儿心中有个疑惑,不知该不该问?这座道观是真的吗?"季豹见老人一直痛哭不已,怕这样下去师父会伤了身子。

他凑近老古,表情神秘,其实就是打岔。

"什么?"古济天一时间没明白季豹的意思。他擦了一把老泪,开始平复了下来。

"弟子觉得此观位置地势不佳,戒台上还放满了花草鱼虫。一众道士既不打坐学课,也没见香客上门。这里不像道观,倒像是喜欢供三圣的民户庄院。"季豹说着,一双星目盯着师父看。

"哎哟?……哼……你是汝延的孙子没错了。知道吗?当年你外祖的观微本事,在礼、吏两部是有名的,大家都说他不去刑部或大理寺当差是屈才了。不过,你还是差了点儿火候。这里是道观不假,掌门石山子,正属全真教一脉,只是在崆峒一地挂单。说你有祖辈的风采也不假,因为石山子只有闲空一个徒儿,还是门外的世俗弟子。除了他,观中没第二个人做道士的功夫。所以,这里鲜有香客光临。你三位师叔伯都是这座道观的金主,也是这个院子的真正主人,羽云观是他们'附庸风雅'的场所。长风子实际上是这里的大总管,那些穿道袍的都是些雇佣罢了。你才来不到两天就能有此一问,不愧是汝延的亲外孙。呵呵呵……"老头说得兴奋,已经忘了刚才的难过。

虽然探明了观中的秘密,但季豹还是被师父的一番话惊了一下。

很明显,此观是几位老前辈的"埋名"之作。要不是身边危机不绝,他们何以几十年来都只能在这里隐忍"修行"?

与其说郑四公子有缘学岐黄,不如说是他命中注定有此一劫。

第九章　崆峒缘

在崆峒山后麓的上寨，设有"天济药坊"。这是药头古"天济堂"舍下的分支，也是一处以炮制药材为主的大作坊。

"浩荣，润光，这是你们的新师弟郑季豹。豹儿，给你的师兄们行礼。"

堂上站着两位壮年男子，他们身后都跟着几个年轻人。

随着季豹给师兄二人行礼，屋里一片"师兄有礼""师弟好""师叔有礼"的杂乱问候声。

药头古的弟子们看上去和郑云梧的岁数差不多。季豹被一大帮同龄人喊"师叔"，让他着实不自在。因为季豹是拜在老古的门下，他是"小萝卜长在梗子上——背儿（辈）大"。

"小师弟，可有字讳让我们称呼啊？"开问的是矮胖面白的邱师兄，他名林良字润光。

"末辈名季，字豹。叫季豹顺口些。家里人都这么叫。"

"这样说来，师弟起码有伯龙仲虎两位哥哥对不对？"这次笑着说话的是高瘦黑面的齐师兄，他名飞雨字浩荣。

"大师兄聪明，正是呢。"季豹点头承认。

郑云梧的养父是从内地被朝廷抽来的戍边屯丁，将军是他从

一场杀戮中救下来的孤儿。将军夫人方玉茹最烦咬文嚼字,所以郑家男孩就大龙三虎地排着叫,女孩就二枝五叶地随便喊。后来还是章青蕤提议,给郑云梧的儿子们改名伯、仲、季,字称龙、虎、豹。

跟着师父的时间不长,季豹就觉得心旷神怡,格外自在了起来。

老古脾气温和,对待季豹像是他老来得的少子。就连徒弟的衣食住行都要亲自关心照料。两个师兄也热情提携,对小师弟爱护有加。最惬意的是,每隔一段时间师父就带着他到羽云观小住。向另外几位老师伯汇报了自己的学业之后,他就能钻进观中的典籍藏室读书。季豹很感慨,在这道家修行之地,不但官样邸报、民间读物、经史子集一应俱全,竟然还有以前他只听过没见过的话本、"禁书"一类。

更重要的是每次都能和闲空结伴游山,望涧观湖。天高云阔地逛下来,季豹很畅快。

"听师父讲,几位老居士对你的悟性和能力很赞赏,这挺不容易的。认识他们这么多年,我就没听他们赞扬过什么人,尤其是对年轻少小的后生子。所以'三绝'一直都是各自潇洒快活,从不带徒。现在好了,你成了他们共同的弟子,加上古老先生,你不想成才都难啊!"

这一日,闲空带着季豹来到了前山的紫霞岭。透过山坳,一波碧水尽收眼底,仲夏的崆峒,草鲜树绿,一片生机盎然。

闲空一时兴起,纵身一跃上了树,还爬到外伸的枝杈上,让自己的身体在上面摇摇晃晃的。他看着心情不错的季豹,想着他

第九章 崆峒缘

之前的落魄之态，心中为朋友高兴，不由开口添趣。

"听老师说，观中只有掌门和令尊是道人，那你是怎么回事？"

季豹听到"成才"二字，就想到当初喝光了闲空的酒，借着醉意大吐心中苦水的事。他一时觉得很难为情，赶紧岔开了闲空的话题。

"哦，这是另外一个不幸的故事了。"随着身下树枝的摆动，闲空的声音有些低沉了，"我母亲祖籍晋州，外祖是读书人。因为外祖母过世得早，她和舅舅是在继母的白眼下长大的。我家里是做茶叶生意的，婆婆和外祖母是早年的闺中密友，因此有了两家的结缘。虽然外祖鄙视这门亲事，但拗不过母亲的以死抗争，无奈遂了女儿的愿。可舅舅就没有母亲幸运了。他被继母逼迫，要迎娶跛女，就为着人家女方的丰厚嫁妆。母亲得到消息气愤不已，不顾即将临盆的身子，回娘家为舅舅讨公道。因为情绪激动，在与人的争执中不幸滑了一跤。父亲把母亲接回家的当晚，我出生了，母亲却没了。"说到这里，闲空鼻子堵塞，红了眼眶。

季豹用同情的目光看着闲空，悲哀着他的不幸，也暗感自己的好运。母亲除了尽"先生"的职责外，对自己还是关心爱护的。只不过比起嫡母的宠溺娇惯，她严厉些罢了。

闲空的父亲把对娘子的全部思念都倾注在唯一的儿子身上，偏偏闲空是个体弱多病难养活的，不到两岁已显不治。也是机缘巧合，游历道士石山子上门求宿，见主家小儿危险，用一帖黑乎乎的药膏把孩子的肚脐封严，告知有个叫药头古的医生也许能救孩子的命。道士还自请带路，帮着闲空父子来到了崆峒山。

病入膏肓的小童，经过药头古的调治，竟然一天天好起来了。可怪的是，闲空回到晋州老家，就会病发反复，而待在崆峒山他就会好好的什么病也没有。几次往返，做父亲的认定儿子与崆峒山有生命之缘。他被石山子的师父，终南山的林知山人收为弟子，定名长风子，与石山子做了师兄弟。长风子让儿子挂名在师兄帐下，把自己的家产全部变卖，支持师兄在崆峒山自立门户。闲空长大后不忍离亲，就用当年师父给的道名，替师父和"师叔"打点观中的外界事务。连道士必有的历练功课，都由他揣着长风子的"戒牌"，代半路为自己出家的"师叔"身行，也因此才有了与郑氏父子的沙漠相遇。

"人家都是把道观修在山顶端，那样才能与上天的神仙离得近啊。羽云观建在阴山背后的，那地方怕是都被祖师爷忘了。"话题有点儿闷，季豹又改了口。

"你知道什么？几位居士都是景泰年间走脱的朝堂中人，又都与商辂和你外祖有密切的关系。他们能无声息地隐在此地，要不是有师父的道观周旋照顾，这几十年的朝政风雨浸淫，能轻易躲过去吗？"

闲空的话，让季豹无言。郑家之前的无名劫难，各种突如其来的艰险他是身受过的。

"知道了几位祖叔伯的遭遇，我对父母不让我走仕途一事已经更加释然。母亲说得对，大世流下，凭借个人之力能做的事情太有限了。看看三绝，哪一个不是旷世之才，不是大雅君子？他们拥有满腹学问，一腔的为民伦策，还不是要隐在这阴郁山间才能苟活？他们还是好运的，想想我外祖，他的不幸，让母亲痛伤一

第九章　崆峒缘

生。这次我家无端遭遇大难，若没有外祖之劫经历在前，怎能有章法避祸于后？母亲是用满身血疤之弱躯，举用了全部的人生智慧，为郑氏一门挡住了祸端。想想我自己以前的所作所为，真是惭愧。"季豹说到此处，忽然伤感起来，他赶紧掩饰地扭了下头。

闲空用一种似笑非笑的表情，端详着季豹，就这样过了好一会儿。

"你为什么这么看着我？"季豹问。

"我是为你高兴。人啊，要经事才能成长。你现在提起令堂既不是姨娘也不是先生，而是母亲，你长进了。"闲空一边笑着一边从口袋里掏出一封信递给了季豹。

"这是什么？我家里来的信？道兄如何不早说？"

季豹兴奋地跳起来，一把将信件抢在手里。当他看完了却有些蒙。

"父亲写给石山子道长的信，怎么会在你手里？"季豹看向闲空，"原先以为，我们在大漠里是偶然相遇，后面有联系是因我之故。现在看来，道长和父亲的'旧识'并不如我想的那么简单。"

"你说对了。咱们大漠确是偶遇，郑将军与师父的旧识也不简单。师祖林知山人与商辂大人很早就有交往，景泰事后师祖受商大人之托，替他救助了'三绝'一众。终南山的道门中，各种势力派别林立，又多与朝中人有来往。为了安全，师祖就派师父来崆峒挂单立观。这里虽然地势不济，与神仙隔缘，却是为几个隐忍之人打掩护的极佳之所。后来老家庆阳的药头古也找上门来，为旧同僚的安身出钱出力。说起来，我师父还是令双亲的大媒呢。"

郑季豹听傻了。这些事可没人跟他提起过。

　　随着闲空的叙述，时空被他拽回了大明天顺二年……由于当年被抽调"护送"太上皇"反銮"时恭顺有度，身为千夫长的郑云梧被"钦点"，代表甘肃的将士进京接受已复位的新皇嘉赏。他受当时都司使的委托，给赋闲在家但已经脱罪的商辂，送一套用幼狼毛自制的笔。

　　郑云梧一介塞外军人，与朝中文官从无交集，来拜见商辂显得有些拘谨。

　　"有一事老夫难以启齿，请见谅。"

　　郑云梧被商辂说得有些惴惴不安。自己能登高府，不过是被上司利用的修好"探手"。俗话说，"不打上门送礼的"，没被大户人小瞧已是知足。从被管家引进大厅，商辂等在那里热忱地接见他，寒暄中又不明所以地几次借故走开，这一切都让郑云梧觉着诡异。

　　"大人不必客气，有事尽管吩咐。"郑云梧立身揖手。

　　"子均不仅器宇轩昂，更兼武职儒范。不知可有家室？"商辂问得直白。

　　"……卑职已有一子一女，糟糠三孕在身。"郑云梧自觉明事，回得干脆。

　　闻言，商辂不由黯然失落。他犹豫了一下，重重地叹了一口气。

　　"大人，在下军务在身，如此告辞了。"郑云梧不忍与商辂对视，他行了礼，转身就要离去。

　　"军爷请留步。"

　　话音未落，郑云梧的眼前出现了一个年轻的道士，正是石

第九章　崆峒缘

山子。

"总长别误会，商大人确有要事请您帮忙，只是觉得此举难为军爷了。"

郑云梧剑眉微蹙。

以商辂的名头，什么事需要他一个低阶军士帮忙？还要觉得过意不去？

"郑军爷可闻礼部章荃大人的事？"

"来京以后，听兵部的同人说起过。"

"章大人身后，夫人病殁只留一女，虽暂时无虞，却因父案所牵被退了文定。大人担心，一旦朝中再变，恐自身难保，到时章小姐在京城的处境会更加不堪。当务之急，送小姐远离京畿才是永逸。只是旧鲁章氏已无近亲可依，章小姐身份敏感，只身外走又怕引人注目。听到有边将入朝受赏的消息，又巧逢您的拜帖递进，大人得知军爷近期要返回甘州。总长镇守边塞，功勋卓著，此次受奖更显为人品格。商大人想请您做掩护，把章小姐带出京城，如有可能再稍绕一路送她进崆峒，到了那里自会有人接应。此事若成，被章大人救过的同人们都将感激不尽，不知郑军爷意下如何？"

话毕，道士几乎对着郑云梧躬身到地。他回头看向商辂，曾被人称为"天官"的人，也立身悲情地注视着他。

郑云梧一下子被眼前的两个人感动了。商辂为官清正做人正直，郑云梧对此早有耳闻且深信不疑。章荃为救商辂被人残害的事他并不全知，但对自己一直敬仰的于谦，在同一事件中被冤杀的原因却心明如镜。当初于少保的噩耗传来，郑云梧心中是万分

痛惜和无奈的。今天，面对信任，他决定，要为当初的无奈做个了断。

"商大人，这位道兄，承蒙二位如此信任在下。有什么需要卑职做的，吩咐就是了。"郑云梧一口答应。

进京述职受赏的军官，带着在京城讨的妾室返回驻地，他们的马车行李过城关的时候，守卫们都懒得上前查看。

章青蕤就这样被郑云梧带出了城……

但章青蕤并没有按照原来的设想去崆峒山落脚，而是与郑云梧在路上"假戏真做"地结了连理，还随着他去大漠落了户。

"这些是你来此之后，师父告诉师叔爹的。我知道的也就这些了。"闲空把话说到这停住了，郑季豹也不好往下追问。

"这种事情，做道士的应该不会胡说吧？"郑季豹这样想着。

第十章　学漼漫

齐飞雨带着四个徒子和师弟郑季豹，一行六人十多头驴的货队，穿过上寨的草门楼，拐进主街的一条岔道，到了"天济药坊"的后门。

"大师兄这一趟辛苦了，师父他老人家知道你们今天能到，早就吩咐厨房备了酒菜，要给你和小师弟洗尘呢。"

等在门前的邱林良快步迎上来，他一边和齐郑二人互道寒暄，一边挥手让众人帮着卸行李。

"老五，看着他们卸货。完了事洗漱一下，跟我去见师父。别磨蹭啊，这天过了晌午怕是有变。"齐飞雨对着郑季豹大声嘱咐道。

"是，大师兄。"季豹应声答着。

"师兄这是怎么了？谁惹你生气了？"邱林良往后看了一眼，压低了声音问道。

"明知故问。除了老幺还有谁？"齐飞雨喘了口粗气，外带叹息。

老古共有五个徒弟。除了齐大、邱二、老幺郑五，古济天的大儿子古三，还有一个是凤翔府"济世药房"的掌柜，老四许复。

齐老大是个急脾气，说话办事直来直去。

"他是关门郎，师父又宠。我看啊，也只有师兄你才能让老幺听话。这次他犯了什么错？不会又是山芋剥皮、菜团子抖搂馅儿一类的事吧？"邱二道。

"我就看不惯他身上那股子娇气。你说咱们每次出远门谁不是风餐露宿的？师父也一样啊，这么多年大家都是这么过来的。他倒好，自带帐篷就罢了，还网床被筒、炭炉小锅的一应俱全，他的东西一头驴都驮不过来。你的几个师侄都被那小东西给带坏了，在一起谈论的不是药草成色，而是丹甲、染腮，都是些茶呀琴啊的享受之类，简直不成体统。他哪里有一点儿悬壶弟子的风范？气死我了。这要是我徒弟，早就被我打跑了。"齐大被挑起了火头。

"唉唉，这种话师兄最好别再说了，更不要在师父面前提老幺的这些不是。他老人家会不高兴的。"

"你什么意思？我做大师兄的，说他是为他好，难道我会编派他？这次行前，师父还特意嘱咐我，要对老五严加管教呢。"齐飞雨停下脚步，疑惑地看着邱林良。

"急什么？我还没说完呢。"邱二接着道，"你们走了以后，有一回我伺候师父浴身，发现他后背不仅有火罐的印痕，腿上胳膊上青一块紫一块的，到处都是针眼。"

"啊？师父让那小东西在自己身上验脉络？"齐大惊了。

"别说我没有提醒过你哟。"邱二笑着回答。

一向脑筋不拐弯的齐飞雨，望着邱林良竟然沉默了。

古济天对郑季豹这个意外得的弟子是万分感激的。没错，就是感激。他不仅感激上天给了他报答好友的机会，冥冥之中，他

第十章　学澭漫

还等到了能把终身所学和身后事放心托与的人。季豹之前的四个徒弟都不让老古称心。

老大齐飞雨，心直脑慢，天分不足；老二邱林良，聪明智高却私欲难控；老三古元盛，善商广趣，无心父志；老四许复，身弱意怯，恐担责任。面对以上，药头古无奈有时了。

郑季豹的不足之处就是他太年轻，由他继承老古的衣钵定会众口不服。然而，古济天已经决心要把"天济堂"的堂主位置，传给这个小徒弟了。

季豹从外面回来没几天，药头古就让邱林良张罗车马，要带着季豹回庆阳的总店。

郑季豹和二师兄的两个徒弟，用篷车载着师父，一路清闲逛景，行程不疾不徐。这天，他们刚刚走进下榻的客栈，店家和一个穿着华丽的中年人就迎了上来。

"父亲，路上可辛苦？"

"怎么会？有你师弟照顾着，为父还能累着吗？"老古对一旁牵着马的郑季豹介绍道，"豹儿，这是你三师兄，上来见礼吧。"

"三哥，小弟有礼了。"郑季豹双手抱拳对着古元盛躬身行礼。

"五弟，别客气。父亲让你费心了。"古元盛也对着季豹揖了揖手。

"天济堂"在庆阳府是数一数二的大铺店。有坐堂郎中、大药房，还设有成药、剂药柜台。古元盛虽是古济天的儿子，但他不算是真正的子承父业，只在这里当掌柜。他的强项是搞南北材料流通，批发干鲜药草。

第二天的傍晚，古元盛把一众人安排在总店后院的一个大宅

子里。

"老五,晚间别忘了给老人家灌个汤婆子。人上了岁数又有消渴症,睡觉不能脚冷。"

"三哥的意思,师父要住在店里不跟您回家吗?"季豹话刚出口,马上意识到自己有点多嘴了。

"你是第一次来庆阳,一些旧事不知道不怪你。你师父和师娘互不往来已经许多年了。那时候我还没你大呢。"古三并不觉得突兀。

郑季豹抬手撸嘴,头扭向一边。这真不怨他嘴欠,他就是不知啊。

"师父,您老也是的。以前不说也没什么,可这次咱爷儿俩乐呵了一路,晚上抱着您的脚睡了好几天,怎么就换不出您的一句提醒啊?三哥一定嫌我是个不着调的多嘴小子了。我也太窘了我。"到了晚上,季豹一边给老古铺床一边埋怨。

"只能说老二嘴严。又不是什么光彩的事,有什么好张扬的?"老古道。

"那不行,我也忒冤了。爹娘的往事是听个道士讲的,师父的往事是听您儿子讲的。不管是儿子还是徒子,我都当得太没面子了。"季豹拿出哄嫡母大娘子的招数,跟他的爷爷师父耍赖,非缠着老古说原委不可。

就这样,似爷孙,又似老父少子的师徒二人,拥着一床被,揽着一个热水汤婆子,在初冬的寒夜里聊起了往事……

古济天出身医学世家,他的祖父是有名望的郎中圣手,善用针灸丸药。老古父亲除继承了家传医术外,还来往于广袤地缘之

第十章　学灌漫

间，收集药材，开办制药坊铺。他用药更是出神入化，生意也做得挺大。由于家中富裕，人脉济济，古济天被父亲寄予了更大的希望。他拜孔子入私学，七岁得童生，十一岁中秀才，十七岁入了进士榜。二十岁后，老古一直在京畿重地天子脚下任职生活。虽没出将入相，却也挣了一份超越祖辈、荣耀门楣、吃皇粮、有前途的差事。他娶了庆阳县丞的师爷之女为妻，落户京城，得了两子一女。那时节，古济天与张荃一众同吏好友，闲时出游踏青，得空相聚品茶。他任上得上司的赏识，回堂有妻小的围绕，老古的生活惬意又踏实。

然而，这一切都随着景泰年号的废用而结束了。

回到老家的古济天，纵有祖上家业可承却没了衣锦还乡的风采。老古为自己躲过了灭顶之灾而庆幸，可古夫人却因在亲戚、闺中姐妹面前的"官眷"名头已末，要强的炫耀之心蒙灰，心情郁闷不快，终日郁郁寡欢。当老古接纳了大儿子要弃仕途从父业的请求时，古氏夫妇的矛盾爆发了。结果就是，老古自觉愧对"泰山"的托付，也能理解妻子的埋怨，只身离家了。而古夫人决然独身担负儿女的教养责任，再没问过老古的一切。夫妇俩并不是真的"老死不相往来"，因为有元盛在中间沟通，二儿子元辅的娶妻宴，女儿出嫁的离亲会，老古也都坦然出席了。

"说起来，老夫只是为元盛扛了雷，他的心思根本不在我身上。和你另几位师兄比，元盛除了医术不行啥都行。他头脑清楚、做事爽快，天济堂今天的规模，比你师爷爷最好的时候都大上好几倍。有时候，人生真是莫测。父祖的期盼我没完成，但老夫半路回头却发扬了济世的家风。我儿子不问政事不学悬壶，科举屡

试不中却把药材买卖做遍了大明疆土的左右边缘。连他的娘亲、兄弟、妹妹，都是他替我供养的。不然，老夫何来一心隐世崆峒的清净日子过啊？"

"您老人家用不着这么妄自菲薄吧？毕竟是靠您的天济堂大名为支撑，三哥的通商之能才有用武之地吧？"季豹见师父一脸的浅笑，忽然明白了老古的话中有话，"您这是为天济堂的传承操心啊！说起来，咱们堂口是走以术养药的路子。三哥是个洒脱的人，经营天济堂不是他的唯一志向……所以，您才会为许复四哥的推脱不上进犯难吧？"

季豹的话让老古把眼珠子都快瞪出来了。

"师父别生气，这，这事……实在是二哥的嘴不太严我才知道的。再说了，四哥跟您……就是一个模子里刻出来的，您想否认也难不是？"季豹赶紧给自己找理由解释。

"老二没向你露一句有关老三的话，却讲了老四的是非？"古济天认真了。

季豹看着师父，一时不知该如何回答。他现在才知道，二师兄很了解天济堂嫡系的情况，也甚明老古的心思。可见，让自己知道许复的事，不是无意为之。

"看来老二不仅仅只有心思，还有续进的手段啊。唉，何至于此啊！"老头一激动，有些气短。

季豹赶紧从被窝里跳出来，搂着师父轻揉他的背。

"老夫没事，哪里就能死了？"

"师父，没得不吉利啊。"

"哈，你个行伍出身的小子，惧什么死活？"

第十章　学漤漫

"这您就不知道了吧？越是不好活的人才越珍惜活的机会呢。"季豹说到这里，想起自己当年的冲动所为，真是愚蠢至极。

"那好啊。为师这就给你一个能珍惜活的机会如何？"

"什么呀？总不能把天济堂交给您的徒孙子吧？"

"老夫要真这么做，你还逃跑不成？"

"我跑什么？三哥不要，四哥不敢，大哥二哥您又不给，老六眼下还没影，除了我您也没人可选了。"郑季豹随口调侃，还对着师父做鬼脸。他感到有些冷，快速溜回了被窝。

刚刚躺定，季豹突然把被子一撩，翻身又起。他呆呆地望着师父，不敢笑了。

"你还没回答老夫。"古济天又一次清清楚楚、毫不含糊地追问。

"师父……您，您没发烧吧？"季豹爬过来要摸老古的头。

"怎么会？为师就是现在死了，你也是天济堂的新堂主。"

郑季豹伸出的手在空中僵住了。情况严重了。

"行了，你好好坐着，听为师跟你说。"老古把一件棉衣披在季豹身上，又把被子给他围了围。

"师父，先听徒儿说好不好？我能拜在您老人家堂下，已是沾了祖上的阴德。以后如能用师父教的技能奉养父母，养育后人就是徒弟一生最大的造化了。您也知道，母亲只豹一子，我还有女儿待抚，学成之后我定是要回去的。"

"这与你做天济堂堂主不冲突。我们能在金城设分号，你也可以接家小来崆峒或者在平凉落户。你娘亲有郑将军护着，你爹又不只你一男，他们都会支持你的。"

"师父爷爷，我就问一声，您别怪徒弟多事。四哥明明是您的亲儿子，医术学识也是吾辈中的佼佼者。除了不姓古，四师兄接任天济堂，名虽不正但言顺呀！师兄们要不服气，大不了分家另过呗！"

"你哪里知道这其中的难处呢？就说你二师兄吧。他有掌总堂的心却没有管总堂的德，就连医术都因他的心不静而没达到他该有的境界，这才是我不选他的真正理由。你四哥天生一副与世无争的心性，从小到大在他娘的管制下活得小心翼翼。他们娘儿俩如今在凤翔府过得无灾无虞、家宅和睦，他不想蹚老夫的这汪浑水，为师怎好强迫他？"老头儿说到这里停顿了一下，他的眼光望向窗子。

外面月残影稀，冰冷风烈。

"说起来也是凄凉。亲生儿各有心计不能绕我左右，老夫多半生的心血也无从给予。衣钵不给老二我自忖无私心，偏林良视我为父，顾我周全从无倦怠。我念他的这份情义孝心，多年来崆峒的药坊，你二哥已是实际的坊主。这点，你是清楚的。"

郑季豹来崆峒近一年了，日常起居都是随着老古与邱林良在药坊的后院吃住。邱娘子是粗通文墨的当地人，持家很有条理。季豹能感知二师兄为人精明善于计较，但邱氏夫妇对师父的尊敬和照顾是无可挑剔的。连他这个"蹭吃喝"的师弟，都被他们悉心关爱得与自家孩子无异。不像大哥的娘子，自私爱财的性子都懒得掩饰。能在他第一次登门拜访就摆脸子，嫌弃他的礼物是"当街到处可见"的东西。估计师父没和他们同住也没让他们做药坊大院的主人，和大嫂子的处事脾气有关。

第十章　学潢漫

"为了不让事情骤起波澜，我这次要求元盛和许复都回崆峒。之后老夫会闭关修身，由你任天济堂的总堂主。元盛还要马上筹办金城的分号。"

郑季豹愣在那里，两道剑眉紧锁。他试图弄懂师父爷爷此举的真正目的，可任凭绞尽脑汁也想不出个所以然来。他干脆噘着嘴，一副委屈的神情斜眼瞅了师父一眼，又钻进被窝还蒙上了头。

"怎么？就这点儿担待呀？不是你在师父面前嘚瑟的时候了？是谁昨天说，能把老大老二的徒弟们都攥在手心里的？不是还吹牛，能在上寨的药坊里'说一不二'吗？如今老夫正是用人之际，还没较真儿就尿得出溜了？瞧你这点子出息！"老古心中暗笑，一边用手拍打着季豹的脚丫子一边调侃他。

季豹拽着被子把脚缩回来，他把自己的身子团成了球。老古的一句"用人之际"让他惭愧。长这么大，让郑季豹最恨的事，莫过于有人不公正地对待他。为了这个，他从小就用自己的方式默默地与外界对抗。

季豹还不到三岁就能连说带比画地告郑仲虎的状。在长兄二姐不作为的情况下，力证是三哥偷吃了拜祖宗的供果。仲虎因此挨了爹的一顿棒子，让他报了有人总背着大娘子抢他东西的仇。他当着几位官眷的面，大夏天的把自己鼓捣得灰头土脸，从烧炕的洞里愣是扒拉出一个布包，里面是几件嫡母不常用的粗糙首饰和几粒铜钱碎银。方玉茹的陪嫁、心腹，专门与他母亲作对的徐大娘，因为逃不过干系而羞愧请辞。章青蕊为此罚季豹足足跪了一天，饿了三顿饭才让他说了实话。他在嫡母的屋里假装睡觉，徐大娘的把戏被他看了个满眼。为了解被骂"下贱胚子"的恨，

就让那个恶毒的女人当众出了糗。

那一年，季豹才六岁。

可自打来到崆峒山，郑季豹再也没机会因为"不公"而动脑筋、耍脾气了。在"天济药坊"，比起师兄的一众徒弟，他这个做"师叔"的，已经和"不公"换了角色，成了总占便宜的一方了，如今，这便宜都占到几位师兄的头上了。他再少年老成也自觉还不是那块"材料"。二十四岁、一事无成，接掌堂将面对的，前有二师兄的觊觎之争，后有师父俩亲子的才干之比，就连大师兄都和他的父亲同年。"天济堂"里，除了郎中学徒，役男佣女众多。上下百十号人的调配打理，天南地北的药材买卖，这种担子，岂是郑季豹能担的？

"师父爷爷，您不会是利用我去刺激、告诫什么人吧？没错！就是利用！"季豹突然探头出来说道。

"小东西，老夫在你眼里就这么无能？本事不大，坏心眼子倒挺多。我也实话以告，多希望你已然是块真料，能马上接掌'天济堂'。省得为师还要费精神敲打老二、教训老四了。只要你不像元盛一样，志不在此，那就让师父利用一次，不行吗？"

"行！这有什么不行的？只要您老人家别赶鸭子上架，徒儿现在就是师父爷爷手里的刀。您让我削谁我就削谁，让我砍谁我就砍谁。反正有三哥在背后戳着，能为师父分忧，幸何如之？"

郑季豹在庆阳府待了近十天，古元盛带着他白天参观天济堂大店各柜台的整体运作情况，晚上给他交代总堂各项买卖账目的进出细作。每天晌后乘着老古午睡的时间，元盛都把季豹带到一个叫"眺苑"的茶楼喝茶。其间，总有几个与天济堂有买卖来往

第十章 学漼漫

的客人陪着。

离开庆阳的前一天，元盛带着自己的娘子和三儿两孙来到药房和老古聚宴，席间欢颜笑语。看得出来，晚辈们对老古都非常尊崇。晚些时候，季豹怀里抱着一个，手里领着一个，在院中和两个少子玩得不亦乐乎。

"叔叔既然这么喜欢孩子，为何不把弟妹和侄女带到崆峒来？你们年轻小夫妻的，不好分离太久。"元盛娘子看到家公的新徒弟对自己的孙子很有耐心，心中高兴不禁攀谈。

"我哪里有资格这么干啊！季豹如今无技压身，养家糊口更谈不上。如今只有努力接受师父的教导，学习三哥的本事，争取尽快出师下山。不然，我都没脸去面对家人呢！"季豹刻意地转了话头。在一阵"小爷爷，小叔叔"的喊叫声中，又和孩子们搅在了一起。

"这小叔叔不会是害羞吧？挺畅快的一个小伙子，别是跟他的将军爹一个样子，也是个惧内的？"

老古的眉头蹙了一下。哎，儿子也好，徒弟也罢，都是些看笑话不嫌事大的。

"爹，小弟有什么别的难言之隐吗？他一个将门虎子，能文能武又聪慧睿智，就算不想入仕，混个军阶应该不难啊？二十多了，也已经娶妻生子，怎么就进了咱们的门？难不成他来此只是作秀，就是替您刺激老四的？"元盛到底找到了机会一问究竟。不然与老婆的私房话被那傻婆娘露了底，自己不是白白地尴尬？

"还真不是。元盛，你觉得季豹是块做事的材料吗？"

"当然。"

"我对他的期望并不高,把你和老四身上的本事各学一半就行。眼下,他的学术哪怕和你一样,老夫都会直接把担子给他。那样复儿不用矫情,你也不用别扭了。我还就谁也不指望了。"老头儿说到伤心处,有点动气,胡子一撅一撅的。

"爹,这是何苦哇?您儿子我,还要在外面顶着这点儿花架子吃饭呢,在小师弟面前可别让我出了糗。"元盛笑着说道。

"你的舆图有什么进展吗?你岳父又有了什么新画卷吗?"老古只好转了话题。

"我正想给您看看呢。"元盛说着,从随身的一个长画筒里拿出一卷图纸。从桌子上一直铺到了地上。

老古很有兴致地细细看着。

"这是从京城入崆峒,从平凉到南京的官道出行详图。刚刚核准过的。"古元盛对着图纸比画着,"只这一路,我就从官图上找出了二十六处错误。无怪我朝之前与人打仗总不赢,连京畿外不到百里的湖都标错了位置。举着那种图来指挥调兵运粮,能跑对了地方除非见鬼了。"

"唉!当年的京城保卫战,于少保要多些这样的实地图做参考,有些外围仗就不会打得那么艰苦了。"老古看了一会儿,深叹了一口气,捋着胡子感慨地说。

父子二人又把几张图纸拼在了一起,元盛指着几处他的新标注,给父亲讲解着。

古元盛的兴趣是对大地舆图的考证和改制。他利用经常出门之便,把走过的山山水水,大村小路都详细画图做标记。每次回家,都细细地画下行程图。他有一个很特别的嗜好,就是专挑官

第十章　学潆漫

方记载在各府志中的地图错误，把官方漏掉的湖泊位置和民间古迹标注出来。他把多年的收集做成了图，还和各地的共同爱好者们合作，有钱的出钱，有力的出力，把稿本制成蓝图印成册子。他岳父是开书局的，只要女婿一有新作，第一时间就会给他排版。因为古三的图非常准确简明，许多买卖家的外掌柜和伙计，都很信任这本《天济出行图集录》，一经新辑出版，几乎是露面就罄。

"三哥，这图是刚出来的吧？"郑季豹的声音突然从后面响起，"我和大师兄过终南山绕太行回来的时候，从他那见过类似的图。我当时就觉得，这做图的很有心。尤其对湖地和古迹的标定简直神了，连四周的围墙占位都有详细的小图放大样，也只有那些对自然风貌有情怀的人才能做得到。"

"哈哈，小老五挺会说话嘛！三哥要以你为知己了。"古元盛看着季豹，他不仅惊喜还有点诧异。

第十一章　铁杵志

早饭过后,郑季豹在药坊的后院跪着抄写药单子,一起被罚的还有另外两个人。他们各自的小桌上都有一摞厚厚的必须今天抄完的破旧处方笺。不同的是,季豹是跪在一张山羊皮上,头上有布伞遮阳,小桌上还给他备了茶水。

"师叔,师父吩咐,这几个方子您要每个抄五十遍。"一个学徒过来,又把几张皱皱巴巴的旧笺摆在桌上。见季豹眉头紧蹙,噘着嘴像是不高兴,学徒赶紧加上一句:"师父还说,这是师祖交代的。"

"知道了。"季豹没好气地答应着。膝盖又疼又麻,腰也不舒服,他有点烦。可看看前头直接跪地露天的两个师侄,他又不能抱怨什么。

"对不起,是我连累你们了。你们口渴吗?这里有水。"季豹小声地对前头的两个人说道。

"师叔,应说对不起的是我们。"左手的大顺头也不回地答道,"师父心中有气无处撒,我们的错非要怪在师叔头上。"

"就是,"右手的练吉也随声附和,"换换工嘛,以前又不是没干过。而且每次都是我们央求师叔换的。师父还取笑说过,您不

第十一章　铁杵志

会当师叔，被一众年长的师侄欺负呢。"

"这次不一样，修水槽是我要干的。这不是你们的学业，二师兄罚咱们也没错。"郑季豹本来心里是有气的，可在俩师侄面前给师兄留面子也是必需的。

季豹打量了一下院内没人，就放下手中的笔，爬身起来把水碗递给了大顺。

"怎么？师弟觉得为兄罚错他们了吗？还是觉得，你以后接管天济堂就能不遵守师父他老人家定下的规矩了？"邱林良的声音从背后冷冷地传过来。

季豹压住心中的火，他深呼吸定了一下神。然后慢慢返回自己的位置，跪下来抄起了笔。"对不起，我错了，以后不敢再犯了。二师兄罚得对。"季豹头也不抬，闷闷地回答。

邱林良来到桌前，给茶碗里添了水，推到季豹面前。"老五，不是师兄不顾及你，他们俩与你不同。穷苦人出身，学本事是为以后的一家生计。他们的爹娘，亲手把孩子交到我的手上，为兄不仅要对他们眼前的学业担责，还要为他们以后的立地尽义。"

季豹心中冷笑："怎么听上去，就像我郑季豹以后定会做坏人似的。二师兄这不阴不阳的几句话，比罚跪抄单子可恶毒多了。"季豹一个翻身又站起来，把羊皮和伞连同茶壶茶碗一股脑儿地丢在了一旁，给邱林良插手作揖后在石板地上跪得笔直，然后规规矩矩地抄写起来。

看着气鼓鼓不服气的季豹，邱林良歪嘴一笑，甩袖子转身而去。他就是要用软刀子捅这个不知天高地厚的家伙，以此来抗议师父古济天的不公正。

古济天从庆阳回到崆峒，把五个徒弟聚齐，还把几处分号的掌柜都请来了。他宣布，自己的关门弟子郑季豹，会在适当的时候掌管"天济堂"做总堂主。但现在，他还是学徒的身份，"接班"要等到他学成出师以后。

邱林良无论如何也不能接受师父的这个决定，他被深深地伤害了。

凭什么？就凭一个戍边将军的庶出子吗？就凭乳臭未干，初闯岐门，与师父有些远古缘分的年轻后生吗？那我邱林良学医近三十年，鞍前马后地维护师门，尽弟子之孝、奉养师父的人就应该被无情地抛弃吗？如果师父把掌门位置给了名为徒弟实为私生的许复我都无话可说，许复的医术毕竟得了师父的真传。给郑季豹？师父怕是老糊涂了。

一向精明稳重的邱林良因为愤懑而失了章法。

上寨是一个有三四百户人家的大村落，依山傍水，一条溪水蜿蜒而过。村民在就近的地方凿石修梯，以便直通溪底汲水而用。天济药坊坐落在村子高处的干爽地方，院落大、人员多，日常下溪取水是这里杂工仆役、学徒帮厨每天的必备功课。夏酷冬严，桶沉路滑，两代人的生活就这样过去了。

这一切，自打门里来了个虎头虎脑的兵将后人就改了。

药坊后面连着一片长满矮树的杂林。顺坡上去，隔着一条狭窄的深沟，对面就是崆峒西台山的后麓。在山里闲逛时，季豹顺着水滴声响，扒开一些野草覆盖的山缝，找水解渴。为了便利，他在显眼的地方留下过记号。几次下来，他突发奇想要装一条"天渠"。在几个涓涓细水的地方筑起小坝、拦水成流、汇集一处，再

第十一章　铁杵志

垒基箍桩，挖木做槽，段段相接地跨过深沟一路向下，能把几里之外的剔透之水，源源不断地直接送到药坊后门外的蓄池里。他的想法得到了一众年轻人和坊内所有女人的支持。在老古不作声的暗许之下，齐老大和邱老二的徒弟们，一有时间就帮着季豹和他率领下的一众匠工鼓捣"天渠"。也就半年的时间，工作完成了。自此，天济药坊因为有了"天渠"而功效大增。这池水，不但减轻了坊里的女人们洗洗涮涮之便，连邻里街坊也沾了光。一时间，郑季豹赢得了周围人的赞赏和关注。季豹为了回报几个师侄的辛苦支持，就经常帮他们抄写存档的药方以示答谢。本来一切如常，可这次大顺、练吉却莫名其妙地被邱林良罚了，理由竟然是他们偷懒犯了规矩。季豹为人求情，反被老古当着邱老二的面给训斥了一顿，还罚他跪抄旧药单子一百个。

"师叔，师祖已经让你当了天济堂的接替堂主，师父却这么不给你面了。这是嫉妒泄愤吗？"大顺对季豹嘀咕了一句。

"哼，我才不在乎。想不通是他自己的事，我可帮不了他。"季豹心知肚明二师兄现在的情绪。

刚刚宣布了自己是未来的堂主，被当成一般学徒使唤也就罢了，还要当众罚跪、受人数落，这事做得让郑季豹尴尬万分。毕竟他被许多同龄人恭恭敬敬地叫"师叔"已经一年多了。

季豹现在才知道，帮师父爷爷的这个忙，还包括受委屈。

"怎么？小小的一次罚跪就受不住了？"老古亲自为跪了一天的徒弟送饭。

季豹蒙头而躺，不吃不喝。他在生师父的闷气。

"你二嫂子把羊骨头都熬化了，这萝卜肉汤加面馍，不吃可亏

大了。"老头用勺子搅动着热汤,香味儿一下子满屋飘散。

"爷爷,我不是受不住,是憋气!明明是二师兄嫉妒,埋怨您没把掌门位置给他,拿我泄愤。修天渠可是您答应的,为什么要罚大顺他们?要不是看在二嫂子的羊肉汤的分上,我和他没完!"饿极了的季豹一下子忍不住了,他翻身坐起,抓起面馍馍就往嘴里塞,又端起大碗呼哧呼哧地喝了起来。

"没完你想干什么?怎么?跪了一天都没让你明白吗?慢着,慢点儿喝,又没人跟你抢。"

"我有什么可不明白的?您罚我不就是想安慰二师兄,让他知道您在乎他吗?"

"明天你继续罚跪抄单子。什么时候想明白了再来找老夫。"老古摇头噘嘴地起身要走。

"别!别呀师父。师父爷爷,明天不要跪了吧?天渠的源头还需要去看看,好几天了,水槽也要检查清理一下呢。费了半天劲,各位嫂子姐姐把我夸上了天,别刚用了几日就淤积断流了。我可丢不起那脸。"季豹隔着桌子拽住师父的衣袖,一连串地求着。

"你知错吗?"老古问道。

"请师父教导。"季豹的语气低沉,脑袋耷拉着。

老古望着季豹,又心疼又失望。他深深地喘了一口大气:"这头豹子还需调教啊!"

郑季豹在优越的生活环境中长大,虽是家中庶子却没因此受过太大的委屈。他有秀才功名在身,学识和才能加上武将后代的功夫优势,仅一年多,就在天济堂的同龄人中脱颖而出。在这里,他没有学艺徒人的唯诺之忧,自己又学习刻苦胆大心细。在老古

第十一章　铁杵志

的亲自教授下，针技和辨证用药都进步神速。重要的是他的所有奇想，都会在师父和师兄们的宽宥之下得以实行。就像这次，他一意孤行还雷霆快动，指挥堂里的匠人和学徒们接木引水。开始老古念他一片好心，就点头许他过把"建功"瘾，可没想到竟让他鼓捣成了。加上天济堂后备堂主的头衔，季豹的意气风发和失落的邱林良形成了鲜明的对照。老徒弟和新弟子之间的矛盾已显，做师父的，如果不让季豹尽快明白自己所处位置的重要，不安下心来，潜心向学，掌握为人处世的精髓，以后别说担负天济堂的责任，他连自立于世的道路都未必走得通。

"你二师兄罚大顺他们的理由是什么？"老古一脸的严肃。

"没完成作业呗！可是我……"

"好了！"老古喝住了季豹，"徒弟没完成当天的作业被师父罚，有什么问题吗？"

"问题是没有。大顺、练吉帮我固天渠，徒儿替他们整理药单、抄写脉案。我一个下午干了他们两天的活儿。以前都是这么做的，师兄并没反对呀？"

"那还是老二的错咯？林良嫉妒，为师应该罚他跪才对，是不是？"老古又是一声呵斥。

季豹把大碗一推，馍也扔在桌上，还转头对着墙。他窝火极了。

"不服气是不是？好！等你吃完了，来后院找老夫。"老古起身而去。

接下来一连十几天，老古都带着季豹待在制作场院里。

郑季豹对药坊的制作流程并不陌生，因为他从很小就帮着母

亲翻药草的筐箩，倒晒片的架子。开始两日，老古不怎么和他说话，他并不清楚师父带他来此的真正含义。反正不再罚跪，也不用对着一大堆方子捡药，挺好。有师父在旁，二师兄总不能再给自己脸子看吧？郑五还没话找话地对着师父问东问西的，以显示自己的好学态度。可后几日，季豹沉默了。因为他发现师父让他来此不是看药而是看人。

邱林良每天都雷打不动地在坊里操持着。鲜药草棚、切片房、杀青灶、熬药台、成品库房等各道工序上都有他的身影，还不算他每隔三日一天的前堂坐诊。有时，刚过来与师父商量事情，没喝半盏茶就又被什么人叫走了。郑季豹甚至在努力地回想，这一年多来，二师兄与他和师父吃过一次完整的饭没有？

郑季豹不知道师父是什么时候离开的。因为他自觉地随着邱林良听差打杂，已经忙得顾不上了。这时的郑季豹，没了傲气，没了烦躁，只有乖乖听话的份了。

古济天的大徒弟齐飞雨，是老古离家时带出来的家生子，比他的大儿子元盛大六岁。在老古几十年的教导、训练、培养下，齐老大成长为一个能独当一面的药品大家。过手的干鲜药材，只需闻一闻、尝一尝、捻一捻就能知道是产自什么时候、什么产地、什么质量。他吃苦耐劳，对人对事无私念，对师父恭敬顺遂，从无抵触。可他做事无远虑还非常惧内，媳妇是个永远觉得被人占了便宜的小心眼儿，因此得罪了许多人。老古宁愿给他夫妇在外头盖房子也不愿和他们在药坊里一块儿住。这也让大师兄在药坊人们的心中，成了最没威望的一个。

邱林良出自当地的农家，读过几年乡学。老古初来崆峒，曾

第十一章　铁杵志

借住在他的家里，后来就跟在老古身边了。他虽外表一般，却娶了个懂文墨、勤快、会处事的贤妇。邱二不但资质过人，还勤奋好学，只要是师父交代的事从来都是做得妥妥当当的。邱林良两口子几十年如一日，对老古照顾得如同亲父一般。邱二已是崆峒的大药坊实际上的掌控人。

然而，老古在选择总堂继掌门的问题上，始终不想选这个徒弟。

郑季豹跟在邱林良的屁股后头，出出进进地近半年，与二师兄的徒弟们无两样地任他调配指使。可能是碍于师父的面子，邱二并没有总难为季豹。

"师父爷爷，您真觉得二师兄与大嫂是一路人，心眼儿小遇事爱计较吗？"

这天晚上，季豹给师父洗了脚，伺候老人躺下。他终于找到了机会，要问个明白。

"你没觉得吗？"老古问道。

"他掌管着药坊上下几十口人的生计，做买卖有计较也是应该的呀。说起小心眼儿，这也不算什么大毛病吧？"

"对你来说当然不算什么。可做总堂掌柜的，要是心眼儿小、不容人，还不能顾全大局就是毛病了。况且，润光的不容人往往不是为了药坊，而是因私废公，为了他自己。"老古说起这个，竟然长叹一声。

"您就是因此才不让二师兄接管天济堂吗？"

"老夫有了更好的选择，为什么还要难为他？"

"难为？弟子不懂。二师兄是真的想做这个总堂啊！他的能力

也合适啊！再说，他的问题也不是这两天才有的，您当初为什么不告诫他呢？"

"润光进门时已经成年，做事又一向谨慎让我放心。那时候，老大反倒是错多。后来老夫发现老二暗中在掣肘老大，也特意提点过他，可结果呢？老大的日子过得更不堪了。老二的心性可不是一句话两句话就能改变的。以你二师兄的才能，管一间药坊绰绰有余。就算他有些毛病但不能延伸到更远处也影响不了天济堂的整体运作，一切都刚刚好。"老古坐起身来，点上一袋烟，对小徒弟道着心声，"咱们天济堂多店同气，但各有特色。凤翔以店医为主，崆峒以制药为大，而庆阳那里是贩卖批发有名。大家互相补充又各自生存。当总管的如果调理得当，几处众人不仅生计无忧，还可日盛。可是，如果当家人私心重，不能做到统筹全局，会让多家联络的优势不存，还会因为内耗而伤及总堂的元气。不让你二哥掌舵，就是不给他犯错的机会，就是不难为他！"

老古对邱林良是失望的。不是他的医术不精，也不是他做事不勤，而是觉得他做人的格局不大。

崆峒一地每每有珍贵新货到手，邱林良总有把戏。像人参、何首乌等药材炮制时，专取部分首头成药自用。对上门求医问药的穷苦人，耐心不足、善举不多。因为与老大有隙，总是在背后给齐飞雨穿小鞋。许多时候，他明知对方是无意之举却睚眦必报。齐老大在药坊没威信，邱老二是背后的推手。

更让老古不能原谅的是，在邱林良知道了老三无意做东，为了能上位，进而对老四蜚语流言。一逮着机会，就敲打提醒许复是个上不了台面的私生子，想当总掌柜不啻自取其辱。许复本来

第十一章 铁杵志

活得就谨慎，生怕被人误会他要夺嫡升位。被邱林良这么一鼓捣，吓得连崆峒山都不敢多来。没有老古的招呼，他一年都不见面。如此这般，老古也烦许复太自卑、太没担当。

"所以说，你是上天送给老夫的礼物，是章兄对我的仁慈。小子，你不用不安心，直着腰杆子学着做你的掌堂。再说，只有背了这个名，你那三个歪心眼儿师伯才会死心！"

"您又多想了。那老三位可没说过什么。"

"好哇，你每次上山都要抱着一大卷子画稿书稿的干什么？每次都被二云摁着吹箫弹琴，又为什么？以为老夫不知他们的鬼主意？"

"师父爷爷，人家三老都是神仙般的人物，我可是个没仙缘的。如今就是一门心思学医制药，将来不辱没师名、不负母亲的期望就是大愿了。"

"呵。你怎么说话像个七老八十的病秧子？为什么不说要养家糊口了？为师可听说了，你屋里的是个从小跟随令堂学艺的用药高手。咱们的金城药店要是开起来，还指着你为师父扬名呢。你可别砸了老夫药头古的牌子。"

见季豹闷闷的，情绪不高，老古接着吩咐道："你也快去睡吧。过几天，你要陪着为师去趟凤翔。有些事，需要交代一下了。"

"是。季豹告退。"

郑季豹没回自己的房间，他出了院子，坐在"天渠"流水池的石头上。开春了，晚间还是很凉。季豹仰头望天，月亮藏住了脸，只剩星星点点。

"养家糊口？我女儿到现在没用她爹养过一天，'屋里人'一

直都是自食其力，还不时给我这个'屋外人'提供衣物鞋袜。更不用说对我用心良苦的亲娘，从没喝过儿子奉的一口热茶。我哪里配说养人养家啊？惭愧！"

郑季豹听着流水细潺，他告诉自己，铁杵志不能空立，自己需要更加努力。此刻，他已经心无二意。

第十二章　为师计

许复对着古济天一连喊了三声"不！不行！绝无可能！"，扔下一脸惊愕的师父和师弟，甩手跑出了堂屋。

老古先是不满，进而气愤，最后跌坐茫然。

"师父，先喝点儿水。您不用着急，此事我们可以再想别的办法。"季豹上来护住师父，他没想到会出现这种尴尬的局面。

此次归来，老古不想走了。与相伴多年的许氏团聚、以后埋骨一起，这是老人在仅剩的时光里为自己做的最后一次选择。可是，当那个从了老古半辈子的女人一直不露面，季豹师徒还被"请"出了店院，只能住客栈，都表明古济天的愿望难成了。

"豹儿，你师父真是做人失败呀。唉，一朝败，事事败。连自己的亲生子都不认老夫，患难相扶的老伴儿也要舍我而去了……"老头儿欲哭无泪，"豹儿，快给你三哥写信，让他放下手里的一切，务必速来凤翔。"

"三哥要能办这事，您又何必等这么多年？"

"说什么昏话？元盛不来，难道要老夫去他兄弟的门上下跪不成？"

"您是非要在这里安家还是接许姨回崆峒住？"

"怎么都行,只要老伴儿愿意,住哪里老夫没意见啊。"

"您确定吗?"

"废话!老夫要不确定,都被儿子撵出来了还能赖在此处不走吗?"

"那就行了。"

"行什么行?还不快去写信?"

"跟您说了,就算三哥现在来了也无济于事。不是他没本事,是他的身份不合适。您要听徒儿我的,说不定此事有缓和。"郑季豹如是说。

"你?你……能有什么好办法呢?"老古沮丧地说。

"好办法谈不上,起码四哥的心情我能体会。也许,'设身处地'才是解方呢?"季豹说得很诚恳。

老古看着小徒弟,忽然胡子抖动、双手痉挛。

"设身处地"的结果无非极端两种,一是盛、辅兄弟添手足,二是老古失两子。这道题,老古回避了几十年,如今是,因由依旧,人已黄昏。

一连一个多月,古济天不再现身。郑季豹天天跟在许复的身后,待在"济世药房"的堂店里观诊。

许复给人把脉,他在一旁认真看,还在后面给师哥扇扇子;许复开药单,他给师哥递笔铺笺;许复忙了一阵子一回头,师弟恭敬地递上茶水。

这哥儿俩都够执、够拗,一个死撑,一个打了左脸换右脸。

终于,许复败下阵来。

"师弟,你为师父着想的心意,四哥都知道,也理解。回去对

第十二章　为师计

师父说，是我这个做徒弟的不孝顺，不能遂他老人家的心。以后，师父还认许复为徒，济世药房也还是天济堂的分店。若再有他求，许复只能带上老娘隐迹他乡了。这绝不是要挟。"

"季豹知道。"

"你可以走了。以你的身份，再待下去有失体统了。"

"我知道。"

……

"说知道可又不走，你还想干什么？"

"什么也不想干。只想找时间跟四哥说一声，我待在这儿，可没有一点儿为师父着想的意思。师哥别搞错了。"

"哼。我原来不知，堂堂的将军之子也是这般无赖。"许复有些烦了。

"你别抬举我。季豹一介庶出贱辈，配不上谁家的'堂堂'。用郑将军嫡儿的话说，我这种'无赖'是天生的。"季豹话中带刺。

"五弟……四哥不是那个意思。对不起。"许复为自己的唐突道歉。

"不必！人就是这样，脱口而出的才是真话，后头的说辞是什么意思，并不很重要。"季豹不依不饶。

"你是为师父向我报复吗？你知道的，我不会让步！"许复急眼了。

"哟，四哥挺自信的嘛！我就算是为师父报复，对象也不是你呀。你姓许，师父姓古。你算哪根葱？"

"郑季豹！你欺人太甚！"许复被激怒了。

"是你不自量力！济世药房是药头古给他老伴儿蓄神的地方。

古氏的买卖，与你姓许的没一点儿关系。还有，少拿什么'隐迹他乡'吓唬人，想隐迹的赶快走没人拦着。但师父的老伴，我天济堂的掌堂师娘却哪里也不能去！我是师父亲选的下任堂主，这事我说了算。"郑季豹大咧咧地一屁股坐在椅子上，还挑衅十足地白了许复一眼，"我就在这坐等古元盛上门见母认弟，那个叫古元复的家伙要是现在跑了，错过了归宗、上不了家谱可赖不得他人了。"

许复双目圆睁呆住了。

一个外罩短襟坎肩的白发妇人，撩开帘子出来了。季豹明白，这是许复的娘。

"师娘在上，徒儿郑季豹给您行礼了。"季豹上来四肢着地，对着许氏把头磕得"咚咚"响。

"是少堂主郑四公子吧？老妇人不知礼数。复儿，还不快把少主扶起来？我们坐下说话吧。"许氏道。

季豹心中一动，师娘的嗓音好温柔，像极了自己的母亲："师娘，这是师父写给元盛三哥的信，他让弟子抄录了一份给您带来了。"

妇人还没接，许复却箭步上前，一把从季豹的手上把信抢了过去。

当许复扑到地上扶起季豹的时候，他已经泪流满面。

"五弟，这是真的吗？师父他……父亲认我了？"

"哎哎，你不识字吗？这里面有认你一说吗？古元复我可不认识，我只认师娘。"季豹一把推开许复，摆着架势掸了掸膝盖上的土。

第十二章　为师计

郑季豹装模作样鼓捣了半天，也没人理他。一抬头，看见座上的许氏用袖子挡着脸。她在无声地抽泣。许复瘫坐在地，用攥着信的双手捂着脸，双肩抖动。他在无声地哭。

郑季豹心头一热。他被这对母子的"无声"之态感动了。

许复的处境，不身历者不能知。老古给了许复生命和营生之技，却没给他尊严的底色和立世的根基。古济天的人生有诸多顾虑，而许复，无疑是被他排在最后的那一个。

人世间就是如此不公平！

深解"其中味"的季豹，不能忍受古氏父子的迂腐懦弱。他给师父摆了一个"赌盘"，赌注就是他的三师兄。季豹坚信，一个不追逐浮名，不沉浸享乐，恣意为心而活，把走过的路经绘成蓝图以飨世人的古元盛，一定是个不拘泥世俗，能抛弃偏见，救父助弟的君子。

老古最终能放手一搏，也是被小徒的洒脱之语打动了："不体谅老父之忧的儿子再多何用？反正您老也不会一败涂地，眼前就是妥妥的完整一家人啊！老伴疼、亲子孝的温馨日子，您往前走一步就有了！我这儿给您保证，他古元复要敢对师父有半点不敬，我就把您背回金城当爷爷养。"

郑季豹注定不会有养爷爷的机会。当天晚上，许复来到客栈，对着老古一通磕头如捣蒜，不容分说地背着老父亲回家去了。

找了一个好日子，请了当地的名望乡绅到场做见证，古元盛带着古元辅的一个儿子，自己的两个孙子，许复及他的俩儿子，给坐在堂上的古济天、古许氏行叩拜大礼。

轮到许复给元盛行礼时，元盛拿出一个精致的盒子递给了他。

里面是一卷家谱蓝本。打开来看，只见老古名下，嫡妻、许氏同行，古元盛、古元辅、古元复同列。

许复自此正名古元复。仪式已成，元复跪在大哥元盛面前久哭不起。

看着师父一家得以团聚，季豹的心里却是阵阵酸楚。古元复心事得偿，季豹的为师计已成。但自己的心中事，能否也有得偿的那一天呢？

季豹直到今天才明白，自己从来没有认真地面对过现实。对吕丽簪的心结，他放不下也解不了。关键时刻，他心中能念起的人，不是恬姐儿、不是母亲，更不是李简。

季豹失眠了。对着黑暗，往事如烟……

……十五岁，初次下场就考取了秀才的功名，成绩还是甘肃五卫军士子弟中的第一名。家里来了许多道贺的人，郑季豹不胜麻烦，一头钻进嫡母寝室的后暖阁，蒙头大睡。

不知几时，他被二姐凤枝的大声嚷嚷给吵醒了。

"我就是不应承，又怎的？不是当年她家嫌弃四弟是庶子的时候了？这刚有了功名，嘴脸就变了？这种势力人家能养出好女子才怪！"

"行了。人前背后的便宜一下嘴好了。心里知道足矣，当面打人脸的事以后少做。"

"娘，虎子的岳丈和他家是沾亲吗？您可上点儿心吧！"

"又来了，出了门子也没让你嘴岔子放软。"

季豹暗中笑了。二姐的心直口快，与大娘同出一辙。

在郑家，由于章青蕤的强势，季豹的庶子身份没人敢小觑。

第十二章　为师计

反倒是嫡出的老三仲虎，因与庶弟争宠言语不睦，被郑将军、郑夫人不知打了多少回。那个被季豹揭发的徐大娘，要不是郑将军嫌她对章青蕤有太多的不恭，也不会丢了事由。

下卫所的总兵有一千金，年已二九还没找好婆家。他几次当面向郑将军提起，要把女儿给季豹做媳妇。郑云梧征得大小娘子的同意就答应了。不想，当郑家张罗媒人，要上门提亲时，下卫将军又亲自来给郑氏夫妇赔礼道歉。他自贬了半天也道出了无奈："家中的娘子死也不愿把女儿嫁给庶子，哪怕季豹已经有了秀才的功名。"

郑家其实对此并没太上心，可季豹知道后却倍感屈辱。他第一次明白，自己的庶子身份，原来被外人如此看不起。

这种遭遇，更小的时候还有过一次。

一大家子去参加婚礼，三哥、五妹被主家安排在别的席面上。而自己的这一桌上，偏偏少了一大盘子炖肉。同桌各家的庶出孩子们都不作声，只有季豹端着空碗跑到大娘那里大声嚷嚷着"要吃肉"。惹得方玉茹推托头疼，拉着三个孩子离了席。因此，在回家的路上，季豹暗中挨了仲虎好几拳。

骄傲的郑季豹，下定决心要走仕途，把父母的警戒和劝说都当耳边风。虽然被母亲设计睡"过"了一回，他还是瞒着家里又一次报名参考，并志在必得。

那年是秋闱，差不多大半年的时间，郑季豹都猫在凤叶的书房里备考。为了报答妹妹的支持，他带着女扮男装的小妹去了一趟凉州城。那里每年都有一场官方举办的竞赛，是为了给大明皇帝祝寿而例行的胡舞选拔大会。当地的官员家属和边远屯军子弟

对此都很追捧。

在返回的路上，季豹兄妹来到"沙湖"骑涉而进。郑凤叶因为前一天玩儿得太兴奋，睡得又晚，进了湖亭就有些犯迷糊，季豹只好铺毡成席让妹妹小憩。

忽然几声惊叫让季豹起身外看。

两个提着马靴的少年站在水里，虽然互相扶着，却还是左右摇晃地稳不住身形。

"你们俩也太笨了，骑马过来不就……"季豹突然住了嘴。

他明明看到了，对方都是"三寸"。

惊慌中，一个姑娘的靴子还掉进了水里。她们愣在那里，想进不成、想退不能。

最后，在季豹兄妹的帮助下，两位姑娘拉着马尾巴才上了湖心亭。

四个少年，三个假扮。湖心亭六面透明，弹丸可栖之地。幸亏有郑凤叶在场，不然，在陌生的男子面前，裸腿丢靴、掉帽湿衣的俩女子，不知要尴尬成什么样子。

底下，季豹成了自然的领导，也担了领导所有的责任。

他给遇客的马喂料饮水。季豹暗笑，有人甚至不知为了第二天的赶路，要给马儿添夜草。

他涉水几出几进，给人拿衣物、递食品。还要拉帘成帐，让女孩儿们自便。

他在湖边当卫兵做瞭哨，不使一众宵小打搅窥探。

直到目送姑娘们进了甘州城的一所高府大宅。

那以后，郑凤叶和都司金事的千金吕丽簪成了好友。吕小姐

第十二章　为师计

的哥哥吕世招，因为也是在考的一员，和季豹经常在府办的公学中赏文论策，所以相识。郑吕的两对兄妹，总有机会结伴聚在一起。他们最愿意去的地方，是甘州附近的山体名胜，也是当地的年轻人最好的游玩之处。一来二去，郑季豹的心，被大方热情、才气不俗的吕姑娘吸引了。

当然，吕家哥和郑家妹都是自愿红娘。

郑季豹对吕丽簪是倾尽感情的。吕小姐的漂亮当然是原因之一，而最让季豹感动的是她对世俗恶矩的批驳、对自己才能的认可。

对于广论的庶子之卑，她说："身世不能选择，但英雄不问出处。"

对于入仕的不被支持，她道："此一时彼一时。虽说行行出状元，可普世的道理却是千年一辙，万般皆下品。儿孙努力拼出来的'黄金屋'，没见哪个爹娘会丢弃。"

季豹平生第一次许诺，"榜上题名"为聘。

丽簪婉应："春闱秋仕，抽刀不断。不吝第次，早见君还。"

吕小姐的期待，季豹愿以命搏。

然而，就在季豹踌躇满志的时候，郑云梧的一封信函，碎了他的心魄。父亲对儿子无视母亲的心结，自作主张地"报考"直接封杀。

季豹至此深知，父母阻他入仕的决心坚不可摧。

跟心上人摊牌，还要承认自己的失败。对郑季豹来说，实在是太难了。

"丽簪，季豹食言了。事已至此，就是想当面说一声对不起，

我辜负了你的信任。季豹无能，不值得丽簪托付终身。"

"榜上提名，又不止今科一考。"

"不会有下一考了。将军府里，做主的不是将军。"

"公子真要放弃了？"

"不放弃又能怎样？"

"不放弃，就有不放弃的法子。"

"哼！除了离家，别的就别想了。"季豹的答话出了口，他心中一动，"你说的，不会是这个吧？"

"你从没想过吗？"

季豹的剑眉微锁，一双星目直视对方。他半天无语。

"还是你根本无心这样想？"吕丽簪不等季豹回答，又紧跟了一句，"只要你有此一决，丽簪会舍命相陪。"

季豹的身子僵了，可心里热得像团火。长这么大，没人跟他说过这样的话。

"季豹何德何能，让你信我如此？"

"我只信自己的眼光。"

后来的一段日子，季豹沉浸在"私奔"的激情想象里。唯一让他心虚的，是凤叶妹妹和吕家哥哥。他和吕丽簪之所以能够暗通款曲，那二人是不求回报地鞍前马后。可出逃这件事，兹事体大。丽簪说服了季豹，决定不让他们知道。

那是一个温暖的下午，郑季豹和吕丽簪为他们的出走做最后的安排。

"咱们先去金城，那里有地方可以落脚。在大人们找来之前，咱们早没影了。我外祖在京城和南京有不少的旧识，我手里有他

第十二章　为师计

们的住址。无论到哪里，找事由维持生计，应该不难。"

"……你想找事做？如果是为了钱物盘缠，公子大可不必费心。丽簪会尽量多带些细软银两，三五年内定是无虞。"

"离家以后，我就是你的靠山，怎会让你为了钱物之事烦恼？季豹文有秀才之名，武有军丁手脚。就算入仕不成，教书授武倒也简单。顶不济，我还可以转习岐黄。家师的本事不敢说九成，四五成我总是有的。"季豹说得自信。

"以你的天分，下场再试，考中是有把握的。我们找一清净之地安顿，让你心无旁骛地安心备考。一经皇榜在册，就是门楣生辉。做父母的难不成还真不原谅你的不羁之举？就像相如、文君，纵有私拙却被后人咏颂千载，还不是因为他们最后的功成名盛？"

"我可不想当相如，也不会让你成文君。"季豹蹙眉噘嘴，脖子歪向一旁。

"你？你想到哪里去了？好好好，是我用例不当，四公子可别往心里去呀。"吕丽簪瞥了一眼季豹，然后扭身低头，抿着嘴偷笑。

这让刚刚谈话中的小尴尬瞬间散了。

"别误会，只是想让你知道，我会一辈子对你好，不会变。"季豹在发誓。

"我知道。我也是。"

两个要奔赴新生活的年轻人，在一起有说不完的话，也有嘱咐不尽的事。一个说，出门在外，女孩子要尽量带些厚衣物不能冻着；一个讲，为了方便应考，一定要多携书籍、广备笔墨。吕丽簪三句不离"考"的话风，让郑季豹觉得挺滑稽。

"丽簪,先不说考试的事了好不好?你难道不想趁机去各地畅游一番吗?我想过了,咱们可以穿黄河奔洛阳下南京,再转道扬州走漕运北上京城。然后选一处你喜欢的地方安顿下来,再然后……再然后大概就是,我要头悬梁锥刺股了。"说到这儿,季豹闭上了眼睛,沉浸在舒心的遐想中。

预料中的回应没出现,季豹不由睁眼扭头看向吕丽簪。

对方的眼中一抹冷丝。

"怎么了?我的提议你不赞同?"季豹问道。

吕丽簪转冷为笑:"公子若真视八股如粪土,大可不必头悬梁。你一介军丁,初考就为自己脱了籍。按说再上一层,拼个金榜题名、光耀门庭很顺然。可你亲生爹娘却力挡儿子的入仕之路,宁愿你浪费功名埋才大漠。公子生命中的高光机会被剥夺了,你不癫狂,还安然以对。郑家这么与世不同,你不屑啃出来的黄金屋也正常。"

"我虽没你说得那么脱俗,但有一点你说对了,我的家真是与世不同。人间轻庶,嫡母却视我为宝;武家子生就的兵丁,本人从小就被严禁披甲执锐;书中的黄金屋、颜如玉,郑家人不是不屑,是鄙视至极。我姨娘说,当朝多少官至中枢的大臣,一旦不测还不是家小落草?我大娘说,先考乡又考府,考来考去没了命的破状元考他何用?我家的大小娘就是大小天,将军老子两面从。在家里,我要混纨绔,随便;拼进入仕,不许。父母不能改变人世只能改变我。季豹想再进考场只有离他们远远的才有机会!丽簪,谢谢你让我开了窍,更谢谢你对我的认可和信任、鼓励和支持。你放心,我要倾尽全力,为咱俩拼一个好前程!不过,眼下

第十二章　为师计

先让书本笔墨、考场应试都去见鬼吧！我人生的第一个自主决定，挽着你先做一场逍遥游。就这样！"不等吕丽簪答话，郑季豹一个鹞子翻身，人已蹿出，一套醉拳从头打到了尾。

他的激情有些按捺不住了。

"……如此，公子的'前程'里，有入仕之外的打算吗？"丽簪掏出自己的帕子，一边给返回的季豹细擦脸上的汗珠，一边轻声相问。

"有哇！这天底下又不是只有做官的一条路，你不也说'行行出狀元'吗？有机会再入贡院作答当然好，但不用在嚼蜡文中找出路也是快事一桩。二十年后，我当不成官有可能，可大医家、大商家里却说不定有我郑季豹一号。退一万步，就算摆摊子卖药、行医作画，也能把妻儿养得胖胖的。到时候，一定让娘子缀珠衫，乘彩车，衣锦回乡。"

季豹至今记得与丽簪说过的每一句话。

可半个月后的沙湖会，吕丽簪爽约了。

第十三章 痴情怨

　　古济天自从有了平妻许氏，就在凤翔常住了。反倒是郑季豹要在崆峒和凤翔两头跑。在天济药坊跟着邱林良学药，在凤翔跟着老古学技。古元复也成了季豹第二个临诊教授的老师。

　　古元复与郑季豹虽然也是师兄弟，但古四比郑五没大几岁，不像其他的三位隔着年岁。季豹如今担着天济堂少堂主的虚名，实为元复解了来自二师兄的围困。又因季豹的"为师计"，让他脱了"出身不正"的命中枷锁。元复常常觉得，小师弟是从"外天"飞来帮他的神仙。

　　许氏是个孤女，幸好父母去世前为她说好了婆家。丈夫是邻村的采药人，许氏过门后，夫妻恩爱有加却一直不生养，两口子为此不知吃了多少偏方热药都没有效果。就在别人背后对许氏指指点点的时候，男人为了一棵悬空的灵芝，不幸一脚踏空丢了性命。没有孩子又失了丈夫，许氏被婆家族人视为不祥之物。

　　为了活命，许氏继亡夫的后尘，以采贩药材为生。她女扮男装，顶着风雨日晒，来往于山间林壑、集市药场，与来崆峒谋出路的老古相识于荒野。一个要二次立命的孤男，一个要冒险求生的寡女，他们在艰难的寂寞困苦中抱团取暖了。也是上天垂怜，

第十三章　痴情怨

许氏跟了老古不久竟然怀孕了。惊喜之余，也为了避免各自的麻烦，老古在凤翔开了一间诊所，安顿了女人和孩子。许氏做事勤谨，把一间不起眼的小药店操持得章法有度。老古不时来此，给店堂添药坐诊、加资扩建，二人含辛茹苦地把儿子培养成了出色的大夫。

然而，几十年来，因为古家的不能切割之故，许氏一直默默无名、无怨无悔地陪着老古。元复知道父亲的难处，也感于母亲的凄苦，他能做的，就是用自己的学识和坚忍，抗着世道扔过来的各种委屈。他从没奢望过，自己会以嫡子的身份踏入古家门。

季豹告诉元复，老古的前妻近年已逐渐失智。古元盛为了成全老爹，不顾元辅的反对和妹妹的眼泪，做主配合了季豹的提议，为父亲迎娶新母铺平了道路。对此，元复深感有幸。上天不薄，赐给他一位心胸宽阔、孝顺仁爱的大哥。

自此，元盛兄弟与郑季豹诚心相处，三人成了忘年之交。

这一日，大顺来了。传话给郑季豹，让他快马回崆峒。章青蕤来了信，会带着简儿和恬姐儿进山探亲。

"你还磨蹭什么？真想让家里的老老少少在上寨等着你吗？"元复有点儿替季豹着急。

"豹儿，你学艺快两年了，家人上山一趟不容易，吃了饭还是快赶路吧！"师娘许氏亲自给季豹添粥夹馍，又给老古递了一个眼色。

"好了，你们娘儿俩有完没完？他不愿意你们还强摁头不成？"古济天先是这样说。几个月下来，老古被老伴和儿子养得白白胖胖的。他后面的话才让季豹无法再拖："季豹，把你四哥给

的病案作业都带上,我也要回崆峒一趟。是时候把天济药坊的事和你二师兄做个交代了。"

季豹明知道师父是藏私的,可他说得名正言顺,又没办法拒绝。加上元复也要以古家郎的身份回崆峒,郑季豹作为"少东家",不能缺了席。

途中留宿的客栈里,元复、季豹两兄弟在挑灯饮酒。

"咱们天济堂本来是要在京城开新店的,为了这个,三哥和我曾几下北京看行情。说巧不巧的,有一回正赶上一个进京述职的南面官员被东厂抓捕的现场。因此,三哥只在酒肆停了几日就回来了。那以后,他再没提去京城开分店的事。决定在金城设店也不全是因为爹选你做了少东,这个布局,几年前三哥就有数了。金城是我朝通西域往来的集货重地,做药材买卖尤其合适,你不必为了这个费心思。"古元复说着,举起了空酒壶示意店家添新。

"等这次师父把二哥搞定,我的承诺就兑现了。这个'少东家'的帽子也就不用戴了。我现在一事无成,定是要在凤翔跟着你和师父精炼的,金城店的事我不会应承。爱谁谁,反正我不回去。"季豹说得心虚口虚。

"不会真像三嫂子说的,你'惧内'吧?"元复看向季豹的眼都斜了。

"瞎说!我还没娶亲,何来'内'可惧?"季豹答得太快,脑子不够使了。

"噢?敢情师弟这是没娶大就纳小了?这事怎么没听二哥说起过?"元复话刚落地,就发现季豹一双恼怒的眼里冒着火。

没了身份上的羁绊,古元复开朗放松了许多,即便这样,他

第十三章　痴情怨

还是知道自己多嘴了："咳！你看我，嘴上没个把门儿的。你也别生气，二哥只是说，你不是将军府嫡子，在家不太受待见什么的……可是，看你这待遇，不像他说的那么不堪啊？平常人家的儿郎，一生能有正娶就已经拼尽所有了。别说没能力纳妾，就算有也是三规四律地管着。未婚就纳妾生子的这种事，连大家的正经少爷们都未必有机会。为兄不解的是，你明明是个不拘一格的家庭宠儿，怎么说起来还这般委屈呢？"

"原来二哥的笑里藏刀玩得如此了得。"郑季豹被元复的一席话说得尴尬，他只好转了话头，"连师父都没跟你说过我的事，一定也不会跟他说。二哥这是下了多大的功夫来防着我呀？难为他了。我今天还就堵这口气了，四哥的头衔我也先赊着，他邱老二越不爽的事，我就越是要做。看他能怎的？"

"小弟，以后你在崆峒的时候，要多加留意自己的言行。二师兄以后毕竟是崆峒的坊主，你寄人篱下要谦虚谨慎才得安宁。我和爹最慢明年初就会让你出诊，再忍耐一下吧。"元复停了一下，又接着说，"季豹，你跟我说句实话，你和你家里的到底是个什么情况？孩子都有了，据说还是个有来历的。你可不是个听话受屈的主儿，怎么会到如今的地步呢？是身不由己错付了他人吗？"

季豹一下子低了头。这么多年了，没人这么问他。他抓过酒壶对着嘴灌了下去。

"……四哥，我认头了。错了就是错了，我不能耍赖，那样对简儿和恬姐儿太不公平。可是，你知道吗？我就是不能放下。丽簪要是真忘了我，心甘情愿地另嫁他人，我无话可说。可她要是被逼无奈生不如死呢？她在煎熬生命，我却欢快度日，那季豹还

是人吗？要是那样不如先杀了我。五年了，我不敢静下来，不敢打听，我试图从心里接纳简儿。可我，我真做不到哇！不是简儿不好，是我不能啊！"季豹醉醺醺的，把心中的苦水倒了个底儿掉。他的泪一直淌，在一闪一闪的灯影下，湿漉漉的脸显得有些扭曲。

"原来简儿是你家师的养女，还是咱们的同行。她对你不计较，说明对你用情很深。五弟，人生苦短，珍惜眼前人吧！"

季豹用手帕抹着脸。一抬头，见元复一副隐隐的浅笑模样。很明显，自己掏心掏肺的讲述并没有打动他。

"什么意思？你不会是在笑话我吧？"

"我也认头了，先道一声得罪了。老五啊，我就是在笑话你，因为你执拗得有些不理智。"古元复露出了他的真酒量。喝了一晚上，郑季豹已经有些不支了，可古四却越来越精神。

"又是这个词！恨死了。你、将军爹、假道士、真师父，怎么都是一副腔调？一句执拗，抹杀了我的全部追求。盲婚哑嫁没人在乎，真心爱人却被千夫指！这是什么狗屁道理？我就是不服！怎的？你杀了我？"郑季豹借着酒醉撒泼了。他蒙着脑袋"呜呜"地哭出了声。

"哎哟！都是当爹的人了，怎么这么没担待？哭什么哭？我说你执拗，是因为你想事情不拐弯儿。那位吕丽簪小姐要不是'被迫'的呢？人家就不能弃你而去吗？演'痴情怨'，不能主角只有你吧？若是你自作多情掘坑自跳也罢了，你还薅着李姑娘和女儿一起跳。唉！你这都不是'执拗'了，你是傻！"

季豹不哭了。类似的话，李丰曾对他说过一回。对此，季豹

第十三章　痴情怨

不服气也不甘心，他看向元复的眼神里，渐渐有了怨恨的底色。

"你看我干什么？我就一个疑问。'沙湖之约'你家师如何能知道？"

"五妹告的密。"

"你出走一事竟然说与妹妹听吗？"

"没有！"

"那郑姑娘又是如何得知？"

"我不告而别，大娘子和老师定会逼问五妹。凤叶与丽簪相识，也知道我们之间的事。应该是她提供了线索。"

"郑姑娘不知你们要出走，就算她托出你的私情，也断不能提供约会地点。你又怎么说？"

"所以，我质问老师啊！我都要跳崖了，她却一声不吭地一甩袖子走了。我忘不了亲娘老子当时看我的眼神，老是觉得我这个做儿子的侮辱了她！"季豹一委屈，嘴一撇，又哭了。

"老五，别避重就轻了。我就是要你想想，哪怕假设一下。这件事，会不会是吕姑娘告诉你家师的？这约定就是她自己毁的？"

季豹怒不可遏地说："你怎么这么说？你不了解丽簪。我们认识的时候，她就知道我的一切。她亲口说的，最看不起那些因为不能选择的事而自暴自弃的人。她从没因为我是庶出而轻视我！"

"她能接受你是庶出子，并不代表她能接受你放弃功名做一辈子的隐士。"

季豹被刺激得快要崩溃了："我不能进考场，被剥夺了进取的机会，万念俱灰之际是丽簪鼓励我要振作，不要为一时的挫折而丧气。丽簪才华不凡，见识高于一众男子。她非常鄙视以出身论

人品、以功名定人生的俗念。我和她是真心相爱，互相欣赏。为了我，丽簪屡屡与家人抗衡，被她的父亲所不容。为了她，季豹也不怕吃苦，要尽我所能为她挣一个无忧无虑、恣意快活的好人生。我想不通的是，无害他人的情与爱，文君、司马能被千年歌咏，我和丽簪却要被世间不容！难道，爱情只配古人有？什么世道啊？"

"你还是闪烁其词不愿意面对。今天，为兄也不怕冒犯你。告诉我，你是否之前向吕小姐表露过，不一定非走仕途、自谋他路也行的想法？"古元复说得自己都烦了。

"那……当然。丽簪冒着被老父禁锢的危险，让丫鬟给我送信。我们荒处相见对天盟誓，永不相弃。所有的准备和打算都是平生计，我们当面说得清清楚楚，此等事怎能儿戏？"

"就是说，这个计划只有一个外人知道，就是吕家的丫鬟？"

"我就是怕五妹没担待，也不想她受连累才没跟她说。那丫鬟是我和丽簪信任的人，她也是要与我们同走的，是自己人。"

"所以，你还是认定五叶姑娘泄露了你的秘密？"

"应该是家里逼迫小妹供出了吕家，从而得知我的去处，并致丽簪被困远嫁！"

"你觉得，被男方上门理论，女子有了与人私奔的名声，丽簪小姐还能嫁给京城伯爵府的嫡长子吗？"

"啊？"季豹被问得张口结舌，呆呆地半天无语。

"别告诉我，你都没找郑姑娘落实这件事。"古元复惊讶地追问。

"我……此事已败，到底是我做事不周，怎能再牵扯小妹？加

第十三章 痴情怨

上恬姐儿的事,我见了妹妹羞愧得要死,还有什么脸去问她?"此时的季豹,情绪低落到了极点,人已萎靡。

好在元复停止了"追杀",不然的话,季豹怕真要为自己刨个坑了。

大概只有同龄人,才能这样犀利地"刨根问底",强迫别人直面不堪吧?

接下来的路程,郑五精神总是恍惚。一个想法在心里扎了根,挖不断,去不了。一直以来,他从没这么想过。

"丽簪……你会吗……"郑季豹的信念底线被触及了。

第十四章　浪子归

　　古济天与章青蕤并不是第一次相见。在京城与章荃做同事的时候，因为章夫人烧得一手药膳，老古常来蹭饭，从而知道章家的姑娘聪慧文雅，受父母的熏陶，诗文书画样样不凡。每每酒后闲谈，老古总是感叹自家男孩儿的年岁不是大就是小没福气，不然，这儿媳妇不就在眼前吗？当年听到章小姐受父亲连累被夫家退了文定，老古恨得砸锅摔凳子。得知商辂要安排章女进崆峒避难的消息，老古跑前跑后，早早安排了接待的一切。章青蕤半途改了道，随着郑云梧去了西陲，老古还亲临大漠一探究竟。没对章青蕤的后半生尽上力，是老古的一大遗憾。

　　而现在，章荃的外孙子成了自己的徒弟，还能见到故人的女儿，老古伤感得一塌糊涂。他掩面抽泣，哽咽不禁。

　　"叔父，我母子的今后还仰仗着您的栽培呢。要是为了侄女的拜见伤了身子，我岂不是自砸生路？还请叔父开怀为重啊。"

　　章青蕤的一席话，让在座的所有人都松了口气。

　　郑季豹怀里抱着恬姐儿，小女孩已经与父亲没了隔阂。她几次伸出小手摸爹爹的下巴，接着再摸摸自己的下巴，一副不可思议的样子。

第十四章　浪子归

"爹爹，爷爷有胡子，软软的。你没胡子怎么这里黑黑的还邦邦硬呢？"女孩的话惹得一桌人大笑，只有李简在扭头掩饰。

她的心在落泪。

邱林良把老古父子接到自己的院子里安排了住处，把原来师父住的地方留给了来客的一家人。这是一处典型的一明两暗三间正房，章青蕤住了东间，李简母女住了西间。

掌灯时分，季豹在给母亲诊脉。

"娘，您近来的睡眠不好吗？"

章青蕤看着儿子。这之前，她不允许季豹这么叫她。今天，儿子破了例，她也默许了。这声"娘"的称呼，她第一次接受得心安理得。

"也还好。只是想你多时，未免劳神。今天又见你外祖故交，大概是气血上涌而至脉象有异吧！我儿既能掌得症状，应是学有所进了。为娘很欣慰。"章青蕤顺势给了儿子回应。

季豹身形一矮，趴在地上就给母亲磕头，亲娘的接纳终究让他动情。他不敢抬头，连着又磕了两下。

"儿啊，起来吧。"

"儿子不敢。请娘原谅儿子的愚钝和不孝。"

"为娘不管你今后如何打算，现在，要把我母子间的事情做个了断。"

章青蕤从衣袖中拿出一方帕子递给了儿子。

帕子上隐约可见文字，帕中有物。

季豹知道，自己多年想弄清楚的事，就在这帕子上了。谜底

预揭，季豹忽然莫名地胆怯起来。他突然明白了，一直以来，不愿面对这个谜底的正是他自己。他慢慢地接帕在手，激动得身体僵硬，内心却失控地战栗。

"彩玉搏浪旋百波，不吝斜倚落蛮窝。莫云漪影刻舟处，一眸尽去留千莫。"季豹还没看完，人已瘫坐在地。锦帛凌乱飘处，石子落地有声。

诗句是吕丽簪的字迹。彩石，是豹簪在沙湖初次相见，涉水归岸时丽簪发现的，季豹全身浸在水中才捡起来。

"吕小姐是在乎你的，知道她的退却会伤到你，却还是勇敢直陈，坦然面对。就这一点，娘就认可她。不为自己开脱，赌不落人口实，才女之慧也。"

"娘！"季豹泪眼婆娑。"娘啊！"季豹声声凄苦。"为什么？为什么您不早告诉我，任由儿子癫狂啊？"季豹匍匐在青蕤的脚下，几年的忍耐委屈都在这一刻了。

"你能狂才给娘以希望啊！你不癫我母子哪有今日之幸啊！感谢你父亲，把为娘的错教错待之误扶正。我儿在刀口舔血的境遇中经过摔打，才脱得纨绔啊！儿啊，上天真的是善待咱们，让我母子遇上了你的慈父嫡母，内心敞亮的吕姑娘，善良的李家兄妹。如今，你上有良师益友、下有贤内靓女。事已至此，你若再痴念固执，就是贪天了。儿子，好自为之吧！"

章青蕤当初之所以不说破，就是怕固执不羁的季豹会贸然去找吕丽簪理论。结果无外是吕家的名声扫地，季豹的尊严稀碎，一拍两散，双方都输。一旦不测，儿子桀骜不驯、骄傲自负的个

第十四章 浪子归

性，怕是真会要了他的命。

"娘，是儿子冥顽不灵。这么多年不愿正视己过，一味责人还伤了无辜。您揽责上身，让儿子把戾气全撒在您的身上，以求季豹不自折，给我换来了疗伤的机会。是季豹没出息，自负、固执，辜负了您的多年教导。娘，我错了，请娘原谅啊。"季豹不能自持地失了声。

章青蕤慢慢把跪着痛哭的儿子拦在怀里，季豹也抬臂紧紧搂住了母亲。哽咽声中，他母子间以前种种的不解都化为无形。

正在此时，外面也有哭声响起。是恬姐儿。

李简抱着孩子原本站在门外，一声儿啼把她惊醒。简儿转身回了西间。

"季豹，你不用给娘认错。只要我儿从此能平心静气做事、舒畅待人，就是娘的心意了。"章青蕤说完，给了儿子一个"去"的手势。

季豹在堂屋里辗转踱步，有些进退无措。出了这栋宅子，他无处可去。

"四公子，进来歇息吧。"

门开处，简儿大方地往里让着季豹。此时的郑季豹，除了进屋已没了别的道。

"恬姐儿怎么了？"季豹无措地搭讪。

"感觉不舒服吧？她晚上一般不让抱着。"简儿微笑回答。

"噢，那好，那很好。"季豹结结巴巴地胡乱答着。他来到炕前，看着熟睡的女儿，背对着简儿。他既心虚又尴尬。

"公子,有些吕小姐的情况想和你说一下。是红姨让告诉你的。"

季豹猛回头,他惊讶地看着简儿。

"吕小姐的亲笔手帕,娘给我看过。因为感念她的实话实说,娘让姨父几次去京城打探她的消息。吕娘子现在已有一子一女,儿子是伯爵府的嫡长孙。嗣爵夫妇和睦有加,在京城很有口碑。娘还为此去庙里上了好几次香,为他们一家祈福呢。"李简语气平静,给季豹递上一个热手巾。

季豹坐在炕沿上,把毛巾打开,一下子捂住了整张脸,而简儿此时轻轻掩上门出去了。季豹没起身,也没追出去。这是简儿给他留的面子,他懂。想起母亲的话,遇上"善良的李家兄妹",是他郑老四的命好。季豹此时心内空空,往事已经了然于心,自己的误判无争。现在想想,整件事情的作俑者——自己和吕丽簪,并没有什么损失。如今,他二人一个儿女双全、坐拥高门荣宠;一个被师门委重、弹指学成有望。而真正因此事受苦的,是为自己善后的爹娘和不幸被拉进来的李简。郑季豹手里的毛巾始终湿漉漉的,他所有的悔恨、懊恼、不甘、无奈,都尽在其中了。

当季豹醒来,已经卯时。

李简和二嫂已经在外屋张罗着摆碗筷上羹汤。季豹窥到,师父已经就座,母亲抱着恬姐儿正在与他说话。

"公子,你就在屋里洗漱吧。稍快一点儿,别让古老师父催你。"李简提着热水进来,对季豹小声说道。

季豹望着简儿,她脸上没有倦怠的神色。

第十四章 浪子归

"对不起,我不知什么时候就睡着了。你辛苦了。"季豹诚意满满。

"应该的。"简儿放好脸盆,试了水温,她的脸上始终挂着笑。

李简和两年前在黄河边上抱着孩子向他招手时的样子无异。季豹为自己还能清楚地记得当时的情景而莫名。

"豹儿,为娘已经答应古叔的委托,我们回到金城,就会为天济堂建新支店。简儿和你姨父会先筹备一切,我会兼着坐诊和总店的成药售卖。你学成以后,要是有意加入也很方便。"章青蕤说道。

季豹的心都凉了。事情很明显,自己并不是那个开新店的关键人物。原来的不甘心成了不自量力的现世报。

"豹儿,老夫已经决定把崆峒药坊的事都交给你二哥管了。在宣布之前,我还想听听老大的意见。如果顺利的话,我和元复很快就回凤翔了。你还有什么要说的吗?"看邱二嫂没在跟前,老古对季豹问道。

"季豹一介学徒,能有什么可说的?"季豹不满地嘀咕着,"搞得我像真少东一样。"

"放肆!"老古不满了,"什么像不像的,你就是少东,我说是就是。你要耍赖吗?"

"那好,我就说一条。崆峒药坊本少东至少还要待一年。为己算,药坊的舵把子给二嫂子才称我心。二哥嘛,就给二嫂当跟班好了。"季豹语出惊人。

"咦?你小子竟有如此心境,难得难得。"老古一连几声的称

赞,"侄女儿啊,我怎么说来着?你这儿子可是个人精呢!这不,与老夫的想法不谋而合了。赌注可是叔叔赢了,你要怎么赔呢?"老古得意极了。

"青蕤愿赌服输。只要侄女儿能给的,凭叔叔提好了。"章青蕤笑脸盈盈,忍不住地看着季豹直摇头。

"师父,娘亲,季豹是混口玩笑,你们可别当真啊!"季豹差点扔了手里的碗筷。

"我可没开玩笑。你娘和你媳妇这次上山给了老夫很大的启发。谁说女人不能掌大家?我老伴儿也是一辈子管着一片铺子,不仅养活了自己还养活了儿子。哪儿哪儿也不比你们几个徒弟差。二嫂通文墨懂大局,遇事不自私,有这一点老夫就放心了。好在你赞成,以后留在这里也是二嫂的帮手。老大老二要是捣乱,你的身份可代为师给二嫂撑着。"老古说得非常认真。季豹这才知道,原来师父已经有了安排。

该来的总要来,天又黑了。

"娘,您说简儿真不介意我的过往吗?对着她我老尴尬了。"季豹终于摊牌了。

看着在自己面前敞开心扉的儿子,章青蕤觉得,季豹的"浪子回头",让以往的一切煎熬都值了。

"你有什么打算?"

"娘什么意思?难道简儿有了自己的什么打算吗?"

季豹想着这两天简儿对他客气从容的态度,心中震荡。事情就是这样,握在手里的不觉得珍贵,失去时才觉得不该。

第十四章　浪子归

"她不会真要休夫吧？这是从何说起呀？我是对不起她，可您知道，那不是故意的。何况，我们毕竟有了恬姐儿。"

千想万想，季豹从没想过，有一天李简会离开他。

"这些不是你需要考虑的。以前事出有因，不提也罢。你二人都为自己的过失付出了代价，我儿尤其需要一个新的打算和开始。简儿是章家的孩子，为娘自会为她计长远。"

"娘啊，我眼下能有什么打算啊？吕……吕家的事，儿子翻篇儿了，我以郑家的祖宗起誓。可对着简儿，我扪心自问，与从前相比，愧疚之上加了感激。可能也是因此吧，我有点儿怕见她。简儿一笑，我就心惊肉跳的。但是……但是即便如此，弃我父女而自去，是不是也欠些思量？能不能再给我点儿时间啊？"季豹声音低沉。他既沮丧又无奈。

"你能这么想，说明你成熟了。"青蕤道。

"我的亲娘，我成不成熟和简儿要离开我、离开您有关系吗？您是否让简儿再考虑一下呢？"季豹越来越觉得此事要成真了。

"简儿早就考虑好了，是为娘不点头把女儿嫁给你罢了。"

"您说我成熟了，是不是就算点头答应了呢？"季豹松了口气。

还好是虚惊一场。

"这与你的成熟还真没关系。"青蕤看着儿子，"两年的时间，你对简儿的感情，从只有'愧疚'进步到'感激'，谁能断定你们以后不会从现状上升到'爱恋'呢？儿子，珍惜眼前人吧。简儿值得你去善待她。"青蕤终于给出了她的祝福。

一句"珍惜眼前人"，让季豹心中一热。元复哥哥也是这么

说的。

子夜时分,郑季豹和李简一起,双双给章青蕤跪拜叩头。在青蕤的注视下,二人互拜。他们的合卺礼此刻才真正完成了。

恬姐儿被祖母抱走了,屋里只剩下一对新人。桌上有简儿早就备好的酒。

酒毕,没等季豹说话,李简已经手脚麻利地放好了热汤,伺候季豹洗漱,接着扫炕铺被,还不忘燃上一个香壶。当简儿上来要帮季豹脱衣时,郑四这个大男人反而有点难为情了。

"简儿,我自己来。"季豹低着头。小女人没有半点的扭捏之态,这让他暗中吃惊。

"简儿盼这一天快五年了。为你终身宽衣带,是简儿十六岁上许的愿。季豹,今后就让简儿做这件事吧。"简儿跪在炕上,一下子把季豹拦腰抱住。她把头紧紧贴住丈夫,她的身子在抖动。

"简儿,谢谢你的宽宥和理解。郑季以后绝不负你。"

李简捂住了季豹的嘴,不让他说下去。她眼里晶莹一片,一串串落下来,像珍珠般透亮。

温软香玉满怀,柔情似水引胜,郑季豹不再矜持。

最终做"宽衣解带"的,竟然不是那个许此愿的人……

"简儿,我要给你正名。明天就去请娘做主。"季豹抚着简儿滑腻的身子,他忍不住地又一次吻她。

"不要。"

"你不信我?"季豹抬起头,虽然看不清楚女人的脸。

"简儿只知,爱你。五年前我敢做,五年后依然敢当。没誓言、

第十四章 浪子归

没承诺，日子也要一天天地过。眼下，我们是实质夫妻，一切尽好。"

"你……你不会还介意……"季豹有些心虚了，他磕磕巴巴地急着解释。

"是。我当然介意。说不介意就是骗你了。但是，这已经不重要了。你需要时间，所以不要为难自己。简儿会像以前一样地等着你。"简儿大方地伸出双臂，搂住了男人的脖子……

寂静的山村乡野，雾霭烟气已渐聚。

雄鸡的一声嘹亮大嗓，打碎了多少人的美梦，也撞开了许多人一天劳碌的大门。

第十五章　从头越

"小叔叔,今日到的。"邱二嫂,现在是天济药坊的大当家。晚饭的时候,她把一封信递给了收工进门的季豹。

"谢谢二嫂。"季豹打开信,没看上几眼,突然激动地一把抱起了正在放碗筷的二嫂,在原地转了两个圈。

"干什么?二嫂老骨头老腿的,经得你这么折腾吗?还不快放下!又发什么神经?"邱林良一旁没好气地数落着。

"你管我?!小爷箭法好,老婆又怀上了,我高兴不行吗?又没抱你,吃什么醋?"季豹回得一点也不客气。

"真的?哎哟,这可是件大好事。二嫂替你高兴,断胳膊断腿也愿意。为了表彰小叔叔的本事,嫂子奖你一壶烧酒。"

"啊呀呀!还有这等好事?谢谢二嫂子!"

邱林良看出来了,人家叔嫂一条心,根本没拿他当回事。

邱二虽然很不满意师父让自家媳妇当掌柜的做法,但二嫂毕竟一介妇人,药坊的所有大小事情,真出力办事的还是要靠他。加上二人伉俪情深,邱二总不能和老婆过不去。

季豹留在邱二的身边继续听差,虽然有师父的尚方宝剑,但已经不像以前一样使性子、露锋芒了。他把哄嫡母的那一套本事

第十五章　从头越

用开来,让二嫂子异常开心。二嫂把这个虽说是同门师弟,可年岁上差着辈儿的师弟当儿子养。季豹通过二嫂,压制了邱林良的贪私之能。崆峒一地有二嫂掌舵,和几处天济分支店都能顺遂合作,再没纠纷。

吃过晚饭,在药坊忙了一天的季豹还在做功课。每天他要抄写药剂成方,还要看病历药档。张仲景的《金匮要略》《伤寒论》,皇普谧的《针灸甲乙经》,巢元方的《诸病源候论》,亲娘给他抄写的钱乙《小儿药证直觉》等书,都是他必读必修的。

自从青蕤一行回程后,季豹从里到外仿佛变了一个人。他不尖锐了,说话会审时度势;他不计较了,对周围的习俗、人言已经入眼、入耳、入心。

没了心绪羁绊,心态平和的季豹,各方面的天分和机智很快就展现出来了。他还有一个一般人没有的好品格,就是不嫉妒人也不记仇。

天色已晚,门开处,二嫂像往常一样,睡前一定来到季豹的住处,亲自给师弟送茶水。当然,也有真假老板之间的事由商讨。

"季豹,有一事还得你出面帮我办一下。"

"怎么?大嫂又有什么幺蛾子?还是二哥的什么'新想法'要平衡?"

"都不是。这回是大哥。"

"老大?他有什么事?"

"有一妇人找上门来,我把她安排在下寨了,是大哥多年的麻烦。大嫂子为人虽说不温和但对大哥是死心塌地的。这件事怕瞒不住了。给钱给物那妇人都收着,可就是不肯走。以前,每次都

是你二哥和她周旋，十几年了都是花钱买平安。可这次，老邱不管了，我又搞不定。再拖下去，让大嫂知道了可怎么好哇？"

"大哥还没摆平这破事吗？还有，你们瞒着……"季豹一下子住了嘴。因为他发现二嫂看他的眼神变了。

"别误会，我没对任何人提起过。"季豹赶紧解释。

"什么时候的事？"

"……在囤货街，我发现大哥几次以高价买那妇人的次等材料，还无缘由地非要留宿当地。我想知道为什么。所以……"季豹脸红了。

"所以，你出门可以自占一头驴，想带什么就带什么，想玩儿什么就玩儿什么。无怪严苛如大哥，从头到脚看不上你的做派，却拿小师弟没辙，也不敢向师父告状。"

"二嫂，你别多想，我没以此要挟大哥，是他自己心虚罢了。"

"你？有这种好心？我还真不信。大哥徒弟五六个，心眼儿比你多的、脑子比你灵的不是没有。怎么他们都没发觉，你个后来的就发觉了？人家是不想惹麻烦得罪师父，不去盯梢罢了。"二嫂不屑地戳穿了季豹的阴谋。

"我对着你弟妹肚子里的孩子发誓，季豹绝没出卖过大哥。今天二嫂不提，我都忘了。"季豹笑道。

"你这小子，做事还是可靠的。不然，我怎会要你帮忙？"

"您说二哥一反常态，这次放手不管了？就算对没当成掌柜有意见，也不至于让您为难啊？"

"我不担心这个。就算你二哥有意放水，也无非是想把大哥从

第十五章 从头越

这里踢出去。再是想警告一下老齐，别有的没的总是觉得药坊上下都该他的。老大是自作自受。"

"您是怎么想的？"季豹小心地问。

"我能怎么想？如果是老邱无事生非，或者他买卖夹私，我会搬出师父的教诲斥责他。但这件事，总不能有错的还埋怨他人不谅解吧？道理不是这么讲的。就算不是老邱整他，此事也是时候了断了。要是由我去说，毕竟给人猜疑的成分。而且，大哥大嫂要是有一个拉不下脸，举包出走，你让我如何向师父交代？小叔叔，你心眼儿多，办法多，想一个好法子，既化解大哥的家事，又能了那外妇的祸事。"

"二嫂，这种事，我一个做弟弟的要是插了手，能有好下场吗？"

"我不管。再不济，你也要想法子把那妇人弄走。我对着她就嘴短，毕竟是咱大哥惹了人家。"二嫂又耍赖又泄气。

"您这就想歪了。怎么就非得是咱家惹人呢？不兴别人勾引了大哥？再说了，像大嫂子那样的为人，我要是大哥早跑了。"

"什么意思？"

"那妇人可不是省油的灯。大哥不是梧桐树，也招不来什么好鸟。据我了解，咱家老大只是她的姘头之一。人家在衙门里还有个相好的呢。"

"哎哟，你看你，这么重要的事还给他瞒着。师父有训，无论如何，咱们不能和官家有任何纠缠。季豹啊，此事可大可小，不能疏忽啊！"

"您这么一说，还真是兹事体大了，让我想想。"季豹稍停了

一下,"二嫂,您真不想让二哥去处理吗?"

"你二哥和大嫂,一沾有关钱财之事就会火并。他们没事都要找事互相为难对方,我怎么敢让老邱再去插手此事?我今天就是要赖了,我才不管你这个少东是真是假,顶着名就要做事。不然,我只好去求师父了。"

"好好,我答应二嫂。我想办法,我去办行了吧?"季豹又把自己的哄人功夫亮出来了。

"这才不负嫂子这么疼你。等那女人走了,我一定要和大哥摊牌。"

"二嫂,这个牌不用去和大哥摊,咱们只需把牌甩给大嫂,她会出面解决一切的。"

"?"邱二嫂一下子蒙了。

……

齐飞雨也是不走运。本来他才是药坊的大师兄,从开始就跟着师父创业,可最后却没被委以重任。由于知道自己的分量,所以老齐并不烦闷。之前曾担心过会受面善心黑的老二摆弄,可老邱被判出局,他也心静了。操劳了大半辈子,如今师父退隐离了崆峒,有老伴亲子侍奉左右,不用他再费心;买卖上有老二两口子操持,不用他参与,自己乐得安心拿着可观的分例过活;家中儿女都生活安稳,结发老妻身体康健,一切都后续无虞。正应该是各种享受的好时候,却被个心机女人把一切都搅了。

说起来,他命中该有此劫。

齐飞雨有对药草质量鉴别的特长,在天济堂里很有一片立足之地。加上他肯吃苦,不惧出门在外的艰难,每年都被师弟派遣,

第十五章　从头越

带着弟子、马队外出三四个月，为天济堂行走各地，做药草买卖。

十五六年前，在中部的药草集散地市场上，他的一次好心泛滥，慢慢成了一段感情暧昧的开端。

靳娘子丈夫早逝，带着一子，靠开茶棚和自制小点心度日。她家院子和街上一家客栈相隔的墙上，被开了一扇小门，邻居在她这边搭了一排简易的马圈。每当留宿的客人太多，牲口槽子不够用，客店主家就会借用一下。为了回报，店主也时常会买些靳娘子的点心，算是互通有无。

好巧不巧的一个傍晚，齐飞雨在墙门口与靳娘子相遇了。他们一个往外要去喂马，一个向内给店家送点心。女人惊了一下，差点打翻了手里的托盘，齐老大眼疾手快接住了盘子，连声道歉。

他们就这么认识了。也许是出于好感和怜香惜玉，当老齐知道餐桌上的小点心是靳娘子的手艺时，不仅点头夸赞，还通过店家向她订购。他二人再次相遇时，已经没了以前的尴尬。

齐飞雨是个知道疼人的男人。每次下榻此处，总能给女人带些当地没有的东西做礼物。靳娘子也是心细知冷暖的女人，每次都恰到好处地"遇"到老齐，还奉上各种精致点心，帮他洗衣补衫。

几年下来，靳娘子封了院墙，停了茶水买卖。只在几个年中的大集上摆摆摊子，卖些女人用的时兴物件和一些日常成药。徐娘半老的寡妇，粗鄙了多年，却渐渐衣衫飘逸、风韵尽显。

齐飞雨本就是一个得过且过之人，既没什么助人舍己的德行，也没有害人利己的心性。他哪里能料到，由他一手供养出来的女人，贪心取巧的天性被触发到按不住了。

靳娘子的过分欲求,让老齐不堪打扰。近几年,那妇人干脆撕破了脸皮,不仅公开勒索,还登堂入室,几次来崆峒"家闹"。她吃定了老齐不敢与家里摊牌,加上邱老二别有用心地明帮同门避丑、暗坏兄弟人缘的怂恿下,更是泼皮耍赖地从老齐身上榨油水。

"老五,师兄弟一场,伸手拉老哥一把吧!这件事是我的错,我认栽。可这么多年了,对外我破了财,对内我失了名。你二哥和那些徒弟,一天到晚在背后嘀咕我。他们还不如你直接说破让我不用防着呢!可总不能薅着我的痛处,打起来没完啊?你老哥没犯下地狱的罪,也不想死。这碍着他们什么事啊?"齐飞雨一把鼻涕一把泪地向郑季豹倾诉着委屈。

季豹一直不敢直视大师兄,他低着头还要忍着笑。唉!毕竟和父亲差不多的年纪,晚节不保也是让人唏嘘。

"师兄,您没罪,错也不大。其实,小弟对您摁葫芦平瓢的本事,一直挺认可的。我爹就俩老婆,他在家里可没您这么自在。说到底,论起做男人的胆子,父亲没您大。"

"你你你,你这是损我吗?"老大一口闷酒灌下去,盯着季豹醉醺醺地喊,"我知道,你嘴上不说,可骨子里看不起我。"

"老哥,我说的是实话。您要不是对大嫂和儿女好,不想他们受伤害,把那个靳娘子纳进门不就行了?"

"就是!老弟看得明白呀!你老哥做人又不傻。我也实话实说,还真不是因你大嫂厉害,那个靳娘子的心性,十足不够厚道。我要不死扛着,让她进了门,家里就成狮虎山了。"

"噗!"郑季豹一口酒都喷到了地上,"哥哥,您是比喻大师

第十五章　从头越

呀！弟弟佩服得五体投地，五体投地！"

"五弟呀！记住哥哥的人生教训。一个女人，不顺心顶多让你烦。可要是有了俩，她们合起来就是野兽的利爪，能生碎了你。"

"这您放心。弟弟家里是猫窝，一群弱幼。不管大的小的，轮不到我捅，人家就抱团远遁了。女人啊，真是多姿多彩的存在。哥哥家里是持刀横对的侠女；我家里是软刀划痕的智女；我嫡庶两娘，都是釜底抽薪、拔刀断水的女教头。您弟弟我，连犯错的机会都没有呢。"

齐飞雨的境遇，让年龄虽轻但教训却深的郑季豹很有体会。人啊，真不能贪所不能。

"大哥，想要彻底根除后患，逃避是不可取的。您想想，那靳娘子为什么能一次次地要挟你？又为什么敢打上门来耍无赖？"

"为什么？还不是你大哥做事理亏？大嫂是脾气不好，可她对我是无可挑剔的，也不能被人取代。我是怕她吃不得这个亏，闹将起来，我就没好日子过了。你师伯、师伯女要因此而看轻我，你大哥不是在家里颜面扫地？这种糗事我怎么能让他们知道啊？靳娘子就是掐准了这一点。你说，该怎么办？我没有死罪，也不敢杀人灭口，我就是厌。小弟，你帮帮大哥，怎样都行，让那婆娘放过我吧。只要我能做到的，给钱我认头。"

"大哥，要想此事结束得没后顾之忧，有一条路可走。"季豹说。

"你说，大哥听你的。"

"以毒攻毒，就把与人有染的事和大嫂明了说。认错、再做后续打算、求她原谅，进而让大嫂帮着您解决那靳姓娘子。"

"哈！原谅？你大嫂要知道了，不要死要活地撒泼打滚我就烧高香了。还指着她帮我？做什么春秋大梦呢？"

"这可不是梦。这种事，就是一层窗户纸。与其天天担心有人给捅破，不如自己争取主动，收拾好残局。您和大嫂一联手，什么样的外鬼也不怕。别看靳娘子在您面前能折腾，可在齐家大娘子面前，她就是个连外室都不算的无名妇人。我保证，只要大嫂一露面，不用说话，靳娘子就会抱头鼠窜、永绝后患。"

"嘴上没毛办事不牢的小子，出主意都这么不靠谱！你这是小孩子玩过家家的把戏。这事要能这么容易过，我这些年的难受是自虐的吗？你这主意可不行！"

"那好，您还是去找嘴上有毛的二哥吧，他的主意靠谱。不过，他给你平了十几年，您的自虐不还是坚挺如初？"

"你！你个混账小东西，找死啊！"

……

齐飞雨的尴尬家事，在师弟的策划下，不费吹灰之力，一朝化解得干干净净。当然，代价是他预支了柜上一年的工钱，打发了靳娘子，还被老婆追着屁股骂了半个多月，很长时间都进不了家门。

可郑季豹本人，也因此更让二师兄恨得牙痒痒。

"少东家，咱们是药坊，卖的是药材。货真价实第一，制作精良第二。可你这是做的什么呀？山药片切得像土豆块，干了以后就是石头子，你想用它砸人吗？"

"老五，你写的药方子我都没看懂，你让抓药的伙计怎么辨得清？一个弄不好，出了人命你来赔吗？"

第十五章　从头越

"你是给人行针呢还是放血？这青一块紫一块的，三四年了，手上的功夫还不如你的几个师侄呢。把心眼子用在正道上好不好？"

……

郑季豹在邱林良的叨叨声中，忍着内心的不满。他知道，二师兄心里有委屈拿自己出气呢。好在有二嫂在旁周旋，如今又添大师兄的暗挺，季豹还能坚持。

齐飞雨为了表示对季豹的感谢，把自己专心琢磨了一辈子的正骨诀窍和鉴别干鲜药草的经验，都一股脑地教授给了师弟。还破例让季豹在他坐诊的时候，上手治理病患，他还自动担着给季豹排难解惑的讲师。

这天，季豹正凝神聚力地托着一个人的头，给他拉伸颈椎，被二师兄看了个满眼。

"你在干什么？"

"……"季豹眉头轻皱，他不想被打扰。

"问你呢。"

"……"季豹双眼紧闭，他不能分神。

"谁让你这么干的？"

老邱一屁股坐在椅子上。看来，今天他要叫真章了。

等病人走了，去打尖的齐飞雨也回来了。

"师兄，小五的教导这是归你管了？我怎么没接到师父的手函呢？"邱林良出口很不客气。

"师弟，小五最晚明年就要出师了。如今做点儿力所能及的下手活，不为过吧？我可没听师父说过不让他跟着我实习。"齐飞雨

答得也不很客气。

"那好,你看这个。"邱二把季豹按在凳子上,学季豹的样子,用他刚才给病人托头拔伸的手法,让齐老大看,"这是什么鬼?"

"这和我的绳兜吊颈差不多,不过力道弱点儿罢了。我没觉得有什么问题。"老齐回复道。

"好!"邱林良怒了,"以后,他归你了。出了什么岔子,我概不负责!"说完,邱老二甩手走了。

"我的小祖宗,刚才你真的给人拔脑袋?你疯了!谁让你这么干的?"老齐对着季豹一通埋怨。

"我之前不是和您说过吗?不是说找时间试试吗?"季豹有些心虚,今天真是不走运。

"我是说过,可也没让你马上干啊?不过好奇了,那个后街张怎么会让你给他这么提溜呢?这么多年了,没事酒肉肠,有事脑袋疼,滚刀肉一个。我和老二见到他,头不是疼,是大!"

"他是自愿的。他偷咱天渠的水,让我逮着了。本来是撒泼不认账的,可他逃跑时转头太猛伤了脖子,一下子就瘫了。是真的瘫了,不是装的。"季豹就跟大师兄说起了后街张的事。

季豹对后街张的一切很了解。他的俩师兄都对这位蹭药、蹭治、不愿花钱还刺儿头的人没一点好评。

看他倒在地上不能动弹,季豹知道,此人的颈椎有大毛病,不过是时好时坏很隐性而已。

师父教过他推拿的手法,大师兄给病人正骨他也时常能见。加上季豹对闲空道士当年在战场上,对动骨伤筋之创的疗法神效犹记在心。他一直努力从书本上找治疗案例,琢磨对骨病的治疗

第十五章　从头越

手法。事情紧急之下,他把后街张仰面放平,一手托后颈,一手扳下腭,给他的头部做了几下轻微的拉伸。

本来也没把此事放在心上,过了几天,后街张的娘子专门找到季豹致谢,说是她丈夫近十年来,第一次半个月没闹过头疼。那以后,后街张带疗费上门找季豹,还自愿让季豹在他身上实验推拿正骨的各种手法。季豹正为自己的精进自喜,不巧,今天被二师兄逮了个正着。

"你还为老张做了腰拔伸?他和你共同正反角力?"老齐眯着问道。

"我正想和您探讨呢。"季豹来了精神,"您的那个皮篮掉兜拔脖子和两人拔腰法,我觉着有点力度太大。您看。"季豹指着一副人骨说道,"这人身高六尺,脊椎的间隔不过区区,颈椎更是一线。像后街张那种五短身量的,哪里经得住五斤重石和两个壮年的愣拔?可能一时有效果,一旦过了度,倒造成长久损伤了。"

"师父这方面教授得不多,许多手法都是我在江湖上跟着野路子郎中学的。你二师兄最是看不上这些推推搡搡的治疗手法,说这不靠谱。可对于那些吃药不管用、膏药不解疼的常见劳损、岁损的腰腿疾病,简单地揉揉搓搓反而有效果。你能在这方面有心得、有精进,也是老天造化。"

季豹看大师兄并没有追究的意思,索性把一段时间以来具结于心的事吐说出来了:"大师兄,我进门的时候,几位师兄早已各自成名,我没福分知道师父当初是如何给你们教授的。进门后,我读了一年多的医著,看了两年的案例,背了三年的药名。师父让我在他身上按图索穴、施针练手,也没少弹我的脑门子。诵错

了药剂和用量,手心被他打得红肿生疼,我得秀才功名都没这待遇。我所学都来自师父的《崆峒天济药略》,可二师兄就是不信,还说师父藏私。爷爷师父从没教季豹独门,大哥信否?"

齐老大给小师弟递上了一碗水,自己坐了下来。"我不是信,是坚信!"老齐摸出烟袋,装上烟叶,季豹赶紧给他点着了,"咱师父并不是学医出身,虽说生在世家,可大半辈子给了朝廷,终了回落民间实属无奈。但师父贵在博学览胜,天济堂的医书开个学堂都绰绰有余。老二学识不浅,可输在剑走偏锋。我是半路出家还天生好动,坐不下来啃大部头,到底是个到不了顶的半块材料。老四是个踏实人,不仅按部就班任由师父调教,还精于细研药方和病症疗法的积累。年纪轻轻的,已经有了好几部医术论著。老三无意子承父业,却心宽厚道。明知老爹偏心庶弟,还是多处张罗为老四刊印出书。总堂的存本被他转送到朝廷的医馆,最终还被官家普印发行了。你的资质不在老四之下,这几年的进步也让人另眼相看,正是后生可畏。"

老齐说的论著,季豹是很了解的。古济天借儿子之名,把自己半生行医所得,尽数列进。老人因惧怕被前事牵扯,只能屈就如此,也是无奈。

"老二的不甘,就是不信这本谁都可以看的《崆峒天济药略》包括了师父的全部心血罢了。"老齐看着季豹,又大喘了一口气,"老五,我不知道师父为什么不让老四接掌堂位置,但我知道,老四被亲庶之事禁锢年久,这限制了他的眼界。你现在能正位,应该是师父对堂内各种人的警告和制衡的手段。老二是挺聪明的一个人,可是在名利得失上面看不开。师父对他还是有期望的,不

第十五章 从头越

然,何苦把你二嫂子推到前头来?这不就是给他留的后路吗?老人家也是用心良苦哇。"

听了大师兄的话,郑季豹不由为自己以前对老齐的肤浅认识而惭愧。这个表面粗简内在细繁的人,做人的心态反而是极好的。"人不可貌相"的老话,今天在他这里又被证明了一次。不仅如此,郑季豹对"名医""神医"的认识一下子提高了层次。

所谓的名或神,不是指什么"独"或"秘",是指千次万次治疗技艺的提炼升华,是对天下百草的药性熟络运用。季豹亲眼看过,四哥为了一个病人,同样的药方各种剂量前后改了十几次才有了疗效;他也见过二师兄用一个简单的方子同时治愈了十几位病状并不相同的病人;被四个大小伙子用门板抬进门的伤患,大师兄一脚下去,病人疼得跳起来跑出去的情景,让他心惊肉跳的时候可不止一次。

郑季豹进入了岐黄之境,已达从头越的人生节点。

第十六章　双归路

天济堂的"双喜庆"别具一格。

老掌门正式退休,新掌堂接鞭是第一喜。学徒掌门的"出师"礼和"入座"礼同举是第二喜。

外面锣鼓喧天、热闹非凡,而作为师父的古济天却掩面哭得瘫在椅子上,任由徒弟郑季豹扑在脚下不停地磕头劝说也不停。来祝贺的"三云"也都心有感慨,一旁的老伴许氏,不时地红眼抹泪,给老古说些安慰的话。

"师父、师母,三位老叔伯已经陪在这里很久了,郑将军专门来此等着给老几位道谢,石山子师徒也快到了。我们要不要准备一下开宴呢?"齐飞雨对老古夫妇说道。

"是呀。你占了这么大的便宜还不够吗?章公的外孙承袭了你的衣钵不是该高兴吗?我要是你早乐得屁颠屁颠的了。哪有工夫哭?"泼云道。

"你不是我,也管不着我。老夫就想哭,愿意哭。你屁颠不屁颠的关我屁事?"老古突然口出不逊。

"老古头,豹儿出了师可不是你翻身的本钱。这是你欠章公的,你应尽的。"聊云也噘着嘴不服。

第十六章　双归路

"我欠章公的可不欠你们的，你们谁也没资格指责我！这几年我尽心了，我圆满了，我解脱了。老夫已无心可愧，要你个老东西管？"老古今天可是谁也不在乎了。

季豹想起刚进门的时候师父就说过，他出师的一天，就是老头扬眉吐气、翻身做人的一天。那几个压了老古半辈子的老头子，今天要还是跟以前一样对待师父怕是要自取其辱了。眼看第三位的抖云也要加入，季豹一下子从地上爬起来，把嘴贴在老古的耳朵上说起了悄悄话："爷爷，咱差不多得了。那老几位说到底在我这也就混个叔爷爷的称号，又不会大到哪里去。我不在您身边的时候，还指着人家给您老添乐呵呢。听徒孙的，退一步海阔天空。"

老古收起泪眼，起身甩了一下袖子："也是，咱们今天事太多了，哪有工夫在这儿闲扯？"老人一把拉住季豹的手，把一众人扔下得意地走了。

郑云梧将军带着李丰和姜路子等几个亲兵，便装简行地来到崆峒，专门接儿子回家。他送的重礼和恭敬的态度让老古很有面子，也让邱林良等总用嫡庶之别来嘲弄郑季豹的人自惭形秽。郑季豹与各路好友亲朋寒暄致谢后，与师父、同门、闲空师徒依依惜别。天济堂有三师兄总管、四师兄的协理，季豹得以安心回金城主持新店的开张。

路上，父亲和妻兄祝贺季豹再次当爹，简儿又给他添了一男。郑季豹归心似箭，恨不得一步踏进家门。这和他独自上山学艺的时候真是两种不同的心境。

因为赶路过了宿头，几个人只好在野外露营。好在郑云梧一

众都是行伍出身,出门都随身带着帐篷,这对他们不在话下。

郑季豹却没了耐心,他辗转不寐,自己添了火把,坐在帐外闷闷地喝酒等着天明。

"睡不着吗?终于也有你想大人孩子的时候了。不好好休息,明天路上你要掉队的。"郑将军大概被儿子打搅了。

"您不是也没睡?想谁呢?是母亲还是我娘?"季豹为了避免尴尬,上来先发制人调侃起父亲来了。

"都想。"郑将军却一点儿也不避讳。

这下子季豹反而没话可说了。

"你不在家的这些年,你娘身边只有简儿和恬姐儿。没个男人支撑,一屋子妇幼过得难啊!"老郑长叹一声。

"您不是每俩月就回金城一趟吗?难道娘有什么怨言吗?"

"怎会?青蕤要是能给声怨,你爹我何至于郁闷内疚啊?快三十年了,她一直这样。想想,是为父委屈她了。"郑将军的神情木木的。

季豹透过火光看着父亲的侧颜,他突然发现,爹爹已是白发浸染。

"爹,儿子一直没机会过问你和娘的往事。学艺之初就听闲空道兄提过,他师父石山子无意中成了你们的媒人。我以前只是觉得你和娘是琴瑟合璧、互慕至深,可今天您说郁闷内疚了近三十年,还觉得委屈了娘。那当初为何中途改道没上崆峒呢?我问过师父,他老人家只说幸亏有改道,不然就没有我和他的师徒缘了。"

郑将军用欣赏的眼光看着儿子。几年下来,季豹成熟沉稳了

第十六章　双归路

很多，如今已学成出师还儿女双全，他不仅为自己，也为章青蕤释然。

"豹儿，你能有今天，为父很欣慰。有些事现在和你讲一讲也无妨了。我要先给你外祖敬个酒想让你做个见证，你可愿意？"

"当然。"

只见郑将军快速抽出随身的匕首，在地上画方起了土，放一碗酒在上面，自己又捧了一碗，对着土堆恭敬一拜然后双膝跪地。季豹也照做了。

"岳父，今天终于可以向泰山言明，云梧兑现了承诺。您的女儿安好，您的外孙已学成归家，您还有了两个重孙。岳父，您和岳母可以放心了。"

郑云梧起身仰头眺望星空，他长长地舒了一口气。一旁的季豹忽见爹爹的眼中晶莹一片。

将军又往火堆上添了柴。随着光影晃动，看着静坐在侧的儿子，往事不禁涌上心头……

青蕤的侍女莲儿病了。高烧不退，人已经脱了水。人烟稀少、荒郊野外的，担着守护职责的郑云梧焦急万分，倒是章青蕤异常冷静。一个娇生惯养的大小姐，为了莲儿弃车爬坡，找鲜草冷水给她捣汁药、降体温。当他们一行不得不停滞在一个只有十几户人家的小村后，章小姐少见地来见郑云梧。

"军爷，你们先走吧。我们姐妹已蒙多日照顾，萍水相逢，遇君相辅感念至深。莲儿身热不能再染风寒，留在此处静养几日方能安全。如将军有隙，可先行与崆峒一方接洽，让他们不日来此接我们吧。"

"那怎么使得？我受人之托当忠人之事，小姐不必虑此。"郑云梧一口回绝。

"军爷是守边重臣，身负国责。小女子岂敢因私让军爷违背军中限令？可妹妹也实在不能再经任何的颠簸劳顿。只要有人尽早能来接应，一切都是周全的。"

章小姐的话无懈可击。郑云梧似乎没有再坚持的理由。

当两个女子互搀互扶、一步一摔、一进一退，挣扎着要投水的时候，被飞马返回的郑云梧越身向前，一边夹着一个不能走的，一边薅着一个勉强能走的生生拉了回来。

看着眼红脸白的郑云梧，章青蕊从嘴里挤出一句："郑爷，对、对不起。"

郑云梧先把章青蕊扔在了地上，又脱了外套，小心地盖住了浑身哆嗦的莲儿。

"你没有对不起我，你是对不起为你计长远的商辂大人，还有为你打点安排的石山子道长，更有一众为你不惜出钱出力冒险接纳的崆峒人。郑某一向没看错过人，可今天算是看走眼了。铁骨铮铮的章公之女怎会如此懦弱？"

这回轮到章青蕊脸白了。

"郑军爷，不要责怪了。小姐蒙冤失了双亲，还遭无义之人退了文定。与其耻辱一生，不如一了百了！要不是我的坚持，她早随父母而去了。如今，莲儿也身病待死，前途茫茫无所，我们不想再拖累他人，也不想跟老爷一样死时无亲人在侧，所以决定同生共死。将军，请成全我们吧！"莲儿勉强撑着辩护。

"你们可知，如若悲剧发生，不是更让亲者痛仇者快？我信商

第十六章 双归路

辂大人，有他在，章大人的冤情定会得雪。若是有那天到来，却失章公后人继承，这世间还奢谈什么天公地义？小姐，你真甘心一了百了让章家的血脉就此断绝吗？章公的在天之灵要是答应，这水不用你投，我会助你们一臂之力！"郑云梧语调不高，却声声铿锵有力。

"军爷，小女子再说一次对不起。我不仅懦弱还考虑不周，青蕤知错了。郑爷放心，你不会有助力一臂的机会了。我保证。"章青蕤说得一字一泪，但也是软中带硬。她起身自己独去，被丢在身后的郑云梧气得头大……

"……唉！那一刻呀，你娘的背影和眼泪，让我至今不忘。"

"就是说，爹的一招英雄救美，娘就随您来大漠了？"

"你觉得呢？还想有什么八驷争先吗？"

"这，这也太简单了。您和娘的故事觉着挺复杂的，可听下来，一点曲径通幽的意境都没有。"季豹有点不尽兴。

"有你大娘在，什么样的曲径也被她捋直了。"郑云梧不禁唏嘘。

"噢，这才是您说的郁闷所在吧？"

季豹的回答，差点让他老郑摁他的脖子。

第十七章　谋长远

老少俩爷同时归家,让金城的郑宅喜气洋洋。

自从搬到这里,院子里出出进进的男人,一个是失了半条腿的房玉贵,一个是前院管家的老伴。去年简儿得了丁,现在将军、少主又都回来了,最高兴的是郑大娘子方玉茹。

"快起来吧。都是有儿子的人了,以后咱家里用不着这些烦人的规矩了。"大娘子把季豹扶起来,仔细打量着几年都不能见的儿子。

虽说不是自己生的,可对季豹,方玉茹从他出生那天起就格外疼惜。她坚信,这小子一出娘胎就对着她笑了。

"赶紧去后院把那屋里的人喊过来,今天我做东请他们老少爷们儿大吃一顿。"方玉茹大声吩咐着。

"大娘子,红姨和姨父是不是也一块儿叫呢?只落下那老两口儿太冷清了。"玉儿问道。这是个利落清爽的女孩,是大娘子在金城雇的住家佣女。

"也好,人家要是给面子,当然不能落下。"大娘子口气酸酸的。

"夫人,这几年让你费心了。我这回能多待上些时日,一切都会安排妥当的。"老郑听出方玉茹话中的怨意,就赶紧上来打

第十七章　谋长远

圆场。

章青蕤从来不和方玉茹正面杠，方玉茹也知不是对手，明白自己不找碴儿双方就相安无事。可章红苋却不太给大娘子脸面，有些得理不饶人。这二人要是一个屋檐下待长了，发生龃龉太正常。

郑季豹顾不上这些，他从李简手中接过儿子，一边晃抖着，一边上下颠。小孩子皱着眼，有些不知所措地看着陌生人。

"怎么着？不认识你老子？你可是如假包换的我儿子。让爷爷奶奶好好看看，这小子是不是和我小时候一模一样？"季豹也借着耍儿子来调整着屋里的气氛。

"一个德行还差不多。"大娘子终于被逗笑了。

接下来的家宴是丰富的。因为没有雇厨子，这顿饭是从街上的饭号里叫来的，大小摆了三桌。大娘子说话算话，真的是她自掏腰包付的银子。

郑家前后两院之间，隔着厨房、餐厅和库房的穿井。除了最初在一起混过了几个月后，两房女人又分开各自开火了。

凤叶已出嫁，婆家在甘州。现在前院住着大娘子和管家娘两辈四口人加后雇的玉儿姑娘。后院住着章青蕤、李简和两个孩子、章红苋夫妇。平时两家各走各门、各吃各饭，除了问安行礼之外，几乎没有琐事往来。

掌灯时节，郑云梧来到了后院，这让一众人很诧异。

"姐夫，您是走错道了还是打上门来向谁问不是？"红苋的嘴很厉害，郑云梧早有领教。

"红妹，知道你是顾大局护蕤娘的，你是郑家和睦的第一大

功臣，我感谢你还来不及。问不是？抬举你姐夫了。"郑将军是由衷的。

章红苋是个不惹事、不挑剔也不吃哑巴亏的爽快人，最见不得章青蕤被人小看。加上这个宅子她是半个房主，所以对待前院的人忍耐度不似在肃州。这一变化，让方玉茹很不爽。

"蕤娘啊，为夫有事相商。任上已经给了公房，条件不是很好但住一户还算宽敞，那里租房置业也容易。季豹回来了，有简儿和古老前辈的帮衬，他应该能挑起金城店的担子。为夫的意思，你是否有意随我去任上呢？"

章青蕤知道这一天早晚会来。

郑季豹已经顾不上再为谁担心了，好容易挨到一切礼毕，他把李简搂进了屋。上次的崆峒一别又三个年头了。

热被暖床，锦帐悠香。郑季豹第一次能够恣意妄为、享受真正的身心合卺。李简当年新婚之夜的遗憾也终归圆满。

旧景旧影，半截凤求凰造型的红蜡已满盈横流。

街上不时的"梆梆"声，让郑季豹很不适应。他被那个节奏敲得不能入睡。

"简儿，觉着有些饿了。可怜如我，白天伺候爹娘夜里伺候娘子，忙得饭都吃不饱。"

"浑说什么？就知道会这样，早给你准备下了。"李简嗔笑一声，起身从保温笸箩里端出来两个夹着几片酱肉的松软蒸馍递给了床上的季豹，还给他披衣服、围被子，"不愧是父子，娘也是总给爹准备夜宵的。"

"爹今夜留在娘屋里了？"季豹停住了，他伸着头像是听着外

第十七章　谋长远

头的动静。

"怎么？你有意见？"李简趁机舒展了一下身子。

"怎么会？只是记得以前爹可没这待遇。"

"你不在的这些年，爹每次探家都会在娘屋里待上几天。不过第一天就过来了还是头一次。"李简也觉得不解。

"爹在路上跟我说，要接娘和大娘子去西安任所。估计是大娘子怕娘不去爹会两头跑，才手下留情放水贿赂的吧？"

"又瞎说，娘可没你说得那么可怜。但大娘子住在这里不自在，盼着去任所和爹团聚也是真的。"李简说完忽然伤感起来。

"你怎么啦？掉什么泪？"

"娘一准会随爹赴任的。红姨也一定会跟着去的。简儿自小不离娘的左右，想想以后没娘在侧的日子，我心里没谱啊！"

"哟！还好你嫁给了我，要是像二姐五妹一样嫁到远处，回趟娘家都要三年五载的，看你有没有谱！师父、婆婆、娘亲是一人，你命好偷着乐才对。"季豹用心安慰着媳妇。此时，一个萦绕心中的疑惑也脱口而出，"简儿，前几年季豹少不更事，对家事不很上心。你跟我说实话，你觉得娘是否情愿随爹赴任？如不是，我一定能把她留在金城。"

"你怎会有如此一问？在我看来，爹一直对娘敬重有加，除了红姨因为和大娘子屋里有隙，偶尔抱怨爹爹的不公外，娘从没有过一句重话。不过……"

"就是等你的这句'不过'，快说。"郑季豹认真了。

"不管爹在不在家，过不过来住，我也没见过娘表现出有什么欣喜和盼望。所以，你的问题我还真答不出来。"

"这样啊?那找机会我们问问红姨,她一定会给出答案的。"

都道可怜天下父母心,可季豹李简小两口儿亲热之余还要为亲娘谋长远。

章红苋正兴致勃勃地捆书画、整衣柜,为不日搬离金城做准备。章青蕤在为孙子孙女的冬衣忙活,做了棉衣做棉鞋,还给孙子兴哥儿做了好几顶绣了日头花蕊的防风帽。

当红苋被神秘表情的李简诓到了自己的屋里,又让季豹躬身到地地正经礼拜给弄蒙了。

"你俩这是闹得哪出戏?"红苋坐不住了,她起身直问。

"姨母,季豹有心事一直不能安,今日只好请教您了。望姨母原谅我们的冒失。"

"什么事?"

"娘随爹去西安府,是她的心愿吗?"

"什么意思?"

"甥儿的意思,娘要想留在金城,我有能力安排,也会保娘今后无忧。"

红苋很不理解地皱着眉。她在琢磨,这个不着调的外甥又要有什么惊诧之举?

"红姨,我想知道,当年娘违背了和商辂大人的约定随着爹来到大漠,这其中到底发生了什么让你们改了主意?凭娘的身份、学识和家资,放着一众受恩外祖的救助者不顾,却给当时并无品阶军士的爹做了妾,住在荒凉大漠生子安家。您别跟我说,是娘爱上了爹爹,至今无怨无悔吧?"

章红苋一脸蒙,半天无语。

第十七章　谋长远

"红姨，您不回话，证明季豹所说有据了？"季豹想象着各种"可能"，他的心在跳。

"你有据？有什么据？据你个头！"红苋一下明白了季豹在担心什么，她笑哼了一声，"还真让你给说对了，你娘当年就是看上了你爹，就是觉得跟着他能活下去，哪怕是牺牲名分做小也值。就这么简单，你不相信我有什么办法？"

"是我想多了？"季豹并不甘心。

"你呀，就是读书多、想得宽、活得太闲。吃穿不用愁，一天到晚净琢磨着吕小姐的情呀李姑娘的爱呀。世上就你倒霉，没自主、没随心所欲，四少爷可是从小受折磨吃尽了亲娘的苦呢！"红苋不客气地挖苦郑季豹。

季豹和李简被红苋骂得一愣一愣的。

虽挨了顿数落，但红姨让季豹明白，人处极端事，要走极端路。当年，就是父亲的去而复返，让母亲看到了生的希望。

章红苋不禁陷入了对往事的追忆中，讲起了当年。

……被郑云梧从水里救回来的章氏姐妹，面对了人生的新选择。

"小姐，郑军爷可是有家室的人。听那个房姓侍从说，他什么都好就是有些怕老婆。你就不怕到时候正牌夫人不容咱们吗？做小这种事，咱虽没做过可是见过听过的呀！那种气你哪里受得了啊？"

"当初那个天为媒玉为聘，把章氏青蕤的名头撰进家谱正牌的一品之家，还不是弃我如草芥？我命有此劫，不认又如何？你我姐妹之命运不过如此了，与其以后等着哑婚盲嫁的混沌一片、苟

且偷生,不如自主择路拼死一搏,大不了再次投水跳崖!"

……

章红苋讲起当年事,想起章青蕤当时的决绝,还是不能自制地在屋里来回踱步。

俩年轻人也听得心惊肉跳。

他们怎么也不会想到,当年的事情会这么惨烈。

第十八章　古难全

　　章青蕤要与儿子、儿媳、孙子孙女分开了，这是她的无奈。夫君已然定职西安府，自己没有不从的道理。好在有红苋跟着，生活上不会寂寞。

　　她用羊毛纺线给儿子织了毛衣，还给李简剪裁了漂亮的围巾。现在，她默默地为自己收拾着行李。

　　"娘。"

　　"儿子？进屋也不打招呼，轻手轻脚的，怎么和你爹一个样呢？"青蕤笑嗔。

　　"娘，原谅儿子的冒昧。红姨已然告诉了我一切，可儿子心里就是不踏实。娘，儿子以前矫情放荡，让娘的委曲求全雪上加霜。如今，我浪子回头，也有安身立命的能力，给娘养老天经地义，您留在金城，做天济堂少主的老祖宗。爹有大娘有嫡亲的儿女，可您只有我。简儿不仅是我老婆也是您的女儿，加上恬姐儿和兴哥儿，我们一家人相守一处不是更好？"季豹说得哽咽，他跪着上前抱住青蕤的腿。他在恳求母亲。

　　章青蕤用手爱抚着季豹的头，此时李简也轻轻地进了屋，她给婆婆递上了一盏茶。看着儿子儿媳，青蕤很是欣慰和满足。

"娘终于熬到了今天。豹儿啊,我终于可以向你姥爷姥姥复命了。我完成了对双亲的承诺,活好了自己,也把他们的唯一的血亲外孙培养成人了。现在,你身心健康,自立强命,又有贤惠在侧,儿女围绕,为娘为你高兴。红妹既然向你说了当年的事,娘也把她并不知的情告诉你,好让我儿放心。"

章青蕤第一次把自己的秘密向人提起,也是放心把自己的一切都交给了儿子。

"是我追求的你爹。也可以说,是我设计引诱了你的父亲。这事很难,但我成功了。这也是这么多年我为什么处处躲着你大娘的原因,我对不起她。原本只想抢她身后的一个位置,可后来我竟爱上了她的丈夫,也抢了她男人的心。"

章青蕤的开场白把季豹惊得睁大了眼睛。

"……你姥姥因为姥爷的冤死忧郁在心,一病不起。正在万般无奈之际,与我有婚约的夫家又把退订的文书送上了门。我恨他们把你姥姥逼上了绝路,也不愿面对世间的鄙视,决心随母同往,可母亲不许。她临走前对我说:女儿啊!不要记恨任何人,也不要觉得作为女孩报不了仇补不上天而自轻。我和你爹爹与谁都没有仇,更没有恨,做的事是自愿,没人逼迫,所以能坦然承担一切后果,可唯一对不起的就是亲生女。你爹爹说过,你若能原谅父母的固执不周,就咬紧牙关用我们教给你的智慧活下去。蕤娘,为母求你不要跟来,不要再亲手惩罚我们,让你爹爹和我安心上路吧!我们夫妻谢谢你了。"章青蕤复述着,眼圈泛红却已无泪。

李简已经忍不住地哭泣了,郑季豹此时也已瘫坐在地。他想忍着,可泪就是不听话地流。

第十八章　古难全

"我到底还是点头了，做女儿的怎能让母亲怀着纠结上路？父殁、母丧、亲退、家败落后，事情并没完，因为还要防着更大的危险——没籍充军。是商辂大人为我打点了一切，最后被你父亲带出了京畿的关卡。原以为，出了城就远离了是非，可随着西进的路越来越荒凉，我发现大家都错了。"

……

虽然与瓦剌的战争已经过去了十几年，可在去往崆峒的道上，到处残留着当年交战的疮痍残垣，一路荒芜。为了赶路，郑云梧和蕤娘的车马甚至要露宿野外，因为几天也找不到一处合适的客栈和人户庄家。

眼前的一切，让从小生在京城闹市、裹在富裕之乡的章青蕤很不适应。尤其那些鬼祟出没、猥琐不良之辈的放肆骚扰，更叫弱女娇娃不胜惊慌。对着郑云梧的不露声色，艺高胆大的男性狂野，让章青蕤既感安全又觉身为女子的无力无奈。

如果没有青蕤，郑云梧会奔大同走吕梁，直穿河套回甘州。现在要绕道崆峒，就要南下太原再西渡黄河。

一行人刚到真定府，打前站的石山子道长就迎上了他们并且已经备好了下榻的地方。

"多谢道长的安排。一路上不很安稳，各方凋敝，让章小姐受了委屈。这次最好在这里多待上几天，让她们也休整一下。"

为了不惊动人，郑云梧从不在客栈大堂里用餐，这一日却是例外。天官府一别，郑云梧和石山子这是第二次会面。

"往后，情况也好不到哪里去。"

石山子不像郑云梧样的拘谨。他一个修道的，却一点儿也不

忌口，酒能大碗喝，肉也大口吃。这让郑云梧挺惊诧的。

"不瞒郑爷，我也是蹭你的光才敢这么大方。因为我只是安排，一切费用得你出。不！是商大人出。"

"道长是与我们一同进崆峒还是自行转道回终南山？"

"道士已遵师命，在崆峒自行挂单，师弟在那边正在建道院呢。我要尽快回去助他一臂之力，也好让章小姐主仆先有个落脚的去处。"

"道院？不是说有接应章小姐的人吗？"郑云梧心有疑问。

"军爷，别误会，可不是你想的那样。章小姐此去崆峒，有章公一众受恩者接洽本无可虞，但真就细则却大有周折。"

"此话怎讲？"郑云梧眉头稍皱。

"小姐当嫁之年被退定，如今终身大事陷入泥境。章公的一众同人，大都已近天命之年。他们的近亲儿嗣，不是太大就是太小，没婚配又各方合适的几乎没有。几姓人家竟找不出与章小姐匹配的儿男。可寻遍平凉府地，但凡有些眉目的人家，听是谪臣之女，哪里管其中什么原委，避讳的多；次等的人中，邪痞不吝、不堪托重的多。想崆峒一带，野山无矩、霸劣横行。以章女一介弱柳，离了众亲公的视线，一旦失措很难独挑生计。为此，大家众口一词，先让小姐暂留新院再长计为妥。"

听了道士的话，郑云梧暗自唏嘘。

岂知，说者无心听者有意。二位的谈话断断续续地传到了另一桌人的耳中。着男装的章青蕤正独自坐在隔壁。

莲儿和房姓护卫出街买东西去了，章青蕤最终还是没有勇气和他们走上一遭。她不想白费了一番装扮的功夫，就在客栈前堂

第十八章 古难全

的一角点了餐，算是对自己的犒赏。而说巧不巧的，让她遇见了石山子。

二位的话，让章青蕤的梦醒了。此时的她，已没了逃出生天的欣慰和对新天地的向往。

一个失了亲的当朝犯官之后，还是被弃的、已经过了论嫁之年的剩女，就算到了崆峒也逃不过世俗的眼光和任人品头论足的命。虽然自己带有身家，可长期滞留父辈友朋之处必定给他们的隐居生活带来困扰，如果因此给他们惹了麻烦就有失父亲的清誉了。眼下她已明白，乱世之下一个女子再有心也无力自保。章青蕤茫然了，她紧闭双眼泪已满面。但她不敢哭，怕惊扰了两个好心护卫她的人。

"不怕军爷笑话，看着一众人为难顿足的样子，我甚至起了让师弟还俗之意。他是半路出家，因为发妻去世留有一子，是那孩子的多病让他萌生了出世之念。我极力劝说过，哪知我那师弟是个痴情专一的人，他不点头我也无计可施。"石山子一声长叹，"唉！想这纷乱不平的世道，章公怎么能知，没了父亲的护佑，他的独生女儿，任凭貌若天仙才如文姬，也会被无良夫家抛弃羞辱，被天下宵小无情奚落，连逃生亡命都要顶着小妾的名头。一介文弱女流，只有遇到一个不惧俗言有担当、对忠良之后有尊举的男儿君子，才能为她撑起头上的一片天。不然，前途莫测啊。"

石山子讲到义愤处，声量不由放大。郑云梧不好阻止又怕隔墙有耳，他掩饰地举壶给道士添酒夹菜，同时目光环绕四周。还好，大堂里，客人稀疏。

恰恰是道人的这句话，提醒了情落谷底的章青蕤。她端着酒

盅的手在微微地抖,心绪如万马奔腾般横穿:"经过生活风雨的爆裂袭击,几经周折,我章青蕤既然熬到了今天,现在若被前面不确定的因素吓到退缩,就真是负了父母的期许、驳了他们的嘱托。我还没到山穷水尽,我还有'貌若天仙、才如文姬',还有守边军曹'小妾'的身份。我不但要活,还要争取不苟活!能走的路眼前就有一条——拿下郑云梧!"

濒于灭顶,矜持最是无用,任何稻草都可能是救命之树!

瞬间惊世骇俗的大胆决定,一经选择,章青蕤反而静下来了。她用袖口抹去眼中的泪,坐直了身躯,长长地喘了口大气。

青蕤知道,猎取隔壁这个想托付终身的男人,她的机会只有一次……

"接着说呀!娘,我太想听了。我要知道,娘是如何'猎取'爹的?"季豹见母亲沉默了,一个劲儿催促着。一旁的简儿用肘轻轻碰触他,"你碰我干什么?我就想明白,是娘'猎取'爹的手段厉害还是我'猎取'你的手段厉害。"

"别自以为是了!"李简嗔道,"和爹一个下场,你也是被人算计'猎取'的那个!"

"别打岔!回头我让你好看。不信?你等着。"郑季豹不服气地对媳妇发狠。

看着季豹着急百怪的样子,做母亲的心被安抚着……

……章青蕤只身走向深渊,抱病赶来的莲儿威胁无效,哭喊着也跳入了水中,青蕤不及明讲咬牙坚持……到底让她赌到了郑云梧的"出手"相救。

为了自己的长远之计,章青蕤不顾莲儿的质疑一意孤行。

第十八章 古难全

郑云梧被俩小女人的蛮干吓破了胆。他和手下几个士兵，黑白不分地轮流守在两位姑娘身边，寸步不离。为了安全，他再也不敢错过宿头，宁愿慢也不会着急赶路。

一个月明夜静的晚上，郑云梧在借住的院落里独坐。他是今晚的第一班值守。

背后的门开了，章青蕤一身白衣站在那里。月光下，能见一抹肃杀。

郑云梧蓦然起身和女人无语相对。

看着慢慢近身的弱柳娇质，郑云梧有一种被压迫的感觉："章小姐，夜深了又有风，我可不想莲儿之后你再受感染。"

"郑军爷，再往前就是崆峒了。这可能是小女子告别前最后的道谢机会了。军爷是我主仆的救命恩人，也是我父母的救孤义公。请军爷接受青蕤的诚心一拜！"

章青蕤盈盈下拜又双手相叠屈身下跪。这是敬天的大礼。

郑云梧慌乱无措，一下子扶住了青蕤，不让她拜下去："小姐，这怎么敢当？有话好说，你别这样！"

"军爷，青蕤今天再不说，以后就是死了也不会甘心！"青蕤话语一出已是泪流不止。

郑云梧的心被青蕤哭得生疼："不要，不要再提这个字。章小姐，有什么郑某能做的，吩咐便是。"

"青蕤不需军爷为我做什么，只是拜托相公执约成真，以后能给妾身一缕荫庇，我代父母和莲儿妹妹给恩公磕头了。"青蕤挣脱了郑云梧的手臂，趁着对方蒙愣的瞬间，一下子趴伏在了地上。

"这？这是从何说起呀？章……青蕤姑娘，不是云梧没担当，

咱们之间有什么约定不是真的吗……这……天官大人可不是这么安排的……再者，崆峒一脉的章公同门也不会让你这么委屈的。"郑云梧忽然明白了章青蘷说的"执约"之意，他慌乱地已词不达意，浑身突然一阵燥热。

时间在流逝，四周混沌一片。

女人执拗地低身不起，男人几次搀扶都不成功。

冷静下来的郑云梧，只好索性盘腿坐在地上，他在盘算。

"相公，实不相瞒，你和石山子道长之前对话的时候，我就在你们隔壁。你已经救了我，你就是能撑着我活下去的那片天！"章青蘷和盘托出，她在等待。

郑云梧轻轻点头。他心里明白，只有像青蘷这样的智慧女子，才会面对绝境时不犹豫地放下身段，清清楚楚为自己一生的命运做抉择。郑云梧细细地把事情揣摩了一番，他按下激荡的心绪，想尽量把话说得轻松。因为以下的决定也会搭上他的大半生。

"青蘷，你说得对，是云梧想得简单了。我虽人微，但戍边守将回关带着京纳女眷这种事，恐怕早被一些人传遍两城三地了。我就算独骑而归，也没人相信你我没有苟且。你离我另择，'退定'之嘲未消，'被纳'之蔑已成。对着你知、我知、道人知的缘由，你的选择云梧没有窃喜只有钦佩。但有一虑云梧必说当面，蘷娘若允我定结真约。"

"蘷娘听着呢。"

"我家中娘子，人虽不细致但心肠却是极好的。我们合卺有年，她为我生育儿女侍奉爹娘，况且岳父对我经年提携有加，这辈子云梧不会负她。蘷娘若能屈尊，云梧自当安排。"

第十八章 古难全

"夫君在上，妾身感念你的恩德。章青蕤定当遵守家法，恭敬主母，不会坏了郑氏规矩。夫君容蕤娘再拜！"章青蕤又一次躬身到地，给郑云梧磕了足足三个头……

"这就完了？您的猎取就这些？没悬念，太简单了。比起您儿子的褒衣污秽、空守洞房、长亭逃跑、强行合璧差得远了。"季豹觉得不过瘾。

"瞎说！娘所做的一切才是智与力的融会贯通。爹是怎样的人？用怎样的行动和语言才能让他心甘情愿地救助弱者？能做到，就是无敌之腕！"

李简的插话让青蕤微笑点头。

"简儿，你是最能体会娘的心思的。如今，你和季豹有情终成眷，有你陪着豹儿，我就放心了。"

"这可好，你们是婆媳和睦、母女联手、上下一心、制夫断金啊！我是爹爹儿子，下场和爹一样也没什么好抱怨的了。"季豹特别会在别人得意时添热乎。

章青蕤近三十年的隐忍、努力、坚守的念想，如今终于意满了。她感慨自己的幸运，认准的男人不仅没辜负她，还和她在长期的艰苦生活中相互扶持，长短互补，并产生了爱情。

还有一点，青蕤是不方便对儿子讲的……

郑云梧本打算给章青蕤办一场进门礼的。在毫无准备的突兀情况下，他毅然决定担负起保护忠良之后的责任。但名分上青蕤只能屈尊，郑云梧能做的就是不让她进门时太寡清。

章青蕤对郑云梧的安排是感激和欢喜的，直到与前来接应的石山子的一席对话，才让她改变了主意。

"章小姐,你别太大意了。此举郑军爷怕是好心办了坏事。你不想想,郑生'惧内'的实质是什么?他从不招惹女色,自己问心无愧,可他家娘子为什么还要'河东狮吼'地不买账呢?军爷长身玉立、仪表堂堂,为人有礼、做事豪气。这种大好的男儿,天生会让各种女色惦记。郑夫人的担心严苛,是常心之备。若郑军爷不失'无愧',郑夫人又是真狮,以郑生这种不善争执的性格,重压之下,小姐的完璧'待字'是他退求其次的借口也未曾可知。这个险,你不能冒。郑子均是你下半辈子的最好人选,无甚实用的虚名礼让,不要也罢!"

章青蕤被道人提醒了。接下来,郑云梧与石山子的几次敞怀都被灌到大醉,而每一次都被石山子扶进了章青蕤的卧室。崆峒山脚下的几个小村子,都为郑章的百年之合做了见证。

……

十几天后的一个早晨,迎着四射的彩光,郑季豹把女儿扛在脖子上,李简抱着兴哥儿,一家四口站在望水亭的高台子上,看着父母的车队缓缓远去,直到不见。

人的悲欢离合,有时候比月的满缺还要变幻莫测。过去几年,郑季豹与父母、妻儿就是这样在离离合合、分分走走的状态下生活的。一家人团圆在一起的时间,总是短暂的。

正是"美好无缺古难全"。

两个小孩子可能也知道父母的心情不举,所以都很安静听话,不吵也不闹。看着李简泪线成串,季豹伸出一只手臂揽着她。李简靠着季豹,收回目光发现怀中的儿子已甜甜入睡。她用头顶了季豹一下,把兴哥儿的睡姿推给他看。季豹心中一热,父母走的

第十八章 古难全

时候好不容易忍住的眼泪，现在却再也不能忍了。他把头转向一边，不想让简儿看见他在哭。同时，他把一家人用手用胳膊牢牢控在身边。

季豹知道，从此以后，他们都是自己生命中的责任。

第十九章　报应

岁月倏忽,一晃十年。

"四爷,你家大姐儿我是管不了了。再待下去,会有人搭上性命的。我家有儿女要养,还想多活几天呢。这是今年的工钱,我一分也不要全部还给您。白干的这几个月,就算是报答老太太当年的抬举之恩了。"

现在的玉儿,有着成熟利落的当家娘子气度。郑家老一辈人迁移后,玉儿在方大娘子的推荐下,继续受雇于郑季豹。由于郑氏夫妇平时都在药店里忙,如今,她是郑家实际的管家。

"玉姐,这又何苦呢?大姐儿是放纵了点儿,可她一个女孩子,就算淘气又能出多大的格?"郑季豹对玉管家的唠叨已经有点不耐烦了。

"玉姐姐,快过来帮下手!"外面突然传来了呼叫声,接着是一通什么东西落地的声响。

望着负气而去的管家,季豹知道又是李简解围来了。

一切都是因为他的家里出了个"不听管教"的大姐儿——恬姐儿——郑恬。

一切都起源于裹脚。

第十九章 报应

汉女裹脚,到了明朝中叶已是天下瓷实的"一统"。金城虽然远离内地却是个比较闲散富裕的地方。茶余饭后,男人女人各拢一堆,话"别家事"、断"异姓非"是永不过时的街坊娱乐。

随着"天济堂金城店"在本地的名声日隆,郑季豹和他周围的一切也越来越成了公众话题。

郑季豹的娘是郑将军的妾;郑季豹没娶亲,堂上的女人也是妾。郑季豹的嫡母是大脚片;郑季豹的亲娘是二脚片(放裹);郑季豹的妾也是大脚片,更让人炸裂的是——郑季豹的闺女至今大脚片。

闲言碎语传来,郑家人倒没什么,可最不能忍的是好心的玉姐。她曾不止一次向季豹和简儿进言:"四爷、娘子,荒漠人少,地界的民风可刮不到这里。金城地界虽然不大,可风俗与京城无二。咱们姐儿是个多漂亮的闺女呀,又聪明又机灵,可就因不裹脚被全城人笑话。以后,哪有好人家敢上门来提亲啊?这不是把孩子耽误了吗?谁家的女孩子不是爹娘的心头肉呢?可心疼改不了规矩啊!"

玉姐的话,让简儿入了耳。她支持管家,狠着心给恬姐儿裹了三四回脚。事情虽没成,可郑家姐儿从此就恨透了这个出主意让她受罪的玉大娘。随着恬姐儿的年龄增长,她对玉管家的报复也越来越加码。像茶里放盐、菜里加土的事都是家常便饭。因为她的恶作剧,季豹没少惩罚她。可是,越惩罚越放肆。郑大姐儿没学她爹小时候的忍气吞声却发扬光大了季豹整人的招数。还脸皮贼厚,干了坏事认头被罚可就是不改。一来二去,玉管家看出来了,这位姐儿是仗着她爹的宠溺,成心与自己过不去。

"你就别怨人家玉姐姐了。自家孩子什么德行是你不清楚还是我不清楚？要我说，都是你这当爹的毛病。大姐儿的不听管教还不是你惯的？要是把训儿子们的厉害招儿给女儿用三成，她也不会像今天这么疯！"

"什么话？嫌这世道对女孩子的不公少吗？上不了学，出不了门，待在家里还要把脚裹成粽子样。大姐儿被你们整得死去活来了好几次，她不恨你只把火撒在玉管家头上你知足吧！"季豹对媳妇的埋怨反唇相讥，"我就不明白了？娘来到大漠的头一年就不裹脚了，红姨说，她在娘决定不给你裹脚的时候也放裹了。怎么你现在倒要咱们的女儿裹脚了？要我说，先别埋怨大姐儿，你要把脚裹了我就管大姐儿。怎么样？"

"你真不讲理！娘当时是个什么处境？娘不给我裹脚是因为在酒泉那地方不分男女都要骑马讨生活，裹了脚的女人中看不中用，和现在的金城风貌能混为一谈吗？"李简不以为然。

"好，咱就不混，两谈。我郑季豹的嫡庶娘亲和老婆都不裹脚，我不嫌、我愿意，与别人什么相干？我如今就在教大姐儿功夫和生存的本事，以后要是天下男人都瞎了眼不娶她，当爹的就养她一辈子，或者招个不嫌弃大脚片的上门女婿。我只会告诫她，不屑世俗也别抱怨世俗的不宽容。自己逆向而行所带来的后果，也要有能力自负。不要最后连累一众兄弟，悔天怨地地成了可怜虫。"

郑季豹和李简后来又生了一对双胞男，起名珂和玮。季豹本人已脱了军籍，可他还是用将军当年的做法来管教儿子，不仅学文还要学武，要求甚是严格。李简正相反，她觉得儿子们只要书

第十九章 报应

读好了以后不愁没生路，女儿如今的执拗不羁才是应该要管的。

"季豹，你知道我。虽有幸在娘的身边长大，没受冻挨饿，可见过也受过外头的白眼。我不想女儿再有我一样的经历，你懂吗？我是没得选，可姐儿的路大把在前啊！何必自找苦吃？这逆水路不好走啊！我命遇第二幸，有了你才有今日。我怎敢让大姐儿再冒这种险啊？你真能养女儿一辈子吗？有一天我们都走了，兄弟们有自己的日子要过，到最后她不能自料终老，一辈子独苦还要被人指指点点，这是你希望看到的吗？"李简说的结果，她自己都信了。

"你可太爱操这种无用的心了。连你都能遇到我，我闺女可比你强二十倍，怎么就不能遇到一个比我好两倍的俊小子？儿孙自有儿孙福，有苦有难也是命。你要不服，来来来坐下，为夫先把娘子的大脚片变成粽子，你要受得了，我就替你去整治大姐儿。如何？"郑季豹不知从哪里掏出了一卷粗白布，摁着李简就给她脱鞋。

"你奔四的人，两双孩子的爹，怎么还这么不着调？我操心还不是怕姐儿受委屈？好了好了，不烦你了，玉姐姐那里我自会安抚。我要把姐儿送到娘那里去。有娘的教导安排，我才放心。"

李简从来不真拗季豹的意。他们伉俪情重，十几年如一日。

郑季豹对女儿除了宠，并不干涉妻子的教导，可三个儿子他却坚持自己带。他是从小在女人堆里长大的，知道男孩如果从小少父教，对他们性格的养成会有很大的缺失。不过季豹也有烦恼，因为天物形成是人为无法改变的。长子兴哥——郑珣，次双子——郑珂、郑玮，外表上都百分之百地继承了季豹的衣钵。长身薄体，

玉立俊爽，一个比一个文质彬彬，一点祖辈的武将风范都没有，与他们几个堂兄弟的龙腾虎啸之态根本无法比。更让季豹无奈的是，他仅有的那三脚猫功夫，饶是费尽心力，也给不了三个无意于此的儿子。倒是女儿有些飒爽英姿，学得有模有样还兴趣盎然。不然，他个当爹的都不知怎么下台。

恬姐儿已经笄礼，因为上门说亲的都屡屡被她的天足吓退，近来家里已少了媒婆的聒噪。郑季豹不管别人怎么说，铁了心力挺女儿不裹脚。但为了解除李简的顾虑，他还是退了一步。同意妻子的意见，要把女儿送到母亲章青蕤处受教。

在去西安府的路上，郑季豹、郑恬父女的两人三骑在飞驰。

男装的恬姐儿，斜背长剑、腰插短刃，脚蹬踢牛靴，发际紧束。一袭白衣把她衬托得干练利落。紧跟在后的郑季豹，看着女儿无拘欢快的样子，心中格外快慰。金城那些和姐儿同龄的女孩子，没几个有她这般的好运。季豹相信，这世上与自己一样的男子有的是。他又一次执拗地想：开国皇后能是大脚片，我郑季豹天生丽质的女儿为什么不能？

客栈里，父女俩只开了一间客房。看到女儿脱了外衣，把裹在胸前的布条一圈圈退下来的时候，季豹蓦地发现，那个当年被自己揽在身前的女娃娃已经长大了。再去添加房间怕是更会引起别人的注意，今晚只能凑合了。

季豹一个人待在堂上喝着酒。一边的桌上，还有几个住店的客人在叙话。

"你们听说了吗？当今还是明旨驳了李阁老裁撤东厂的奏帖。以后，咱们在这走西的道上做买卖，还是小心为妙。"一个人醉醺

第十九章 报应

醺地说。

"唉！盼了这么多年，也算改朝换了代，可东边、西边的还是轮着出。咱们小民能怎么办？李阁老弄不好还会被那些没鸟的玩意儿给摆上一道，不出于少保之冤就是烧高香了。"另一个人附和着。

大明现在换了皇帝。新主年轻、干事有魄力，正当子民大众都觉得朝堂趋于清净，民间令法有了正本清源的希望之际，前朝宦官弄权的恶行不仅没根除，反而有了新变局。

"嘘！隔墙有耳你们不知道吗？别给自己找麻烦。"

独饮的郑季豹，望着众人听着众声，心中感慨一片。

"娘亲真是眼光独到，看事长远。所谓'世道不清、朝堂血腥。为官者，正为害己，负为害民'的断语，依旧是朝堂实景。如若当年我入仕做了官，再娶了吕氏那样的官迷内人，时至当今朝堂的宦恶怙政，我要不是随了外祖的后尘成了灰，就是位列有样学样的贪泯小人。想我如今能有贤惠娘子在侧，聪颖儿女围绕，有悬壶济世、逍遥自在的日子过，都亏了爹娘、师父的再造之恩啊！"

郑季豹做医生不走极端，遵循"广采众长，杂症细治"的原则，不到十年，"金城天济"的名号被他做得风生水起。几个师兄弟都被他团结在侧，尽心尽力地分担着他的"堂主"之责，"天济"在他的手上得到了发扬光大。正当他事业有成、名望日盛之时，被他呵护如宝的女儿却事故连连，还少见地让他和简儿之间出现了争执。

只不过短短的十几年，自己就体验了当年母亲的心境。

"报应！"

每当郑季豹为女儿的不羁行为头疼，又与简儿管教意见相左的时候，李简总会这样揭他的伤疤。对此，季豹多采用"无言抗议"，学他母亲的样子，甩袖离去。

郑季豹怎么也没想到，自己的处境，比母亲章青蕤来得更难。因为母亲是让儿子只身远离世俗，而他面临的，却是要与女儿一道，对抗人世间的大不平。

望着横卧在床、倒头大睡的女儿，回到客房的季豹不由摇头苦笑："真是报应。还是床头人最知我！"

郑云梧在西安的官邸，处在一条静街上，卫士兼管家的姜路子正在门前迎接郑季豹父女。

"四爷，将军和大娘子出门踏青，先生也随着去了。三四个时辰是回不来的。你和小大姐是在官邸这里还是在先生处落脚？"姜路子问道。

"踏青？还是三人同往？"郑季豹有些意外。以他对家里几位长辈的了解，这种闲情逸致，除了自己的娘，连爹也只是应付而已。几年不见，大娘子转性了？

"这你就不知道了吧？人是会变的。自将军离了战场，已经解甲换尊，每有休憩大人就要放马闲游。开始只有先生在侧，现在反倒是大娘子在日日催促呢。"路子笑说着。

季豹明白，郑云梧现在过的是神仙般的日子。爹爹熬没了大娘子的心魔，嫡母最终也放过了娘亲。

"红姨在家吗？"季豹问道。

"在家，你姨父也在。他们给儿孙当牛做马呢，哪里也去

第十九章　报应

不了。"

　　章红苋和房玉贵现在给俩儿子管着四个孩子，他们一直和章青蕊住在一起。西安的房子又是章家姐妹自己出钱买的。用红苋的话说，郑云梧住在这里还是沾了老章家的光。

　　在宅院的一角，红苋和青蕊开着与崆峒天济药坊联名的小药铺。日常的前台由房玉贵打理，青蕊每月也只有数天为妇幼病患坐诊。私塾已经不开了，一是西安地面上不缺官学和名家私塾，二是因自家总有十数个孩子要教育，以青蕊现在的精力已经到了极限。

　　"姨奶奶，这鞋子的高跷底还真少见呢？"恬姐儿拿着一个不同平常模样的鞋子半成品好奇地说。

　　"这是你奶奶为你设计的'藏拙鞋'。省得每次出门都被人嚼舌头费精神。你也算是开了咱家小辈闺女不裹脚的先河了。你大奶奶为此还一直嘟囔不高兴呢。"

　　红苋看见季豹和恬姐儿进门，高兴得手忙脚乱。她忙活着给姐儿递果子，又拿出扫帚给外甥除身上的土。

　　"姐儿都这么高了，一晃成大姑娘了。老四，你也成人了，我真是替你娘开心。"红苋激动得竟然泪下。

　　"姨，看您说的。我都快要不惑了，无论怎么说也算'成人'了吧？"季豹笑着无奈摇头。红姨心里，自己始终是那个惹娘伤心不成器的坏小子。

　　"在姨这里，你就算九十也是孩子。看着你这么出息，我欣慰呀。想起来你娘和我现在还不都是指着你养？姨父的药店都是你们天济堂成药撑着，不然，咱们家可没今天的光景。"

从红姨嘴里,季豹知道了郑家在西安的现况。

他大哥的一个儿子和三哥的一个女儿,加上李丰的俩儿子、姜路子一子二女的五口之家,都挤在父亲并不宽敞的房邸中,半致仕武官的房院跟私塾一样每天都热闹非凡。无怪郑将军有空就要跑出去,在外面游山逛水总比对着一帮半大小子和闺女的吵闹来得清净。

季豹喝着热茶,看着依旧手脚麻利、嘴头更碎的红姨,觉得母亲一辈子有这个妹妹在侧真是幸福。

一直到了掌灯时节,郑云梧和青蕤才一起回来。

西安的生活环境明显比金城要好得多,更别提肃州了。郑云梧看上去红光满面,章青蕤也不似从前在肃州的时候总是罩着头巾、帽子,而是玉簪双插,长锦尽裹。老夫少妻相持相助好不温馨。在饭桌上,当着众人的面,郑将军毫不掩饰自己的偏心,一个劲儿地把好吃的菜肴往青蕤碗里夹。

"我说娘亲为什么不愿在金城常住了。有老爹这么殷勤照顾着,儿子什么的自然往后靠了。还有,一大家子吃饭,大娘子竟然不在座,爹可真是熬出头了。"季豹究竟忍不住要调侃一下父母。

"每次出游,大娘子有车不坐非要和你娘一样骑马。可每次回来累得连饭都不吃,不睡上多半天是歇不过来的。明天你也不要太早地过去打扰她才好。"郑将军才不理会季豹的捣乱,还认真嘱咐着。

"奶奶,您给我做的高跷鞋子真是绝了,又舒服又好看。"

恬姐儿起身把裤脚拽起,露出穿着的高底鞋,故意一步一扭

第十九章　报应

地走着猫步。这种鞋，如果把裤腿拉长、裙子放低，走起路来只能看见小小的鞋头部，几乎看不见脚的全貌，还显得腿长高挑。这是青蕤参照西域人的高跟鞋给孙女做的。

"大姐儿，快把裤腿放下来。你这么完全暴露，把你奶奶的苦心全毁了。"郑季豹调侃着女儿的放肆，也明白了母亲的用意。在女儿裹脚这个问题上，母亲已用行动支持了自己。

这一晚，季豹难得陪着父母说了一宿的话。

"大姐儿的亲事没有这么急迫吧？再说了，军武同行们，哪个家里少了'天足'女眷？只要你点头，我这就让人给姐儿看婆家去。告诉你媳妇，不用担这个心。"老郑劝着儿子。

"李简就是被那个玉管家给影响了，也是被当地人的几个下作媒婆子给吓着了。"季豹叹着气说，"女孩不裹脚，在她们眼里简直就成了怪物。李简现在也是能不出门就不出门，出去也是坐车。在药铺里，连柜台都不敢出。四个孩子的妈了，反倒矫情了。还要搭上我的姐儿，被她气死了。"

"金城不比大漠，这里比金城的风气更糟。女子裹脚已几百年的历史了，世风已成。既然已下了决心，就为这个抉择面对世人的唾沫吧。好在姐儿并不娇气，也是个烈性子。只要她自己不惧，怕什么？"章青蕤根本不觉得这是个什么事。

"所以，让姐儿在这里由娘亲带着，我和李简也就放心了。"

"有个事，要提醒你。"郑云梧慢慢开口。

"您说。"

"你三哥近来家里出了点儿状况。大娘子因此与我们有点儿不痛快。明天见她时说话要小心。"

"出了什么事？三哥需要帮助吗？"季豹问道。

"他的事，你帮不了。一切都是自作自受，你大娘把一切都赖在人家三嫂身上，也是和自己过不去。你知道这些就行了，没必要惹闲气。"

青蕤轻舒一口气。她对着儿子微笑着，还轻轻地摇了摇头。

郑季豹当然明白母亲的意思。

随着人的成熟，郑季豹对他三哥郑仲虎的看法不仅有了改变，心里还总有些歉意。这可能也是父亲提醒他"不要过分参与"的原因吧？

由于生母在父亲的心里很重要，嫡母大娘又是个热心肠的宽厚人，他这个庶子在郑家的地位与嫡出的两位哥哥无二样。但凡对此有异议的人都受到了处置，不管是对大娘子一片忠心的徐大娘还是对季豹有欺凌不服的郑仲虎。

郑季豹知道，三哥对他的"仇"，是天怨。可能这辈子也不好解了。季豹不是没努力过，但对方不愿配合，只好任由自然了。

第二十章 逆行

郑仲虎近两年可以说是一切不顺。先是妻弟酒醉伤人还逃避纠察，他在娘子的央求下压制了受害人的告诉，事发后被上司申斥；又因退了女儿的婚事被前亲家一状告到都司衙门，被判"毁约"无由。不仅聘礼全返、登门道歉，还要"赔礼"二十两白银。事不大，辱不小。自家女儿名誉被损，想攀附新贵的愿望也泡了汤。

因郑云梧与仲虎旧亲家的长辈有"结义"之缘，其间大娘子求郑将军通融被拒，郑仲虎最后人财两空，这让大娘子与将军大闹了几番。将军不堪争吵，一气之下搬离官宅，来到侧室定居。而章青蕤这次也不再"谦让"，不仅没规劝丈夫回归，还把他安排得舒适周到，老郑从此"乐不思蜀"。大娘子也是改了性情，老郑出走不归，老太太不生气还落了个清闲自在。每逢侧室有邀，大娘子都慨然出席，该吃吃，该玩儿玩儿，既表现得大度随和，给了将军和青蕤的面子，又落得实在。大娘子终于学了点章青蕤年轻时的潇洒范儿。

以上种种，却让郑仲虎心生怨气。

郑家三爷最窝心的是，无论怎么不服也没处撒火。庶母不仅救过他的命，还是他的启蒙先生。郑三能有"仲"名"虎"字，

并在一众屯军子弟中脱颖而出,说起来,还是背后的文化素养起了作用。他的今日之成,章青蘩有一份功劳,这一点,郑仲虎不能不认。他只是气在父亲的偏心和母亲的盲从。一句"都是郑家的血脉",混淆了嫡庶的天伦;一声"亲娘没有养娘大",让母亲把他这个嫡儿的"应得"都给了别人。郑仲虎的嫉妒恨,是郑季豹从嘴上欠他的。更气人的,郑四初下场就考中了秀才,是郑家子弟中第一个能不服兵役的人。本来老四因为婚姻和仕途不顺,作死觅活地糗了段时日,可没几年他就另辟生路,不仅学医有成,还纳女人、生儿女,生意、医术一把抓,还做了什么堂的"主"。如今,全家上下人里,就属他的日子逍遥自在、过得红火。要不是看在他不时地周济母亲,养在娘身边的孩子也得了不少实惠,他才不想看到老四得意的嘴脸。

都说冤家路窄,一大早就让两个对头相遇了。

"三哥,多时未见,有礼了。"问话人赔着小心。

"不敢当。四弟一向忙碌,能来此见你嫡母也是有心了。"答话人嘲讽内涵明显。

"二位爷请进吧。大娘子等你们一同早饭呢。"管家婆婆来得正是时候。

"哎哟!我的儿!这是把你的天济堂都给为娘搬来了?下回可不许这个样子了!"大娘子的脸上都笑出了花,她把季豹奉上的一大堆干鲜果子和滋补上品一件件仔细地看着。

郑仲虎白眼干瞪,他从来没有太多的礼物送给父母。不是不想,是力不从心。

"老三每次来家,不带些母亲的棺材本回去已经是他的最大孝

第二十章 逆行

心了。"郑季豹想起了二姐曾对自己说过的话,如今看着郑仲虎尴尬的神情,他有点后悔没仔细琢磨父亲的提醒。

兄弟落座陪着母亲进餐,季豹夸张讨好地续演着"疙瘩汤好喝"的剧情。正无趣之时,外面一阵吵闹声传了进来。

"竟敢甩泥砸我?你凭什么?"一个女孩的声音。

"凭你烂嘴脏舌,出言不逊!"另一个女孩的声音。

接下来是一阵杂乱的劝解声和哭声。

门开处,一个女子闯进门来,冲着大娘子喊道:"奶奶,那个贱货崽子太狂了!您看看,刚上身的新衣服被她抹脏了!"

郑季豹被吓了一跳。眼前的侄女,人高马大。如果不出声,简直不知她年岁几何?

"馨儿!怎么说话呢?快给你四叔父见礼!"大娘子赶紧打圆场。可她孙女不理会其中的苦心,衣袖一甩,梗了脖子。

"四弟,这丫头让我给惯坏了。家里外头没个规矩,你和贤侄女不要往心里去!"郑仲虎更尴尬。女儿嘴里的"贱货",是他从小"家里外头"都常用的口头语。"崽子"是自己下辈人的有样学样罢了。

"没事。我这个大姐儿可不是个省油的灯,她又没吃亏,往心里去什么?"季豹一副云淡风轻的态度,"馨侄女啊,几年没见出落成大姑娘了。你恬妹说话做事刁钻古怪像个假小子,做姐姐的多担待些吧。"话虽说得得体,不屑的意思却带全了。

郑季豹一沾女儿被人轻的事就不能忍,对方是皇上他二大爷也不行!

"大娘子,恬姑娘求见。"管家娘来报。

"快让孩子进来吧。"大娘子道。

"拜见祖母、三伯伯，恬儿有礼了。"行着下蹲礼的恬姐儿，一袭白衣短打扮。季豹不悦地皱眉摇头。这丫头，连常服都不换，哪里有个女孩家的样子？太不给她爹长脸了。

"恬儿啊，快过来让我看看。唉，你长大了，奶奶也老了。"大娘子用袖子抹着眼睛，"当年你爹爹在我跟前乱跑的情景，就像刚刚发生过。"大娘子回头看了一眼季豹。她很动情，可眼酸只是为庶儿。

大娘子也不明白，为什么她会如此地疼季豹。这种疼惜出自心底，和亲生的俩儿子无甚差别。但对着恬姐儿，她就是疼不起来，对老四家的三个孙子也是同样的心情。这个装不出来，大娘子也不会装。

"恬姐儿都这么高了。时间还真是快呀！老四，恬儿还没上头（女子成年礼）吗？说婆家了吗？"仲虎内心感慨着，也明白自家女儿的"怒气"之因了。

对面的女孩，身形高细绰约，凤眼灵动。在郑三的眼里，老四家的女孩很会长，把爹娘外形的优点全部融合接收不算，那股不输男儿的精气神和表现出来的冷清淡然，跟她亲祖母一样，都是刻在骨子里的傲气。

"一双踢死牛的大脚，什么好人家会要她？"馨儿一下子有了出气的话茬。

"怎么这么没规矩？是你娘教的？老三，你的家风就这德行吗？"馨儿的话不但让仲虎下不来台，连大娘子也被她惹火了。

郑仲虎气得连连粗喘。哎哟，这丫头怎么这么蠢？不知你祖

第二十章 逆行

母也是大脚吗？这不是对着和尚嘲秃子吗？什么心智啊？

"你满嘴浑说什么？出去！"仲虎只好喝了女儿一声。

郑馨儿怒目看了他爹一眼，又见一贯宠着她的奶奶也不帮自己说话。她一甩袖子，转身颤巍巍地碎步走出了门。因为郑老大伯龙没有女孩，郑馨儿是他老郑家的第三代中，头一个缠足的女子。

"祖母，这是娘让恬儿给您带的头围。上面的富贵牡丹，如今在京城市面上最时兴，是玉大娘的哥哥从京里捎回来的缎子和花样，我娘亲手绣的。"恬儿看出三伯的窘相，为了调节气氛，她及时上前送上了礼物。

季豹内心轻叹，这孩子，太乖巧。

郑季豹在大娘子处厮混了整整三日才回到了母亲的家。与规矩单调的正宅相比，这个两进有穿廊相接的小院子，花坛绿地、矮树藤架，一派娴雅温馨。

"娘，这里哪有一丝武将门楣的气息？我爹真被您给同化得彻彻底底了。"

看着郑云梧躬身弯腰，忙忙碌碌地认真摆弄着那些花草鱼虫，与娘亲在廊下小酌的季豹不禁感慨。

"你爹爹从军杀伐了多半生，好不容易才有了今日的闲暇。既然得了，为何还要再染旧习？"章青蕤淡淡而谈。

"儿子好奇的是，大娘子竟然也没了旧日脾气，除了对爹依旧不满以外，还几次对我说起您的好处。看得出来，大娘子是真心的。"

"她不真心又能如何？军爷已不是几十年前的青壮年之身，如

今伤痛遍体、零鳞残角的需要疗治。以大娘子的状况，能顾自己利落就不易了。加上儿孙债，哪里还有闲心与为娘拈酸吃醋？"

郑季豹被茶呛了一口。

"你怎么啦？"

"没啥……娘，您的性情也大改了。"

"我有吗？"

"有。以前从没听您这么说过话。"

"那倒是。你爹以前从不在我的身边，为娘有什么心情和资格在儿子面前这么放肆随意呢？"青蕤说完，端茶、轻抿，深深地舒了一口气。

郑季豹看着母亲，突然发现，章青蕤鬓发加霜、嘴角有了细纹。他心中一热，赶紧低头掩饰。

章青蕤看了儿子一眼，不由微笑摇头："现在一切都好了，你还别扭什么？"

"娘，我只是觉得，您这辈子太不易了。"

"不易谁没有呢？比起你爹当年的被算计和你大娘多半辈子的心中委屈，为娘其实是占尽便宜的那个。"

郑季豹一脸的不服气："怎么会？我一直认为爹爹有娘为伴是他莫大的福气，也是我们郑氏家族的福气。爹自己说的，他这一生最大的幸运就是与您成了家人。至于大娘子，我可没看见您占过她的什么便宜，总是被那边挤对才是真的。"

"遇到你爹，随他姓氏，是我为了'活下去'而不得已的算计。为娘很幸运，被自己认可的人呵护爱惜了一辈子。可大娘子呢？无由地天降一个外室，丈夫还反常地执拗，回娘家告状都不

第二十章 逆行

被力挺。要知道，你爹当年的决定，不仅是他个人，也可能会搭上一家人的前途啊。所以，就算我为郑氏一门出过力，可与你爹和大娘子救我母子的义举比起来，实在是不值一提。"章青蕤声音顿了一下，又接着说道，"说起挤对什么的，不过是生活过得太平淡，你红姨和大娘子遇事就要较量一下，只是添些日常的色彩罢了。哪有什么要紧的呢？"

没等季豹质疑与否，郑云梧的声音从后面传过来了："听见了吧？这才是生活中的大智慧。儿子，你要是有你娘的一二成本事，以后可保无虞了。"

"我没娘的本事，也没您的智慧，所以把让我头大的恬姐儿给您送来了。让娘好好教导吧！我和简儿是没辙了。"郑季豹一声叹息。

"只要你和简儿舍得，我明天就带着姐儿跑一趟酒泉。老夫还就不信了，我一个水灵灵的孙女儿，因为不裹脚还能老在家里不成？"老郑坐下身来，喝着老伴儿递过来的茶，自信满满地接着说道，"你知不知，咱们家能有今天，可不只是老夫一刀一枪挣到的，也有你娘和大娘子的脚力之功！还记得关口营谢百夫长吗？他老子娘倒是撒尽存项给他讨了个小脚老婆，当菩萨一样供着还到处炫耀。可几年下来，就属他的日子过得惨。他娘没了我去吊唁，屋里除了一竿子裹脚布，连被子都被他换粮食了。一大家子人，小的像蜥蜴蛄，女的破破烂烂像乞丐，晚上冷只能盖门板。那次老夫很感慨，幸亏我有俩大脚婆，无论天旱地灾，她们下地种粮、进屋开坊，不用我操心费神，两双大脚出出进进，为我撑起了这个家。要是养俩小脚娘，就老夫的那点官饷，不定饿死几

口子呢？没想到世风还是如此浑浊，不可理喻。女子不糟蹋自己的骨头，不受非人的折磨，自自然然地活着还是罪过了？给姐儿说个军郎，和她俩奶奶一样给当兵的做婆娘，我们不用和那些混吃等死的富贵闲人比矫情。"

章青蘷对将军的话不置可否。她眉毛微蹙，端着茶盅眼神空放。虽然看上去不动声色，但季豹知道，娘大概是被父亲的话触动了。

"有些事，自己控制不了，结果也会因人而异。既然逆着世风行，又想不被伤害，其中的利弊取舍是有代价的。好处不能两头占，不能要求别人为你的选择承担责任。作为父母，要因势利导，耐心教育，要有手段技巧去帮助孩子。我在你身上犯的错误不能再发生了。"章青蘷说完，面带微笑看向郑云梧，像是告诉季豹，拥有一个负责任的父亲，是老天给的幸运。

"爹，娘，从现在起，我就把恬姐儿交给你们了，金城实在不是咱们这种人家的女儿能过活的地方。恬姐儿的性格比当年的孩儿更飞扬，简儿又是天生的一副软心肠，这孩子再跟着我们怕是要叛逆了。拜托二老了。"

郑季豹为了女儿翻身跪倒，给父母磕头。

这一拜，许多人的命运也都跟着改变了。

第二十一章　路遇

翻过乌鞘岭一路北上，一条时宽时窄、蜿蜒不断的黄沙土道，穷目不到头。晚夏秋初的季节，许多地方却是近不见绿、远不见树，只有渐渐多起来的红紫杂石给了枯燥赶路的人们一点安慰。

过了甘州，郑云梧一行进了一间官办驿站。

因为常年无战，这个地处穷乡僻壤、地界宽大的店所内，显得格外落魄荒凉。住宿条件与凉、甘二州等大镇上的客栈没法比。

"郑将军？多年不见，真是稀客呀！"店老板老谭是郑将军的熟人。郑云梧在边塞军中当差的时候，出出进进地总是落脚在这里。

"老伙计，你还好吧？这次我这一家老小可要麻烦你了。"老郑做人谨慎，身处何时也不想坏了规矩。住官馆，除了他和随从，家属都是要自掏腰包的。一般像将军这种有官职的人带家属出行，才不要住在除了价钱不差什么都差的官馆里。所以老板才会称老郑一家为"稀客"。

"您太客气。这么多年了，您还能想起这里，让我这破店蓬荜生辉啊！"老谭一边与郑云梧搭讪，一边喊伙计拿行李接马绳，把将军一家领到正厅二楼的天子号客房里。

"知道您喜欢偏院的清净,可不巧那里被几个少年人占了近半个月了,到今天也没有走的意思。所以,您就住一回本店的招牌号吧。"老谭亲自打了两大壶热水,给老郑和青蕤沏了茶还端上一盘小点心。

"这你都还记得?以前每次来总是人多马杂的,我住不起你这天字号才是真的。老谭,你有心了。"

都是军兵出身的官差人,老郑跟老谭在一起没什么忌讳。

郑云梧以前执公务住馆驿的时候都亲自掌夜,小心翼翼。此次因是私行他就没跟老谭再客套,早早睡下了。

也是该着不顺气,这晚注定他不能安寝。

午夜刚过,楼下的喧杂渐渐声高,把章青蕤都惊动了。郑云梧勉强坚持了一会儿,最后也不得不披衣而起。

"怎么啦?"

"好像是偏院的什么人病了,看情形不很妙。"

"这里晚上风大,你可别着了凉。"老郑把自己的衣服给老伴裹上。

楼下的偏院里,火把缭绕,烟气霭霭,几个伙计出出进进,提水送物。老谭也不时匆匆穿过楼前各处张罗着。

没多时,将军的门被人敲了。

"老谭,出了什么事?"

"将军,老朽忙糊涂了。刚想起来,您家的先生是个大夫,能否去偏院给看看。有个少年口吐秽物,还翻白眼。大家忙了半天也不得要领,请大夫最早也要等天亮了。我怕出事,无奈请将军相帮。拜托了。"店家恳求着。

第二十一章　路遇

"走吧。"没等老郑说话，章青蕤已经收拾好药包随着老谭下了楼。

偏院的上房西间里，一片狼藉，说"人仰马翻"也不为过。

炕上的少年，脸色苍白，已经吐得昏天黑地，人都脱了水。

章青蕤用五根银针直插那少年的头顶、双手，后耳的穴位。行针间，少年虽没睁眼但恶呕停止了。

稍微稳定下来，章青蕤把过了脉又仔细询问了一个像是随从的年轻人。

"这后生昨天吃了些什么东西？做了些什么事？是否摔着了？"

"昨天根本没吃东西。前几日公子钻地洞子玩耍，出来后说过脖子窝了一下，可当时并没什么。从昨天下午开始，突然头晕得不能起身，还呕吐、四肢冰凉。先生，我家公子该不是中了什么邪吧？"那年轻人满面愁容地答道。

"你们帮我把他抬到桌子上放平。"章青蕤吩咐年轻人和老谭。

此时，将军和恬姐儿也来到偏院看动静。

只见章青蕤用左手从底下托住病人的后脑勺，右手扳住他的下颌，然后让人摁住病人的双腿双臂，两方正反角力，持续拔伸了一会儿。

整个过程，那病人并无反应，只是气息开始稳定，紧皱的眉头开始放松，脸色看上去也不那么苍白了。

章青蕤来到堂屋对老谭说："不用找大夫了，这个后生只是颈椎有些错位，幸亏复位及时，不会有后患。明天……"

没等青蕤说完，只听那个年轻人叫了一声，一步从屋里蹿了出来。

"夫人,老板!神了神了!你们快去看看!"

"有什么可看的?病人还会跑了不成?"将军见怪不怪地摇着头说道。

大家又回到内屋。

只见那病人已经盘腿端坐在桌子上,双手搭在膝盖上,在调整气息。

老谭围着桌子转了两圈,还仔细查看着病人的上上下下。

"先生,您别跟我说他这个样子就是没事了吧?"

"那你想怎么样?想他有事吗?"将军已经开始调侃了。

"嘻嘻嘻。"一旁的恬姐儿被爷爷的腔调逗乐了。"嘘……"章青蕤眉头一皱,制止了孙女。恬姐儿舌头一伸,脖子一缩,赶紧住声了。

从小在药坊长大,跟在父母身后见过不少场面的恬姐儿,真没觉得这是什么事。

可是那个仆人模样的年轻人却激动得差点给章青蕤跪下,要不是将军手疾眼快,他怕是已经磕头了。

"夫人,让我如何谢您啊!我们这次出门是自作主张,家主是不赞成的。少主要是有个三长两短,咱们一众随从都无法向……"

"你家公子应是有旧疾,此次不过是犯病而已。他以前是否有从马背上摔下抑或滚落过山坡?"章青蕤问道。

"夫人真是神预料。听家里的老人说过,少主小时候从马背上被甩下来,伤了脖子。我跟了少主五年,他只是时不时地闹头疼,但像这次这么个闹法还是第一次见。"年轻人答道。

"你们不用太担心,十天内睡觉让他仰躺,不要枕头,用手巾

第二十一章 路遇

卷一个桶放在脖子底下即可。"章青蕤一边吩咐着一边看向将军，"老爷，我们什么时候启程赶路呢？"

"今天做准备，明天一早走。"郑云梧答道。

"那好，走前还可以给那后生再做一次治疗。"

"你们真是命好，遇到好心人了，还是有本事的好心人。"老谭对着年轻人感慨着。

那仆人对着章青蕤和郑将军一个劲儿地作揖鞠躬，千恩万谢地不停口。

第二天众人出发的时候，那被救治的后生，在仆人的搀扶下已经能站在院子里向章青蕤拜谢了。

肃州已是接近河西走廊的尽头了，也是这一带少有的清爽、整洁之地。章青蕤和郑云梧在这里度过了他们整个的青春岁月，有一众的生死之交、邻里好友。回到肃州，没了责任只论亲情，郑章二人走亲访友忙得不亦乐乎。

几天下来，等他们心中满意的男孩家长来"相看"恬姐儿时，女孩子却无了踪影。大家分头找了半天，才被告知，将军的千金孙女改了男装和几个外来的年轻人出了大关去敦煌了。

"这大姐儿和她爹一样地不靠谱。老夫舍脸厚皮地扯亲拉友，好不容易有个上门相看的，这可好，她却跑了。这不是让老夫丢脸吗？你这奶奶是怎么当的？关键时刻怎么能这么儿戏？"老郑是真生气了，他少有地埋怨起来老伴儿来了。

"好了，埋怨有用吗？路子已经带人去寻了，不日之内会有消息的。"章青蕤想的事，与老郑不在一个点上，"……外来的年轻人怎么会和姐儿认识？是驿站里的几个后生吗？"

"啊？那个能被风刮跑的弱小子？他怎么有胆量来西域？"

"在驿站的时候，我见过他们的行李，看样子也是要远行的。想想日子，要是西来，这几天应该到了。"章青蘂说完无来由地一阵心悸。

还真让青蘂说着了，"几个外来"的正是他们在驿站遇见的三个年轻人。

恬姐儿由于知道此行的"目的"，她既烦躁又无奈。好在祖父母不限制她的出行，姐儿还能驰马兜风、街市闲逛、食摊果腹。

姑娘刚选了一个摊子坐下，正赶上旁边的三个年轻人在发牢骚。

"咱就把腰牌递上去试试能怎的？还真拦着不让出吗？"一个人说。

"哼！花银子都不行的事，递腰牌不是自取其辱？"另一个道。

"走关内，不就多百十里路吗？"第三人的主意。

"要是平路还说什么呢？那多出来的百里是山道，还有深峡谷……"

"要是落了黑，有狼群来袭就完蛋了，可不敢冒这种险……"

几个人的嘀嘀咕咕，让恬姐儿不由得侧脸看了一下，正与其中的一个人打了对眼。

"你……你不是……那个什么将军……家里的……"

"喔，是你们啊！"恬姐儿高兴地打招呼。无论如何也是有过几面之缘的同路客，半千里外又相见也是不容易。

那个被救治的人也认出了恬姐儿，他站起身来客气地揖手："郑姑娘，能再相遇真是幸运。"

第二十一章　路遇

"公子怎知我姓郑……"话没说完恬姐儿就被自己的蠢问给整笑了。那驿站的老板是祖父的旧识,想来自家的履历早已被人暴露了。"你们想去敦煌吧?怎么?被关口的大兵给截了?"恬姐儿忍不住又笑了。

"姑娘怎知?"这回轮到那年轻人好奇了。

望着那人一副不可思议的神情,恬姐儿为自己挽回了面子而得意:"你们不像是戍边的军士,也不像做买卖的商贩,除了这两种人,来酒泉没官帖还埋怨出不了关的,不是去敦煌探险观佛的闲散游客就是跑西域的打劫匪盗。你们不会是后者吧?"

一众人都相视而笑。在一片轻松愉快的气氛下,加上有路遇机缘,他们的交谈自然亲切起来。

恬姐儿仗着亲娘舅李丰的名头和爷爷的面子,竟然带着几个人出了嘉峪关门,踏着沙漠边缘,向着更西的敦煌策马而去。

几个年轻人还以为又一次幸运地遇到了热心人,还是个有本事的女侠客。郑恬不仅能扬鞭御马还有长剑短刃护身,最重要的,她本人就是一张最好使的通关玉牒。

他们不知道的是,女侠客自有主张,她就是要逃离大家长身边一段时间。她知道,这可能是她最后的悠悠之旅了。

因为"找婆家"这件事是奶奶决定的,不管是真宠她的娘,还是假管她的爹,谁都不敢拂了奶奶的意。

"我只是跑开一下下,回来就听所有人的话,乖乖地去相亲,总能躲过一顿惩罚吧?"

郑恬这样安慰着自己。

第二十二章 突兀

朱玉生面对着岩壁,头往后仰着几乎成了直角:"一山,郑姑娘,你们还是下来吧!"

他喊完低下头,一边用手握着脖颈子一边跟旁边的人道:"谦儿,快喊他们俩下来,出什么意外就麻烦了。这一带人烟稀少,容不得半点马虎啊!"

"公子,我看郑姑娘功夫了得,登岩爬高也是熟手,一山的身手就更不用提了。说好的,要是上一层还是不通,咱就打道回府,以后不来了也不后悔。"朱谦就是那个仆人模样的年轻人。

他们面对的是一处佛场石窟。这里的主石窟有七八层楼高,因为地面通往内部的石阶已经坍塌堵塞,郑恬和朱玉生的另一个仆人朱一山,试图从上几层的石窗中找一处能进入的通道。

"让一山自己去,郑小姐要出了事咱可赔不起!"

"这位大姐儿武将家庭出身,不会不知分寸的。公子放心吧!"

果不其然,没一会儿,郑恬和朱一山就回来了。

"公子,想进去是不成了,四层往上也塌了,根本上不去。"一山说着,用手不停地搓着胳膊上的血渍。那是被一块凸出来的石头划的。

第二十二章 突兀

"别乱动!"郑恬说着从随身小腰包里取出一个装着烈酒的小瓷葫芦和一小块棉布。只见她用布沾着液体给一山的创口擦了擦,又用一块膏药贴在了上面。

"郑小姐,谢谢了。"朱氏主仆三人连声地说着。

"不用谢。只不过吹牛巴拉的一山老哥也是够笨,往下出溜时,那么大一块石头愣是看不见。"恬姐儿不假颜色对着朱一山就是一通不客气地数落。可怜被烈酒刺激的朱一山,疼得龇牙咧嘴还不能回声。

朱玉生看着恬姐儿哑然一笑。这姑娘表面看着直快,实则大智若愚。她的调侃恰到好处地解了几个大男人的尴尬。

晚上,一堆篝火、三顶帐篷,恬姐儿和朱谦已经睡下。玉生和一山在收拾吃喝过后的一片狼藉。

"哐当"!一山失手把一只铜碗打翻了。

"嘘!轻点好不好?郑小姐和谦儿会被你惊醒的!"朱玉生对一山的笨手笨脚很不以为然,"一个为你担惊受怕地急了半天,一个陪你登高爬梯护卫安全,你比他俩大,多干点活用不着这么不高兴吧?"

"你就惯着谦儿吧!出来后哪一次不是公子照顾他?我娘也是乳母啊?怎么我就活该不被重视?"一山不像是埋怨倒像是撒娇。

"这朱一山不仅年长,还是受重用的一个。"帐篷里还没睡着的郑恬,能断断续续听见外面人的谈话。

"你的胳膊没事了吧?"

"还是有些疼,不过应该无妨。郑小姐不愧医家出身,用的膏药很地道。"

"谦儿早些时候说郑小姐是武门出身功夫了得,现在你说她是医家出身用药了得,郑姑娘真是咱们的福星啊。她祖母救了我,走了五百多里又碰上,还帮了咱们出关当向导,还这么有本事,这等能文能武的女孩子也是挺少见。"朱玉生压低了声音感叹着。

"最应感谢的应该是这个……"

朱一山的话没了下文,恬姐儿咧嘴吞气。能想得到,他们一定是在说她的大脚丫了。好在郑恬已经司空见惯,要是他们不说反倒稀罕了。

外面突然没了声音,恬姐儿探出头看了一眼。刚才说话的人已经没了踪影。

一山被朱玉生连拉带拽地弄进了自己住的帐篷。"你这人真是没记性!吩咐过你们不许对郑姑娘品头论足,怎么就是不听呢?别说我们不知内情,就是知道,郑姑娘不裹脚有什么不对吗?本朝开国皇娘娘就是天足,耽误她作为一代女界典范流传于世了吗?郑姑娘要不是没有天残人虐之事,又怎能伴我飞驰大漠、护你登岩攀树,与咱们有了今天的缘分?"玉生开始说得情绪激昂,可最后"缘分"二字一出,他忽然心虚慌乱地低头干咳了两声。

"哎呀,我说公子啊,我不过是伸了下腿,又没提大'什么'的一个字,挨数落也罢了。可刚才看那架势,我要真说了什么冒犯郑姑娘的话,您还要打小的不成?"朱一山斜着眼瞟着玉生,他不生气反而觉得少主有些异样。

"怎么?我打不得吗?"玉生被一山调侃得脸上一阵燥热,他只好硬着头皮直接杠回去。

"哟!为个不过认识几天的陌生小女子,要打从小一块儿玩到

第二十二章　突兀

大的伙计，这问题可大了去了。不行，这委屈不能受！我找谦儿说理去！"朱一山成心要开主人的玩笑，他装模作样地起身就往外走。

玉生赶紧一把拦住了他："你敢！你再说我真打了！"

人家主仆打闹一团说笑正欢，可跑来偷听的郑恬却担心被人突然外出撞见，吓得捂嘴转身，抱头鼠窜。

回到帐篷、钻进被窝，恬姐儿躺在那里，想着刚才朱玉生讲的话："……郑姑娘不裹脚有什么不对？……开国皇娘娘也是天足……"

姑娘一个鱼打挺翻身坐起，呆了好一会儿，忽然嘴角一撇，委屈地捂着脸哭起来了。

女孩被触动了。

长这么大，除了爹爹和爷爷，还是头一回听到一个男子说，女子不裹脚没有错这种话。

因为天足，郑恬从小就受人白眼，被人耻笑。她不是不想裹，骂走了玉大娘、赶走了媒婆子，她自己还偷偷地试着缠过，但她坚持不下去，那种疼比让她死了都难受。一想到要离开练武场，不能奔跑跳跃，不能骑马舞剑，走路都要张开双臂摇啊摇的，脚跟蹭啊蹭的像个木偶时，她宁愿抹脖子也不干。好在郑恬的反抗，有了爹爹的支持并无大碍。但她一走出自家大门，离开了父亲的视线，小郑恬就是个被大众不容的异类。她没有闺密、没有伙伴，连叔伯的兄弟姐妹都看不起她。郑恬虽然不服气，可爹爹和奶奶给她讲道理、谈原因，让她明白，这是所有违背世俗的人所必须付出的代价。她从懂事起就学着面对这种世间的不公。可今天，

一个偷听让她知道，起码还有个明白人为女孩子的苦难说"不裹脚不是错"，这让她如何不感动？

郑恬睡着了，泪却留在了脸上。

天亮了，谦儿在喊大家吃早饭。郑恬一露面，被朱玉生一连看了好几眼。

"哟，你怎么啦？眼成桃子了？是什么厉害的猛兽能梦里把咱们郑大姑娘吓哭了？"朱一山忍不住出了声。昨天被主人没头没脑数落了一顿，心里还有些不顺气，"你最好先去用凉水洗洗眼，这要被外人看见，不知道的还以为是我们欺负了一个小女孩呢！"

郑恬本来是要回嘴的，可看见朱玉生迷惑的眼神时，马上改变了主意。恬姐儿转身往附近的流溪走去。

对着水面，郑恬看见自己的样子也吃了一惊，对朱一山调侃她的话一点也不生气了。不仅眼肿得像"桃"，连整个脸庞都觉得大了一圈。"怎么成了这副鬼样子？昨晚难道哭了一宿吗？"郑恬赶紧掏出手帕，沾着冰凉的溪水擦洗了起来。

姑娘的洗漱总是花费时间的，当一切整理完毕，郑恬把有些湿漉的头发打散，一边擦着一边一蹦一跳地往回走。

周围静静的，一抹朝阳从远处的沙山顶上透漏过来，看得见鸟儿飞听得见虫儿鸣。敦煌地处大漠边缘，却是大明西北边陲少有的一地水泽绿洲。行走西域，饱受了风沙飞扬、暴晒干渴的人们，都会停在敦煌享受一轮湿润温馨的浸洗。

突然，恬姐儿停住了脚步，手里的帕子也不敢抢了。眼前所见让姑娘呆呆地愣住了。

十来个士兵把朱玉生主仆团团围在中间，他们正面对着刀戈

第二十二章 突兀

剑戟的挟制。另一边，两个军官从自己的帐篷里走了出来。

"舅舅？姜伯伯？你们这是干什么？"郑恬一溜烟地跑过来，"他们是我的朋友，我们一起搭伴来寻佛的。快让大哥哥们把刀剑放下，别伤了人！"恬姐儿双手抱拳，给对方行礼。

"看看你自己，哪里还有一点姑娘家的样子？一身小子装，披头散发、露着脖子光着脚，老郑家的脸面早晚在你身上丢光光！都是你混账爹教的宠的。自己浪荡了半生差点气死他娘老子，现在怎么着？你接了他的钵，也要把你娘气死吗？"李丰一见恬姐儿，劈头盖脸就是一顿骂。

李丰离开郑云梧只身来到边关重拾旧务。他对养父新职的所辖之事没一点兴趣，他向往站在大城关上远眺雪山、驭马飞驰、带兵巡边的生活。更重要的，李丰内心从没放下寻找心上人的念想，坚信初恋的胡族姑娘还活着。他已结婚生子，孩子扔给了干娘，家安在肃州，人却在玉门、阳关两地，做了领队游塞的千夫长。

郑恬能和任何人犯浑，却独独不敢在亲娘舅面前放肆。因为她知道，自己的靠山爹在舅舅面前什么也不是。舅舅除了爷爷、大奶奶，唯一在乎的只有娘。这次她来肃州相亲，明显是违了李简的意。舅舅能找到这里，还当着一众外人的面对爹爹破口大骂，代表事情很不妙。

"郑姑娘，赶紧跟这位军爷说清楚，我们不是歹人，也没做坏事，更没欺负你。是你求我家公子带你来此的，我们……"

朱谦的话还没说完，就被李丰一把掐住了脖子。

"事还没问就甩锅推责了？你主仆做人就这德行吗？'求你

们'？你是要告诉我，这丫头品行有缺，倒贴作死吗？"李丰已是脸红脖子粗。

"舅舅，您放手！他可禁不住您这么抓呀！他……没说错，确实……是我要求跟着他们来的，也是我……打着您的名号从大关里把他们带出来的……"恬姐儿磕磕巴巴地解释着，用力拉住了李丰的胳膊，她想救朱谦不能说假话。

"住嘴！你个蠢东西！滚一边儿去！"李丰窘得直跺脚，没等恬姐儿往下说，他一个推搡，把人甩出去四五尺。郑恬趔趄着摔倒在地。

朱一山忍不住想上前去扶恬姐儿，但被一旁的玉生拦下了。

"舅舅！我知道错了，呜……没出关就知道了，呜……恬儿就是觉得，这次一旦说成了婆家，我就再不能出门玩了，这可能就是甥女最后的随心所欲了……呜呜……舅舅，他们真是好人，这位朱公子昨天还说女孩不裹脚不是错呢……呜呜呜……我不想说婆家，不想被那些外人笑我脚大……呜呜呜呜……"郑恬索性坐在地上捂着脸大声哭起来。

看见外甥女此番情景，李丰只能放了朱谦。

"我只要一句话，你还好吧？"李丰口气很不耐烦。

"李兄……"姜路子想打圆场了。

"回答！你最好说实话。不然，我挖个坑把你们几个做了堆。省得再让你娘丢人现眼！"李丰举手，断然拒绝了姜路子的打岔。他眼露凶光、一脸杀气。

"舅舅，您……您怎么啦？"郑恬根本不解舅舅的意思。

"你！还好吧？"李丰咄咄逼人，又前进一步。他的手已经按

第二十二章 突兀

着剑柄!

"呜呜呜……舅舅,您到底在问什么?您……想干什么?"郑恬从没见舅舅这样,她被吓着了。刚刚十五岁、一贯被家大人疼惜宠溺、第一次负气离家的女孩,让舅舅的震怒吓傻了。

"姐儿,告诉伯伯,你还好吗?"姜路子挡住了李丰,他使眼色提醒着懵懂的恬姐儿。

"我?好不好?……当然好了。舅舅,您就是问这个?"恬姐儿一脸的不可思议。

"我的意思,有人欺负你吗?或是不敬?"李丰黑着脸继续问。

"欺负我?谁?他们几个?呵!怎么可能?您当甥女是吃素的吗?"郑恬突然明白了舅舅的担心。她大大地松了口气,赶紧胡乱地抹着脸从地上蹦了起来。她觉得在几个后生面前失了态很没面子。

"我就当你不是吃素的。好了,上马!跟你姜伯伯回酒泉!现在,马上!"

"大姐儿,将军和先生还等着你一块儿回西安呢,你要没羁绊就跟伯伯走吧!"姜路子和蔼地与恬姐儿说着,心中却在发笑。这就是个假小子,都十五了,对男女之事还没开化,也对外界的嘈杂没防范。可见郑季豹根本不想女儿受世上的束缚,对孩子是纯散养。"说婆家"的事看来只是郑将军的一厢情愿了。

"好哇!正想回家了。因为我没准备,人家带的东西也不多,每次都不敢吃饱。好在该玩的该看的也差不多了,跟您回去起码不会挨饿。"郑恬高兴地应着,然后就大大咧咧地跑过去,拽着朱玉生远离众人。

玉生眉头轻皱,但不能推辞。

李丰无奈地摇头闭眼,生气却没办法。他没眼看。

姜路子赶紧吩咐军士收拾恬姐儿的东西准备启程。

朱一山见状也主动帮忙收帐篷找物件。

"玉生公子,是恬姐儿的执拗给你添麻烦了,对不起!这次真的高兴能和你们一路游历,谢谢你一路的照顾。我要是万幸婆家没说成,希望以后再有机会和你策马游大西域,找古城遗迹去!你放心,我舅舅是心软之人,你和他交谈别硬顶。当然也不能像我一样哭泣示弱,他最见不得男孩子耍娘腔。只要找机会夸他守边不易,表达对兵哥哥们的尊敬就行了。他会请你们喝酒,酒桌上别客气放开喝!他就不会为难你了。记住了?"

望着郑恬一脸天真无邪的样子,看着那一边李丰怨恨焦躁的眼神,朱玉生心中感叹:"这女孩子是生在一个什么样的家庭,才能有现在这般豪爽作为呀?"

"姑娘放心吧!我们没事的。愿姑娘以后一切顺利,朱某告辞了。"玉生双手作揖,还后退了一步,礼貌又不动声色地脱开了郑恬的扯拽。

当姜路子一行人消失之后,朱玉生又感到了李丰的压迫!

"现在,我还是一句话,欺负过人吗?"

"将军,我也是一句话,您的问题我们不能回答!"朱玉生道。

"什么?"

"您已经听见了。因为,不管我们怎么答,您要是不信横是不信!只是,您可以不信我,但您不可不信您的外甥女。您要非在我这里得到一个不利郑恬姑娘的回答,就是亵渎了您甥女的信任

第二十二章 突兀

和仰慕。"朱玉生说得不卑不亢，语轻气和。

"你姓谁名何？哪里人氏？以何为生？何种凭证能证明你所说？"李丰见对方答得滴水不漏，猜想对方是个读过书的。

"谦儿，拿咱家的玉牌让将军查看。我相信，能为百姓吃苦守边的伟岸将军，一定通情达理。"朱玉生把恬姐儿的嘱咐用在了这里。

这是一块凝脂般的白玉腰牌，上面接了穗子。李丰守关已久，对此类物件的鉴定很在行。他接玉在手，瞟了一眼又掂了掂分量，马上知道这是一块质地非凡的和田种玉。上面精致地刻着麒身龙爪的动物造型。这块玉，是当朝朱姓后人的身份牌。

李丰看了半天才把玉还回去，他盯着对方仔细打量。

"我叫朱玉生，宁夏况山人。第一次出门游练，并无立身之本。家中除了与当朝有些渊源的牵扯外，并无半分可撑我作恶的本钱。将军可凭此牌查验晚生。"朱玉生回答了李丰所有的提问。

李丰知道，宁夏况山是大明皇族后人世居的地方。从第一代西南庆靖王传到如今，已经六代七王，分支无数。

"倒是个谨慎会说话的。看年纪，你也是被祖恩浩荡过的一员。还有，我不是将军，叫总长就好。阁下呢？怎么称呼？将军抑或中尉？总之，不敬之处请见谅。"李丰口气已变，但里面没有尊重。

朱家后裔的支脉如今已经庞大到朝廷都不能"荫庇"了，边缘末支的皇族子孙混得不如平民的大有人在。去岁以前，凡皇族在册的男丁，一路世袭到最低的"奉国中尉"头衔，名义上还都由朝廷的俸禄养着。朝廷不许这些人经商务农，也不让他们考功

名入仕为官,更不准离开封地出外谋生。由于供养量大到让国库空虚、天下抱怨,朝廷已于年初把这条皇族铁律搁置了。

像朱玉生这种从祖上就是庶门旁出的人,一纸废令倒把他解放了。

"这里没有什么'将军',也没有'中尉'。从皇令搁置那天起,晚生就是普通众民的一员了。只有你们这些戴盔披甲,无畏保陲的志士们,才配得上疆塞英雄、威武将尉的名头!"朱玉生弯腰低首,作揖行礼,态度诚恳。

这里发生的一切,都是恬姐儿提前告诉朱玉生的情景了。

第二十三章 天怨

郑云梧遭到了一生中最尴尬的事。

嘉峪关现任军事长官李将军,是老郑原来的下属,也是和他有着生死之交的过命兄弟。知道了老友的家事之忧,老李马上大包大揽,把自己的一个孙子推荐给了郑云梧。那男孩子比郑恬大了几个月,还于去年中了秀才,脱了军籍。章青蕤知道了满心欢喜,老两口儿与李将军夫妇为此专门请了官媒,交看了双方的庚帖。

虽然中间有恬姐儿出游的插曲,但在郑氏夫妇的周旋下,两家小儿女正正经经地见了一面。李家两代戍边、定居塞地,家风淳朴大条。相亲时气氛欢愉,双方大人都对这门亲事肯定不已。可就在老郑心笃等待时,李将军娘子带着儿媳妇过来,用不爽的口气告知章青蕤,他家的男孩子因为不堪郑大姐儿的奚落,决绝地发誓说"就是出家当和尚也不会找郑恬当老婆"。

老郑气呀!自己最担心的事,人家根本不在乎,孙女的不羁把大好的一门婚事给葬送了,还连累自己在老兄弟的面前失了信誉。

"你你你!你比你爹当年更过分!人家小李公子说话规规矩

矩,对你也客客气气。你说了些什么浑话,把人家一个小伙子整得失了分寸要出家当和尚?"郑云梧对着郑恬吼着。他真的很生气。

"我可没说任何歹话,是他自己小心眼儿。再说,是人家没看上我,他不愿意也赖我吗?"恬姐儿不服气地嘟囔着。

"姐儿,是你没看上小李公子吧?"章青蕤这样问。

"奶奶,我可不是没看上他。李哥哥的样子蛮好的,书也读了不少,本来和他玩儿得挺开心。李爷爷兵器房的柜顶上有把大弩枪,我想看一下。他拉桌子摞板凳地往上爬,半天也没够着。看他双腿哆哆嗦嗦地直抖,我让他下来自己跳上去拿的。后来我开玩笑,拿弩枪朝他比画了一下,他就吓瘫了,一下子跌坐在地。我就说了一句'你也太娘了',还去扶他。可他很生气的样子,爬起来甩袖子就走了。"

郑恬的说辞,让老郑心里瓦凉瓦凉的:"这死丫头,算是把路断绝了。"

"军爷,我看这门婚事就算了吧。李小公子心智太弱,与恬丫头不合适。我只是有点遗憾,李家武风颇盛,怎么小一辈会这么柔弱?"

"呵呵,不算了还能如何?这丫头真是让人不省心。"郑将军无奈说道。

"姐儿,前些天和你一起出关的年轻人,是不是我们在甘州遇到的那几个?"章青蕤问得不动声色。

"是呀。他们回来了吗?是不是来找过我?"恬姐儿一下子高兴起来了。

"他们是什么来历?看上去都不像是练家子。"

第二十三章 天怨

"我只知道他们姓朱,宁夏况山的。那个叫一山的只会几套花架子拳脚,打架是绝对不行的。他们每到一处就插一地的小旗子,拿一卷子皮尺和一个木头架子,量啊量的。那木头架子底下用线吊着一个铜锤,每次他们都轮换着趴在地上看啊看的,我也不懂他们在干什么。那位朱公子好像对地方志很感兴趣,在敦煌和阳关的集市上,我见他专门溜摊子买旧书。"

"姐儿,你有些唐突了。走关外沙漠,地广人稀,不仅天有不测,还要防歹人野兽的侵扰。那几个后生既然敢来,自应有所担待。但你的加入,会给别人平添麻烦。出了什么意外,人家自救不及怎能保你安全?这次幸有你舅舅接济,加上现时塞外和顺太平才没出问题。要知道,世间好运不多,有的人不会有第二次机会。你懂吗?"章青蕤在此,把对孙女的责备,演绎成了课上灌输。

小郑恬本来还为这几天祖母并无斥责之事庆幸,现在才知道,她只是在找时间等机会才来教训自己罢了。不愧是当先生的。

"你呀,就是欠跌跤欠挨揍!到了这里还不知改毛病。再这样下去,泉州怕是没人家敢要你了。那个不知死活带着你出关的后生子,胆子也忒大了,出了意外他能负责吗?你也是,往外跑也不找个好搭档。那么多的江洋大盗、绿林好汉不找,偏找那个吐得昏天黑地的弱小子?那小身板像根线黄瓜,看上去还不如李家小子壮实呢!"

"爷爷!人家朱公子是正经的读书人,要那么壮实干什么?李家小公子军武出身,以后考不上举人,还不是要吃军粮?军武之后没个军武人的身板才是毛病吧?为什么我说他'娘'?因为他就是'娘'啊!"

孙女的话，让老将军噎了口。

"恬姐儿，你是说那位公子是宁夏况山人吗？"章青蕤担心孙女的话让老伴儿更抓狂，赶紧转移了话题。

"应该是吧！"郑恬答得不动脑子。

孙女离开后，章青蕤一反常态。她心不在焉、落寞无语。

"你在担心什么？不会是因为那朱姓小子住在宁夏吧？"郑云梧毕竟做过很久的一方军政长官，对落脚西北地的皇族一脉很有耳闻。

章青蕤两眼放空并不接话。

"哎呀！黄（皇）猪（朱）黑猪千千万，宁朱也是杂毛得很呢，这种心都操，有点子过了。"老郑笃定地说。

章青蕤嘴角咬了一下，她对着老郑笑了笑不置可否。

晚上，郑云梧被几个老伙伴邀走了，章青蕤特意留住了姜路子。得知姜对那朱姓青年并无了解后，章青蕤执意要姜路子立即给李丰传信，让他务必回肃州一趟。

都说冥冥之中自有定数，章青蕤无论如何都不想遭遇无妄之灾！

风尘仆仆快马而回的李丰，没等他进嘉峪城，就被姜路子拦在了大关外。

"先生当真忧虑这个吗？"

"不然呢？从没见先生这么变过色。你说她忧不忧虑？"姜路子对李丰的不以为然很不以为然。

他二人都是章青蕤的学生，李丰就不说了，他兄妹都是郑将军一家养大的。姜路子是生在边塞的屯军后代，要不是跟着章青

第二十三章　天怨

蕤读书识字又被郑将军收在身边当差，怕是如今和他当了一辈子大头兵、连自己名字都不会写的爹一个样了。

"你在回来的路上没探探那丫头的口风？"李丰还是不以为然。

"还探口风？她每天和几个骑兵不是赛马就是驱狼，野得不亦乐乎。到点吃到点睡，没有一点要找婆家要出门子的顾虑。她能有什么口风？"

"说句不中听的，那个假小子，别说没开化没这份心思，就算有，人家一根红苗正的堂堂皇家子孙，看不上咱的傻丫头才是真呢。"

"哟，这么说先生还真忧虑对了。那孩子真是天家人啊？别说，我一搭眼，就觉得那后生的气派不一般。他是哪一支的？"

李丰斜着眼看着姜路子："你什么人啊？先生的担忧你现在就忘了？刚才还嫌弃人家是大路货呢，怎么？占个'天'字就让你跪了？"

李姜二人一起长大，又都是从小被郑云梧揽在臂弯里像儿子般地宠护，他们之间没有丝毫芥蒂，是互相信赖的好兄弟，所以说起话来放肆不吝。

"你看你，不识好赖人嘛！我这不是为你老妹着想吗？四公子执拗地一味宠闺女，恬姐儿到今天在金城都说不上婆家，不然怎会让孩子回大漠？做娘的会舍得吗？刚听说，这次和李家的相亲又砸了，因为你家甥女嫌人家男孩'娘'。我倒真希望姐儿能爱上什么人，管他黄猪黑猪的，说不定姐儿爱上头猪，心就定下来了。这不省了简儿的一头官司？"

大明朝不过区区百年，朱元璋老倌要是知道他的"养亲"策

破产，天胄群已被民间小吏如此的冷落鄙视，怕是会气得破坟而出与那厮拼了！

李丰和姜路子还是太没城府了。"真诚相告"的后果让他俩受到了郑云梧的雷霆斥责。

当郑恬还在嘉峪大关内的练兵场上与守关卫士们舞枪弄棒的时候，李丰在义父面前已经跪了近半个时辰了。

本来姜路子也一起跪着来的，可老郑突然咳嗽气喘，他不得不跳起来给老将军添水捶背。

"义父，孩儿愚蠢，没想到此事会让先生如此在意，如此受刺激。丰儿错了，义父要打要骂我都无话可说。只求义父给丰儿一个改过的机会，教我怎么做才能让先生过了这个坎？"李丰看见老郑如此景象，吓得连连磕头哀求。

郑云梧喘了半天才缓过神来："先生的过往，我可是跟你们俩说过的。她这辈子是怎样委屈地活着的，你们都是亲眼见的。她能这么在意地询问此事，你们就应该知道这事踩了你们先生的底线！回复时怎能不动脑子地直白？她当年用针阻断了亲儿的仕途，你们以为她在干什么？是矫情小心眼儿吗？她是在与冤杀他父、逼死她母的朱姓人家做彻底的切割！如果阻断不得，她宁愿舍身舍夫舍骨肉地去寻双亲！这也是当年你先生委身老夫所提的唯一条件，是你义父对蕤娘唯一的承诺！这下好了，我小心翼翼地好不容易熬到了今天，头发都白了，一直平安无事。你个逆子，一句'嫁给天朝血脉没吃亏'，还什么'并无不妥'的妄言，让老夫河沟里翻船，毁了自己的誓言！你让我情何以堪啊！"

跪着的李丰和站着的姜路子，面面相觑，他们知道闯了大祸，

第二十三章 天怨

虽然二人从心里并不认同老头子老太太的坚守。再说，那当事的傻女大概率还不知情呢！紧张什么呢？

章青蕤从李丰那里明白了朱玉山的来历之后，已经面带愠色。李丰为了不让青蕤多虑，还讲了些那朱公子的优秀之处。不料最后的调侃却让章青蕤不能自持当场翻脸。她撇下众人甩袖而去，把自己关进卧室还插了门，把跟着过来的老郑晾在了外头。

郑云梧人生中的第一次闭门羹。

老头觉得冤枉啊！眼瞅着自己把握十足地找孙婿的差事打了水漂，除了毁关系丢面子，现在还要搭上恩爱了多半辈子的老伴儿的信任。他把自己的窝火，一股脑都发泄在义子和亲信的身上。

"舅舅，您回来了？什么时候到的？兵哥哥们怎么没人说起呢？"

正乱着，郑恬从外面一脚踏进房门。见舅舅跪在地上，爷爷也在，姑娘一时愣住了。

"爷爷，孙女有礼了。"郑恬整了整自己的装束，还轻轻拍了拍身上的土。因是一身短打扮，只好站定了给爷爷抱手作揖。

这里是李丰在肃州的宅子，老郑每次北上来旧地都是住在义子的家里。李丰的老婆随军常住敦煌，这次没跟着他回来。

刚才还凶神恶煞般的郑云梧，一见孙女却马上换了一副嘴脸："看看这一身的土，又和谁打架去啦？你吃过饭没有？丰儿，去问问你红姨，有没有给姐儿留饭？"

李丰乘机爬起来就要走。

"舅舅，朱公子是不是也回来了？他留住酒泉了？您知道他们住在哪里吗？他们问起过我吗？"郑恬不合时宜、大大咧咧地问

李丰。

"呵!"本来想立即消失的李丰,气得转身盯着侄女冷笑了一声,"一个闺女家,脸皮怎么这么厚啊?这种事能问吗?谁给你的胆子?你爹没教过你规矩吗?"李丰跟他义老子一个德行,也把满腔冤火倒在了甥女身上。

"滚!"郑云梧大喝一声。

"?"姜路子、李丰和恬姐儿都被吓了一跳,可他们谁也没敢动。

"怎么?老夫是义父,没资格喊你吗?"老郑低首拍胸,一副廉颇迟暮之态。

"您是让我滚?不是,我……我是在替先生排忧啊!"李丰跺脚不服。

"老夫真的只是义父……"老郑摇头了。

"好了!求您别说了!您是爹!是我亲爹行了吧……"李丰声音哽咽,他也摇头,气的。

"那你还不滚?亲爹的话你也敢不听……"

在老郑的盛怒之下,姜路子赶紧拉着李丰往后院跑了。

一旁的郑恬,看看舅舅连滚带爬消失的方向,又看看低头生闷气的爷爷,根本不知道大人们为了什么事而争吵。

"只要不是因为小李公子要当和尚的事,随他们了。"郑恬这样开导自己。

章青蕤失眠了。胸闷,还头疼。已经很久没有这种经历了。

她在生自己的气。一辈子的傲气都没能帮她在丈夫和昔日的

第二十三章 天怨

学生们面前保持一贯的矜持。她不知道以后会发生什么事。她害怕面对……

在章青蕤的生活经验中，任何希望不要发生的事总是发生，好像无一例外。可这次的"最不想"还偏偏是自己用"善举"揽上身的！事还没至"最坏"，章青蕤已是不能接受了。她捶胸问地问自己："这世间，难不成真有躲不过去的天怨吗？"

章青蕤跪在供香前祷告。一天下来，她有了决定：取消在酒泉的一切安排，马上回西安。

负气之下，章青蕤还留有一丝冷静。她清楚，这种事管不得，起码目前自己的能力不达。既然惹不起，只能躲了。

回程的路上，章青蕤让恬姐儿留在身边，她和章红苋对孙女多方照看，寸步不离。

向来欢快的郑恬，一直闷声不乐。红苋只当她因亲事不成而心烦，章青蕤却心中有数。

"姐儿啊，你舅母的侄儿是个很不错的后生，我见过一回。虽说不是纯关内人，可看上去鼓鼻梁、卷卷头，高高大大、英俊得很呢。正好，他人在张掖，你要是有意思，安排见一面如何？"

章青蕤与红苋，二人暗中眼神交流。这原本就是一个备选的方案。

"没意思。"

她们最不想听的回答，不出意料地来得干脆。章青蕤暗中呼着气。

"你呀，做事前先想想好不好？你这远亲表哥，家事过得去，本人过得去。关键他们没有汉家人的臭毛病，对女人也没咱们这

边那么多烂规矩。姐儿既然不愿意受拘束,这门亲事反而更合适你。当然,见了不愿意就算了。都是一家人,不会有麻烦。"红笕尽量找合适的语言来劝说恬姐儿。

"姨奶奶,我才被人拒亲,心情没收拾就去见下家,还是舅母娘家的表哥,如他不像你们所想,生活风俗与关内无异怎么办?这么上赶着去相男,人家'不想'娶表妹怎么办?如果几天之内被拒亲两次,恬儿又怎么办?我不是怕麻烦,是觉得这种相亲欺负人。对我指指点点的人家我不稀罕,李公子那样的人我也不喜欢,现在就是觉得如此相亲没意思。"恬姐儿侃侃而谈。言语间不怨天、不侮人,说得自信坦荡,脸上没羞涩、没无奈。

女孩的直言,竟然让章青蕤和章红笕很尴尬。

郑恬的语言虽然朴素,却是对女子遭遇世间不公的认真控诉。青蕤红笕姐妹是过来人,其中的苦和难她们都亲历过。此时此刻以她们的身份再进一步劝说对方就范,显得很虚伪。与此同时,二位也领略了小恬姐儿的厉害。她话里有话,既拂了事又照顾了奶奶们的颜面。

预备案没用了,章青蕤并不上心。现在要做的就是赶紧穿过河西走廊,才能脱离"危险"。随着一众人渐渐远离了肃州,青蕤略能安心。

赶路寂寞……

送走了义父,媳妇也不在家,李丰没了留在肃州的兴趣,他收拾行装准备尽快回敦煌。

在嘉峪关的街面上,和往常一样,李丰找了个食摊子坐下,要了一大碗羊汤,两个面馍馍,正吃得来劲,抬眼望见几个青年

第二十三章 天怨

人迎面走来。李丰侧身低头，用帽子遮了脸。此时此刻，他可不想和他们照面。

"李总长（明朝称百人长为队长，千人长为总长），真是您啊？不是说一时半会儿不回关内吗？怎么能在这遇见您啊？"朱谦一眼就看见了李丰。他高兴地跑过来热络地和李丰打招呼，还扬手喊另外两人："山哥、公子，你们看，谁在这里呀？"

李丰无奈摇头。这几个人真是他的梦魇，既然是祸躲不过，他也没必要再违心藏着。

朱玉生按着恬姐儿的关照，在后来与李丰的接触中表现得大方潇洒，话也说得得体，让李丰心里很舒服。那几天正好赶上士兵发饷，三个后生自愿帮忙发钱记账。当最后一人领过后竟然分毫不差，这让李丰很满意。以前十有八九到最后都差数，而每次都是李丰自己掏腰包补上。他跟几个青年人埋怨说，不知道为什么，永远都是不够，从没有剩多的时候。此中奥妙被朱谦一语道破：给多了人家就实落了，给少了人家会立马找回来。到最后发钱人手里一定只有少没有多。这事让一众人笑了一整天。李丰还特意把几个人带到家里，他媳妇一高兴还留几个年轻人吃了一顿饭。

要不是章青蕊对朱姓人有心结，李丰还真觉得他那个大脚丫、假小子脾气的外甥女，配不上眼前的这位文绉绉的朱公子。他怕恬姐儿会吓着人家。

"李总长，能在回去之前再次和您相会真是万幸。若有机会来宁夏，一定找玉生。我带您去游贺兰山，那里的风光与敦煌虽截然不同但也是景致独存，当地的山鸡美味异常，比尊夫人做的狍

子肉不差呢。"朱玉山很真诚地说道。

"你们看过张掖的彩岩吗？那里的七彩山体别处可是看不见的。时间有富余的话，去山丹马场溜一趟也不错。上千马匹齐奔的场景煞是壮观，那阵势没见过是想象不出来的。"李丰突然兴致勃勃了。

"七彩岩看过了，正如将军所说。我还描了几幅图，您想看看吗？"朱玉生兴趣盎然地打开背箱，拿出一大卷画纸铺在桌子上。

李丰只好耐着性子，装出一副好奇的样子，对着画纸认真看起来。

朱玉生不会知道，李丰的目的是想拖住他，哪怕只有几个时辰。他在盘算着义父的一众车马，是否已经到达下一个落脚点的时间。

他现在能做的，就是尽量不让小郑小朱再次不期而遇。

第二十四章　心碰

　　大舅哥李丰的突然造访，让郑季豹心中疑惑。他知道，一定是出了什么让李丰过不去的事。

　　都说舅爷与妹婿是天生的对头，李郑二人也正所谓不是冤家不相逢。郑季豹天生的不惧与人斗，可偏偏怕了两人。一个是他从小怕到大的亲娘，另一个就是他结亲前后才开始怕的李丰。

　　不为别的，如果不是李丰当初的一脚踹和一顿骂，郑季豹如今不知在哪个沙坑里伸着头喝西北风呢。

　　骨傲不羁的郑季豹，能戛然止步寻死觅活，这个看上去憨憨愣愣的舅哥对他的"不吝赐教"是起了决定性作用的。虽然从那以后，每次见李丰他都觉得有些不自在。

　　金城地面上的大馆子可不是肃州、敦煌等地能比的。郑季豹巴结奉承、毕恭毕敬招待李丰的举动，让店里的伙计和掌柜的着实不解。

　　"这是哪方神圣啊？能让郑四爷如此伏小做低伺候的也是从没见过。"

　　"是他屋里的家哥。几年前去医馆里收派送，正好听见这位很不客气地骂四爷'不要脸'。你猜怎么着，郑四爷不但没生气，还

紧赶着给他说好听的。我问过他家的姐儿,说是大舅。"一个老伙计说。

大家都默默地摇头斜眼,心照不宣。

这一定是当妹婿的有短被人娘家哥捏住了。

"一个八字没一撇的事,会让娘这么走心?这都哪儿跟哪儿啊?"当季豹听完大舅哥的讲述,总算稍有安心。

"先生的反应是过激了点。可我的担心是,那个朱家后生看上去很想加上那撇呢。"李丰心事重重,他不理季豹的照顾,只是闷头喝酒。

"你不是想让我管束姐儿的吧?"季豹问得小心翼翼。

"当我是你呀?不瞒你说,我知道先生的忌讳,也知道姐儿的单纯,可两个孩子互有好感是确定的。那位朱小哥,要是个执拗不羁的主儿硬贴上来,咱那姐儿乐得不拒!我来是要提醒你们两口子,这件事不发生就当我没说,要是发生了,我不许你们为难孩子。"

"这么说,舅爷是做了一番功夫了?"季豹这回彻底放松了。

"我跟你说,那朱小哥的心劲儿,是个有准头、靠谱的后生子。待人礼貌规矩,是读过书的。我不懂画,可他的一张山岩石图,描的色彩跟实景没两样,我都被震住了。他有荫封的名头,虽说只是个虚名,但终归是记在皇家续谱中的。这你是知道的,对吧?"

"我知道不知道的要紧吗?大哥就实话相告吧,我仔细听着呢。"

"那孩子叫朱玉生,今年十七了。祖上出自洏庆靖王的庶姬,

第二十四章 心碰

是边缘了五六代的小宗旁脉。说起来，早与皇源无甚干系了。比起那些帝支正脉，朝廷对他们这些外宗子弟现下没啥约束。"

洪武皇帝白衣出身，正经受过贫苦之困。也是这一念，他为血脉后裔提供了优裕的朝养制度。只要是在牒男丁，最低可袭"奉国中尉"的俸禄。后因种种变故，朝廷又对这些就番的王爷及后裔有了层层制约。明文规定他们不许当官、不许科考、不许经商，也不许随意出入封地。唯一能干的就是待在家里生孩子，每生一个男丁就有一份红利可拿。经过数代的繁衍，朱嗣膨胀到朝廷已经负担不起了。各府衙纷纷上表天庭，抱怨财政空虚。因为每年的税进，已不足以供养域内庞大的皇族人。二次回銮、历过颠沛流离的朱祁镇，开始考虑施行一项新规定。除了帝族近亲，对那些边缘已久的旁支弱脉，国家取消供给但保留他们的皇牒和袭号。开始允许这些皇族子弟自谋生路，可进学，考取功名，也可经商。总之就是违了老祖宗要包养全部皇嗣终年的承诺。没办法，后来的皇帝也是人，也得活呀。仅天顺初年，拿皇粮的就近万人。其中已有人落魄到"三十不能娶，十年不能葬"的地步了。

这里提一句后话。明朝末年，朱家后人近百万众，被农民军和后金军合手剿了两次。皇族基本没了，明王朝自然退出了历史舞台。实际上，说大明王朝是被朱元璋的子嗣吃垮的也不为过。

郑季豹知道了事情的来龙去脉。他明白李丰的担忧也理解母亲的不忿之情。

天下人家谁不行？为什么自己最亲最疼爱的孙女儿却偏偏与那个自己逃避了一辈子的人家有了交往，甚至有机会与那仇家子弟生情愫？

母亲要强了一辈子,虽吃尽了人间不被容的苦,却从不做俗世不屑之事。当年宁可儿子受委屈也不妄道别人的短长。如今怎会为这世间最不可断的儿女情长跟孙女过不去呢?真过不去的是她咽不下这口气!窝囊气。

季豹送走了李丰,回到家把舅哥来的真正目的跟李简一说,当娘的一下子就慌了。

"你还磨蹭什么呢?赶紧去张掖把恬姐儿拉回来呀!无论如何,不能让咱姐儿和那朱生有瓜葛!咱姐儿是脚大,可还没沦落到要嫁给一个落魄的族群子弟!要是娘因此被气出个好歹那可怎么好?"李简炸毛了。

季豹被他媳妇说乐了:"我说孩子娘,那小哥再不济也是皇族血脉,大哥还查看了他的玉牌,不掺假的真东西。哥说了,那孩子挺靠谱。他家离帝支太远,皇粮早断、自谋生路好几代了,不是那等混吃等死的破落户。除了姓朱,他家与朝廷没关系。要不是为娘着想,她大舅乐得成全这桩婚事呢。舅舅不会害自己的外甥女,这你总得信吧?"

"你胡说什么?哥哥难不成还要拉郎配吗?他个糊涂虫,一定是他的烂好心又犯了。"李简一沾闺女的事就是六亲不认。

"哎呀,我不是跟你说了,大哥是好心,他是怕咱们委屈了孩子。再说,姐儿才十五,能有多大胆子和细腻的心思?我看就是一帮大人的瞎操心。"季豹真是这么想的。

"我当初心里认定你的时候也是十五岁,心思一动就是一辈子。你怎么能说这是不细腻呢?吕丽簪和你定情时不也就十五六岁?她要不大胆,怎会有私奔?"李简心中急切,口无遮拦。

第二十四章 心碰

季豹被闷了口。可一向不吃嘴上亏的他很快反击了:"哟!这口酸水还真多。今天才知道,我娘第一心肝宝贝,章家玉立体面的小姐,原来十五岁就是皮厚心躁的怀春女了?怪你乾哥不识抬举、有眼无珠,当年错舀一瓢水了。我郑季豹这点黪儿,娘子是不是要记一辈子呀?得,惹不起还躲不起吗?为夫告辞!"

李简的一席话,让季豹下决心去找闺女了。但女人的无心之语,又实在让他脸红,气得心痒。他推了茶碗起身就走。

"你干什么去?"李简一把抓住了他的衣服。

"私奔去!还能被你白说了不成!"季豹甩袖子跺脚。

"你敢!"李简知道季豹在逗她,也不由分说,拽着季豹来到后庭,吩咐伙计给季豹准备马匹干粮,催促丈夫上路。

郑季豹一路停停走走,显得不很着急。

对女儿的亲事,季豹从来就没觉得有障碍。郑恬从小就跟着自己学了一身足以护身的软硬功夫。虽然读书不如她的几个弟弟,但心地宽,善观色,从不吃眼前亏。李简常说,口齿伶俐、转换自如的女儿,比她自己多了半个心眼儿。

郑恬长得很巧妙。有父亲给的一副聪明脑子、高挑纤细的身材,配上李简色如凝脂、面若桃花的颜面,这个漂亮女孩,总能吸引周围人的目光。

如果有一个男孩子,真心喜欢恬姐儿,不在乎女人脚大与否,恬儿也喜欢他,别说是姓朱的皇脉子弟,就是穷苦农家的白丁郎也没问题。

现在要做的,无非是给母亲足够的自我说服时间。章青蕤是什么心性,李丰和姜路子可能不够明白,郑季豹却自信知道十分

的九点九九。只要自家女孩爱人家，章青蕤不会真阻挡！一个能帮养女追亲儿的人，怎会反对亲孙女追个八竿子打不着的末梢皇缘郎？不过是那个姓氏让母亲一时别扭，要对着天公发发牢骚的事罢了。母亲教学育人一辈子，最后自己却遇到了这种特殊是非的人生考题。上考场前，老人家有些犹豫、不甘，矫情一下也是人之常理。

季豹就这样自说自话，琢磨着怎么说服母亲，怎么说服自己。正想得无聊，突然坐骑打了一个响鼻。抬头四顾，不觉间，他到了熟悉的地方。

从这里拐进，再往前几步就是沙湖。

路拐角的阴凉处，两三匹马正围着马槽进食草料，一辆装饰华丽的篷车停在旁边。

季豹摇头暗笑。这老马诚不欺我，今天走神了，差点错过了要打点老伙计的地方。

因为有人占了先，季豹在考虑是不是要停下来。正犹豫间，一个人突然跑上来迎在马头前。

"郑季？季豹老弟！真的是你吗？我……这，这不是梦吗？"那人的声音哽咽，双手拍打着自己的脸，又慌张急迫地抓住季豹的马缰绳。对方已经乱了方寸，不能自制。

季豹怔了一下，他也认出了对方。

吕世招，吕丽簪的兄长。

"吕兄，你怎么会在这里？这是……带着家眷游玩还是升迁赴任啊？"

季豹不是在调侃。

第二十四章 心碰

吕家世居甘州，吕家哥哥之前考举上榜得了京官的缺，这季豹是知道的。沙湖地处凉州和甘州之间，只有回家或返京才会经过这里。吕大哥为人活络，多年的官场历练，加上那辆平常人家不会拥有的华丽篷车，猜测这是他升迁后带着家属"衣锦还乡"的赴任之旅不是没道理。

季豹一下马就被吕世招紧抓双肩，上下打量。他看着季豹，满脸涨红，眼眶也泛红。季豹觉出吕大哥的手在抖。

突然，吕世招把季豹的手往自己腋下一夹，扯着他往更深的岔路走去。又经过一辆篷车，直到在一处临时搭的凉棚中坐下来。

季豹忽然觉得有什么不好的事正折磨着吕世招。记忆中的吕大哥优雅有度，是个谦谦君子。郑季豹不过是他生命中的一个过客，多年后的偶尔相逢怎会让他如此失态？

"大哥，丽簪是否在车里？"季豹劈头就问。

"不在，但车是她的。"

"……她在沙湖亭吗？一个人？"

"仆娘跟着，你认识的。"

"……大哥，你觉得我能做什么？"郑季豹忍住呼吸，压着心跳，暗中叹息。现在明白了，吕丽簪有难。

"去！与她见最后一面！"

"……然后呢？"此刻，季豹恨自己的理智。

"没有然后了。你能此刻出现，就是上天的安排，是缘分！"吕世招此话一出已经泪眼婆娑，"季豹老弟，看在你们有过海誓山盟，看在她并没有隐瞒欺骗，如今也为自己当年的失当付出了代价的分上，你就去看她一眼，了却她心中的执念，让她安然上路

吧！求你了。我这个当哥的，为妹妹只能如此了！对不起，请你成全！"吕世招竟然不顾身份，撩襟下拜。

"大哥不要……好！我去！"季豹用力才托住了吕家哥，没让他跪下去。

还是那一汪清净水，还是屹立依旧的石头亭，只是等待的换了人。

季豹还没走到湖边，与迎面而来的仆娘打了一个照面。只见对方用袖子紧紧捂住了嘴，呆呆傻傻地杵在当地，眼睛瞪得如俩铃铛。当季豹走过她的身旁，仆娘已不能自持地跌扑在地。

岸边有一条小舟，可以轻便载人往返。季豹舍舟涉水，信步向前。

大概是水声的异常，让亭中人微微转身侧目。

季豹徐徐上亭，撩动着一身的流水年华。

那一刻，时光倒转。这一幕，迟到了十六年。

女人笑了，淡淡的。没有惊异，没有喜悦，眼前的一切像是早已注定。

"你能来，天慰我心。"吕娘子木近草灰，声若游丝，雪面露出一抹红晕。

郑季豹用妇人的锦衣擦湿焐手，一把搭在她软如棉纱的纤腕上。

"是了，你应是名动一方的大医家了，你没食言。"

弱游"鱼翔"、空散"釜沸"，典型的绝脉！带人换世的无常已绕梁了。

"我恨你！"季豹低头低语，但清澈入耳。

第二十四章 心碰

"谢谢！"吕丽簪闭上了眼睛，她又笑了。

"你怎么这么狠心？竟敢独去？早知如此，我何必放手？"

"真的？"

"当然！"季豹昂首以对，他的眼里竟然有光。

"我后悔了。可现在，你能做什么呢？"吕丽簪伸出枯细的手指，把季豹的散乱头发往上撩了撩。

季豹直起身来，把女人的外氅裹紧，一举横托，抱着丽簪涉水过湖。

"你又要干什么？"女人再次打起精神，声中带咽，眼中含泪。

"带你私奔！我答应你，下科就考个状元回来！你知道我的能耐，郑季豹说得到就一定做得到！"此时的季豹也流泪了。

"季哥哥……季豹……你真好……簪儿真的好后悔……辜负了你，是我不好，对不起！谢谢你不计前嫌来送我……能再见到你，丽簪无憾了……"女人用已经失神的眼光努力地盯着季豹，声音也渐渐低去……

"我不许你走，我要带着你游南京、下杭州，搭漕运、上京城。要你戴凤冠，着霞帔，穿珠衫，乘彩车，衣锦还乡……"话未落，人已去。那一瞬，季豹甚至感到臂膀失重，觉到魂魄飞升。

在一众人面前，季豹把怀中人还给了吕世招。

吕丽簪面带笑容，泪痕可见。

吕家哥带着所有的随从，给郑季豹行跪相谢！

这一切来得太突兀，发生的事让人蒙在当下。直到发现那驾锦帐篷车里拉了一副棺木，吕家人忙碌着给逝者洗涤换衣的时候，郑季豹才缓过神来。

吕丽簪不愿死在京城的婆家,那里应该没有什么能让她留恋吧?爹娘近在咫尺却死都不进家门,是些风俗上的缘由吗?她想静静地死在独立天间的沙湖石亭里,此动思大概已久。

季豹此刻唯一能想的是,愿自己最后的作为,真的能让逝者安息。

吕家哥终于有机会与郑季豹有了一席谈。

"御医大夫给了三个月的大限,妹妹却执意要回张掖见父母,那口棺材就是她为自己准备的。中途几次病险要停留维持,撑到武威,医家说她也就剩三五天的命了。说来也怪,出了城,妹妹的精神好点了,甚至能吃些食物。我们紧赶慢赶,家门都可见了。然而到了这里,妹妹坚持停在沙湖不走了,连见爹娘的话也不说了。这一停三天,每日丽簪都去那石头亭子里坐着,除了仆娘谁也不许靠近。我知道她在等什么,这是不是有点异想天开呢?她就要走了,我能去骂她,让她别做白日梦了吗?"吕世招说到这里,哽咽难当,任由泪流。

季豹也觉得不可思议。要不是自己失神误停了一下,快马过隙,怎会有让路边人认出来还挡下来的机会呢?

"丽簪的固执影响了我,这几天我就坐在路边,查看每一个路过之人,希望有奇迹出现。谁能想到,你真来了。妹妹的异想就是让天开了,她的白日梦在最后一刻就是实现了。但愿她的'无憾'也是真吧!唉!如果不这么想,我这个亲哥能好过吗?季豹老弟呀,我妹妹这一辈子,成也是你,败也是你。她跑岔了路,错过了好姻缘,最后落个悔恨一生郁郁而终的结果,想想都是憾!"

第二十四章 心碰

"姻缘"二字，提醒了郑季豹。自己此来的目的也是为姻缘。

郑季豹和吕世招结伴西行，吕丽簪被伯爵府的人马转载向东。两拨人在沙湖路口互道珍重。

丽簪的随嫁仆娘忍不住转身，又一次给季豹行跪拜礼。

吕世招一路絮叨，虽然前后颠倒，时序不清，却大概讲出了吕丽簪这些年的经历。

……郑季豹对"仕途"的游离态度大出吕丽簪所望，失落感让她对"沙湖约"的前途和信心有了犹豫，打了折扣。她对吕家长辈鄙视"庶子"的恶言恶语不再反唇相讥，对来自兄长的关心问询不再透露半句与季豹交往的内情。

"妹妹的情绪低落被爹娘看在眼里，与伯爵府联姻的旧话也应景地被重提。让我吃惊的是，妹妹对此既不答应也不像以前那样决绝反对。她出嫁前的晚上，我实在是不忍，当面问她，丽簪竟然对自己的'失约'不作辩解。"吕世招一直说，一直叹气。

"……啊？'私奔'是你的主意，还有个瞒着我和叶妹妹的'沙湖约'……哈，'出尔反尔'原来就是说的你啊……这会杀了郑季，你知道吗？"

"真有后果，丽簪赔他一条命！"

面对哥哥不能接受的一脸激动，吕丽簪答得笃定。

"你这么有决心，又何必如此？我多问一句，既有今日，妹妹何解当初？"

"人各有志，不合不谋。在我这里，庶子郑季无妨，家中有异无妨，穷困潦倒、三五科不中也无妨！可郑季豹空有一腔聪慧，一副优囊，他不齿书中金、世间贵，游戏人生、与当道不合的处

事态度，对丽簪却是大有其妨的！"吕丽簪脱口而出的话，自然淡定，没有一丝拖带，"哥哥的担心也大可不必。郑家姨娘出自高厅，郑季豹也不是败絮其内。丽簪做人不善、为女不淑，我赌他们不会为了一介无信弱流的戏言，自贬门楣！"

……

"妹妹的话，还在耳边。可光鲜日子过了没几年，丽簪就渐渐失了风采。"吕家哥又是一声长叹。

吕丽簪进了伯爵府的第二年生了嫡子，接着又有了嫡女，这让爵爷夫妇对吕娘子很是看重。本来一帆风顺，可丽簪对丈夫一贯'举案'有加'齐眉'不足的做派，让事情有了转变。其结果就是，少准爵有了妾室也有了庶子庶女。

丽簪的放任和冷漠，让准爵爷越来越不以她为然。他渐渐远离了她，赖在妾室屋里快活。

嫡室再无璋瓦之喜。

爵爷是守边的兵将出身，因军功受封，这也是远在甘州的吕家能与伯爵府联姻的主要原因。大明朝无战事已久，一个赋闲在家的武爵，除了头衔好听外，在京城传统的贵族和高职文人圈子里，这家人是典型不入流的外来户。那位少准爵，既没有上一辈人的武根，也没有求名的文累，做人松散随意，人长得粗壮无彩。

"十几年前，内人给我透露，丽簪竟然说妹婿的脸长得像蒸熟的倭瓜，抱怨俩孩子不随母家。从那时我就知道，妹妹对她的选择后悔了。"

丽簪做客兄长家的次数越来越多，回娘家住的时间也越来越长。她甚至在甘州为儿女找了启蒙老师，对京城的事能躲就躲，

第二十四章 心碰

连公公婆婆的生辰都推托不回。

丽簪儿子七岁那年，吕家爹娘与伯爵串通一气，背着她硬是把孩子送回了京城。吕丽簪与爹娘的冲突爆发了。

"我儿子可是你们的亲外孙啊！你们怎能狠心地与外人勾结，绑他的票？你们得了什么好处哇？"吕丽簪搂着吓得直哭的女儿，厉声责问父母。

"你怎么能说出'绑票'这种浑话呢？那是你婆家，哪里来的外人啊？爷爷过寿，人家来接孙子不行吗？"吕家妈妈说。

"过寿？一碗面一锅汤的排面，需要他孙子到场吗？还不是要逼我回去，搜刮我的嫁妆钱财，给他们装门面，填补他家的窟窿吗？"吕丽簪气急无状，揭了婆家的窘况。

"人家堂堂的伯爵府，自有朝廷的恩养。就算不宽裕，也绝不会有你说的那么不堪！"吕家爹也忍不住呵斥女儿。

"哼！还堂堂伯爵府？除了一副空架子还有什么？朝廷给的年俸，都不够爵爷唱两场生辰大戏的！一家子混吃等死，不辨是非！我受够了！要我回去也行，先把孩子给我送回来！"吕丽簪寸步不让。

……

季豹听着吕世招的述说，心中一阵凉一阵热。

我郑季也是摊烂泥，若不是当年爹娘用心血调和，烧废成砖的话，早干在黄泉路上作古十六年了。

他感叹吕丽簪的心强运不济。挣不脱门楣世家、飞黄腾达、人前光彩的俗念，又不屑浑浑噩噩、学无术、纨绔无品的现状。可惜丽簪文能润赋，貌齐嫱婵，终究抵不过欲所不得的痛、世态

炎凉的苦。

"丽簪也是够执拗，为此多年不登娘家门，我爹娘只有到京城在我家里才能借机见她一面。前科大考，爵府的嫡子落榜，十几岁的庶子却秀才'小登科'。面对一群上门祝贺的来客，妹妹勉强应付，窝脸又窝心。"

吕丽簪不能面对丈夫公婆对有了功名的庶子释出的偏爱，也不甘忍受人们背后对她的嘲讽和轻蔑，更生气儿子自从首考不中就越发不听管教。

"妹妹的日子过得很压抑，以致酗酒度日，只偶尔与我吐露些心中不快。"

吕丽簪醉了就骂自己做人无品，志大才疏。还说贪心不足、虚荣矫情的人活该有她那样的下场。她从没在哥哥面前说过"后悔"，也从不提"郑季"。可吕世招明白，妹妹不是不想，是不敢。

"为了来年的再考，丽簪对外甥严格控制，抱着有恙的身躯，亲力亲为打点着他的一切。可半年前，爵爷伴随今上南巡，外甥被妹夫偷偷带走，跟着游山玩水去了。更可恨的，皇上、爵爷都回京了，那爷儿俩却滞留南京乐不思归。丽簪病入膏肓几次发信催促，他们才不情不愿地回家。"吕世招讲到此处，气得捶胸拍腿。

心高气傲、才识过人、家境殷实、样貌超群，还高嫁贵门，生嫡子受婆家重视，一个女子能给别人看的地方都算完美。可吕丽簪牺牲爱情、信誉、尊严所要换的不止这些。可怜吕丽簪生不逢时，阴差阳错总是所托非人。

所以，吕娘子至死不见爹娘，宁愿散魂野外也不着板夫家。

第二十四章　心碰

她一路坚持着来到沙湖,带着落骨的棺木。

归灵思地,再见初心,盼泊来生!

吕丽簪不失性情!

郑季豹无愧心碰。

第二十五章　好合

郑季豹打马飞奔，直接来到妹妹郑凤叶的家里。

郑将军从大漠去职后，每次回旧地访友，在肃州住义子的家，中途有需要就住女儿家。

郑凤叶的婆家是做布匹生意的，她和丈夫负责家族产业中的漂染部分。郑大娘子心疼小女儿，陪嫁了一所宅院，就坐落在工坊附近。

这是一处远离城区、依山傍水的清闲地。

郑季豹还没进门，凤叶就迎了出来。

"四哥，这么快就来了？我以为怎么着也要十几日呢。"

李丰去金城见郑季豹夫妇是与凤叶通过气儿的。

季豹与凤叶从小就很亲近。当年围在女孩身边的玩伴，不是一母同胞的郑仲虎而是一"奶"同袍的庶哥郑季豹。他兄妹一贯互通，只要事牵郑季豹，凤叶定为同盟。

"你和先生说话注意点，爹这几天情绪也不高，小心别成了他们的出气筒。"妹妹嘱咐着。

"此类的出气筒你哥我当得还少吗？轻车熟路的事，你不用担心。"郑季豹回道。

第二十五章 好合

"这是你家大姐儿的终身大事。丰哥的意见我虽不十分赞同,但很欣赏他在意孩子想法的态度。但愿下一代,不要再经咱们这辈人的难。"

郑季豹眉头轻皱。他不动声色瞥了一眼妹妹。

郑凤叶有些走神了。

郑季豹没有像凤叶担心的那样,成了别人的出气筒,而是没机会与爹娘搭讪。

室内,郑云梧正左支右绌,抵挡着来自妻妹章红苋的捶背、扯袖子。章青蕤不动手只动嘴:"你们姓郑的都一个德行,上牌桌就耍无赖!一家子都输不起!"

对着门坐的房玉贵,一眼看见郑凤叶与季豹跨进来,他赶紧给对面的章青蕤递眼色。

因为此刻,屋里"姓郑的"人数已占了优势。

"先生,您这可是冤枉我了。哥哥们和爹打牌耍赖不假,我还算好吧?昨天我可没赖账啊?"郑凤叶鼓着嘴故意打趣发牢骚。

"你家除了大娘子都赌风不正,赖皮鬼一辈出一个。你爹第一你第二,庄上相公只赔小胡,你女婿都比你规矩得多。"章红苋的嘴可是不饶人的。

"好了不玩儿了,没看见四豹子来了吗?"房玉贵赶紧起来打圆场。

一阵寒暄之后,两对老夫妇相约回屋。借口是,打了一下午的牌乏了。

站在冷清清的厅堂里,郑季豹感觉到了父母的冷落。

"瞧见没?就算我是根搅水的棍子,任我上下折腾,人老几位

就是不赏面子给水花！你家的事，我也只能管到此了。"郑凤叶无奈地说道。

"刚才他们明明很欢快，无拘无束，斗起嘴来睚眦必报的。怎么咱们一进来，就满屋晦暗了呢？还有，一众老人帮在这里嘻赌，我闺女呢？没见啊？"季豹发现问题了。

"也是啊！刚来的时候，先生急着要回西安，连行李都不愿意卸。一宿的工夫突然风向大变，爹爹带着先生和红姨，在我们布店里悠哉游哉地挑选布料，还和都司府的旧同事摆酒叙话。要不是几天前丰哥偷偷来此相告，我根本不知姐儿相亲失败和后来的事。我觉着，老人帮知道四哥要来，存心在这等着与你上演欲擒故纵的把戏呢！可关键是，没人对大姐儿有管束啊？那丫头天天自己到处疯玩，不像有谁担心她的样子啊？他们的故纵是为什么？欲擒的又是什么？真闹不懂。"

听着妹妹的讲述，季豹偷偷笑了。

果不出所料，是娘亲想明白了，大概已过了禁锢自己多年的心魔了。只不过对以前所为有尴尬，老两口儿自找颜面，不想被儿女当笑柄罢了。

季豹甚至对自己的先知先觉很敬佩，也很满意。

当务之急是要找到郑恬，了解情况。

但愿还来得及。

此时的季豹，满脑子都是舅哥的提醒，"那后生看上去很想加一撇呢"。

甘州街头一派繁荣。

这里是典型的戍边大镇，主街又宽又直，两面却很少有商家，

第二十五章　好合

因为对着街的都是高墙。整个建筑布局就是一个大大的"非"字形，这是为战时运送粮草便利而设。镇上热闹的地方在主街两旁的胡同里，商家店铺像棋子一样布满了前后的几条街巷。

郑季豹坐在临街的茶楼上，目光却总是停在那些一帮一伙的年轻人身上。

他来此是想碰碰运气。

他有些忐忑。真见到女儿与什么人同时出现在这里的大街上，他要怎么做才不失体面呢？

二楼是雅座，临街的位置永远有客人。季豹坐在这里有些时间了，身边的邻座人已被他熬走了好几拨。

天色已暗，恬姐儿还是没影踪。

季豹吩咐店家再续水，心想着要茶尽回家了。

身后的楼梯口响起了一通脚步声，接着有人喊"爹"，有人称"老爷"的动静让季豹不由侧目。

角落里，三个年轻人正对着一位中年人躬身行礼。那中年人示意几个年轻人坐下，又让店家多上茶点。

季豹想了一下，角落里的客人和自己一样，坐在那里也有很长一阵子了。听他们的口音，不是西域甘肃一带的。几个年轻人都衣纶整齐，举止有度。那中年人看上去气定神闲，对几个年轻人的态度温和亲近。

郑季豹心中忽动。这三个小子会不会是自己要找的人呢？如是，那中年人应是"要加撒"的家长了？会不会那人与自己一样，也是为了儿女的姻缘而来呢？如是，当朝的"奉国中尉"与民间普通的医手大体上是同路人嘛！

郑季豹推杯离桌，悄然无声地从另一处楼梯下楼。他结了账，迅速离开了。

刚进大门，郑恬一下子就扑上来，郑季豹差点被女儿扒翻了。

"疯丫头，想摔死你爹吗？"

"那可不敢。爹，我有要紧的事要说。"

"晚点行吗？姑姑大概等着咱们吃饭呢。别让你爷爷奶奶们着急……"

"爹，我有婆家了。"

郑季豹一下子住了嘴。

"有个哥哥不嫌弃我脚大，还说我聪明勇敢，还觉得我漂亮好看，我要嫁给他。"

郑季豹看向女儿的眼神都不对了。

"哥哥说了，会让他爹娘上门来说亲。还说他家没什么钱，拿不出多少彩礼。我跟他说了，咱家不穷，爹娘定会为我置办好多好多嫁妆的。再说，我有黄岐祖传的本事，用不着他担心以后的日子。"

"你的本事不用祖传，你会自创。岐黄到你嘴里都变黄岐了，有蓝旗红旗没有？烂铜变金术你是否也会啊？"郑季豹越说越生气，他干脆一屁股坐在地上了。

郑恬正在兴头上，一回头，爹爹矮了一截。

"哟，爹！您怎么啦？不会是高兴地摔了一跤吧？"

"住嘴！"

"什么？"

"我让你住嘴！"

第二十五章 好合

"为什么?"

"刚才是你一个姑娘家该说的话吗?脸皮真够厚的。"

郑季豹在路上准备了一肚子的话,想象中女儿被问时羞涩告白的情景,都被郑恬的一通大白话给搅和了。他觉得很沮丧。

"咦?您和娘不是一直想我快些找到女婿吗?怎么现在又说'脸皮厚了呢'?"

"你你你!几天没见你就'有婆家'了?你那个婆家姓甚名谁?哪里人士?以何为生?家里是江洋大盗还是皇家贵胄……"

"还真让您说着了,他家可正经是什么靖王爷的后代,贵胄谈不上,皇家血缘大概还真沾点边……"

"小祖宗,你是成心不让我下台呀!平日教你的东西现在都用来打你爹的脸吗?我怎么养了你这么个脸大、嘴宽、心无边的傻大姐呢?你气死我了。"

郑季豹坐在地上颠着屁股直扑腾。他觉得这个女孩就是来向他讨债的。

屋里的人被院外的动静打搅了,大家一起现身在门口。

"你闹得哪出啊?这是娇客的家,你个当兄长的怎么这么不成体统?简直岂有此理!"老郑一贯地指责儿子。

"又是我的错?好好,连管教亲闺女都是'不成体统、岂有此理'了。这丫头反正是托付给你们二老了,她的事我不管了,以后也别再来找我!我走!现在就走!就当和她绝道了!"

郑季豹被老爹说急眼了,他一股脑地从地上爬起来,大声地喊着凤叶给他备马。

"绝道?好哇!说说看,绝了道以后,是你不姓郑还是恬姐儿

不姓郑？"还是章青蕤厉害，玩笑都说得那么扎心！

"娘啊！都什么时候了，还这么损儿子？您没听见大姐儿刚才说的话吗？她比我当年可是无赖得多呢！我是赖债赖还，活该被她讨债！你们还嫌我不够难堪吗？"季豹说着忽然委屈起来。他哼哼唧唧的，甚至擦了把眼。

"哎哟，四哥，这是怎么说的？这么大的人还在爹娘跟前撒娇吗？要糖哄吗？大姐儿，回你屋里去，一会儿再找你问话。"凤叶赶紧上来打岔。

郑恬看到她爹的窘相，不敢再说什么，闷着头跑开了。

院子里的人，互相呆看了一下，都突然大笑起来。

郑季豹也不好再装下去了，他也无奈地笑了。

折腾了半天，两辈家长们终于可以一起说些正经话了。

"你的意思，那孩子的父亲也来此地了？确定吗？"章青蕤慢声询问着。

"八九不离十。那人的口音，时不时夹着一声半声的京腔，身形举止平常中透着气派，身边却没个像样的随从。加上那三个年轻人的称呼，我觉得就是他们。"郑季豹相信自己的判断。敏感时间、相同的地点，太多的巧合，不确定才怪。

"那好，你要找机会与那家人接触一下，把想知道的事情都弄清楚。如果不合适，我们还是要阻止的。"章青蕤说了意见。

"人品学识才重要，家境如何不是首选。"老郑也参了一言。

"请放心，如果有任何不适，我给二老保证，定会让恬姐儿听话的。"季豹信心满满。

老郑不由"哼"了一声："但愿你闺女，比你当年好管教。"

第二十五章 好合

"爹！打人不打脸，你老人家嘴下留情好不好？"凤叶在一旁帮着哥哥说话。

"事关恬儿终身，小心是必需的。我们是女孩儿，多方想想很应该。"章青蕤嘱咐着。

"听见没？当年之所以由着四哥的性子闹，敢情你是沾了男儿身的光呢！好在爹手里有棒子，不怕你跑偏了。"凤叶又调侃起哥哥来了。

"你个墙头草两边倒，你到底是哪一边的啊？"

郑家人的心都挺大，没人觉得这是个什么事。

郑季豹现在要做的，就是要确定女儿的心思。

"姐儿，婚姻不是儿戏，你真觉得那个朱郎能让你托付终身吗？不嫌'脚大'可不是你非要嫁给他的理由。"

"爹！不是'觉得'，是'认定'。'不嫌脚大'不是'非要'嫁的理由，但却是最重要的理由。从小到大，只因恬儿不裹脚被周围众人指指点点看不起，心里总是憋屈。我才不管什么高堂大府、是不是富贵，也不管对方有无才华是否貌若潘安，只要他不小看大脚女人，不惧世俗偏见，我就接受。我能受世上的冷眼，但不能忍身边人的蔑视。玉生哥哥说过，裹脚是这世间对女子的大不公。他不是对我说的，是对随从说的。他不是为了讨谁的欢心，是真心这么认为的，我信他。他说喜欢我，我也信。他说让家里来人说亲我也信了。反正现在，我心里有了他，不会再放别人了。"郑恬回答得毫不犹豫。

郑季豹看着女儿，心中唏嘘一片。

曾几何时，不知不觉的，岁月疏忽间，当年那个被妈妈抱在

怀里扬着小手和爹爹告别的小女孩，如今已经长大了。

季豹现在确定，舅哥李丰才是这件事真"加撒"的那个人。

郑季豹更明白，作为父亲，他的真正责任来了。

……

还是同一间酒楼，只是会面改在了单独的雅室。

与郑季豹对面而坐的是朱玉生的父亲朱闯，正是之前季豹在这里遇到过的中年人。

为了这次相见，季豹很郑重地把自己修饰了一番。他的长衫是妹妹为他精心缝制的，用了市面上最好的料子。一双同样绸面的半高腰靴子，拦腰的染色皮带上挂着和田玉坠，一顶黑绒襆帽衬得他气势不凡。

可如今，季豹心里却有着隐隐的不安。

对方的装束朴素无华，无一点缀。但人家气质出众，话语缓慢文雅，举止谦和。

季豹自觉被对方的气场压了一头，这种感觉在他的记忆中好像从来没有过。他有点后悔今天的刻意穿着。

"今日之会朱某唐突了，请郑大夫见谅。"朱闯揖手打招呼。

"哪里，是本人冒昧相约，请您见谅才是。若先生不弃，季豹以后能否称您一声兄台呢？"

"荣幸之至。贤弟请便。"

季豹从恬姐儿处确定了朱玉生的父亲已经到了甘州。他是个痛快的性情中人，索性出帖子相约。他要第一时间知晓对方的态度。

季豹是过来人，他知道当今世间，一个自择婚事、执意不走

第二十五章 好合

俗路的女孩子，如果不被对方家庭所容，恬姐儿定会遇到比自己当年更大的麻烦。少年意气，不保幸福。如不可行，就快刀斩乱麻，无须矫情。为了女儿的长远计，季豹不惧软身段、扔骄傲，坦然为恬姐儿探关。

朱闯起身给郑季豹添茶，他的热络客气让气氛轻松。

"贤弟，你我有此一会，各自的态度已不言自明。我朱闯虽不及贤弟潇洒，但在支持孩子自主婚配一事上，却也不甘下风。"朱闯微笑举杯，频频与季豹相敬，"玉生已把对令爱的仰慕如实相告。贤弟能来，想必令爱也有了决定。如此，两小的儿女情长戏，轮到你我的老生文笔谈了。季豹贤弟，你先请吧！"朱闯不仅快言快语还幽默风趣。

"既然兄台这么爽快，季豹就放肆了。不瞒朱兄，恬姐儿是三代的庶出女，我母亲是郑家的妾室；我是父亲的庶子；恬儿娘也只是我纳的女人。"

郑季豹全盘托出，说得自然。他目光如炬，盯着对方不眨一下眼。

朱闯平静地看着郑季豹，依然微笑，面不改色。他慢慢站起身来走向门口。郑季豹的眼光随着他在移动。

"店家，请给我们换些酒来吧。"朱闯吩咐完后，又缓缓回走，直接来到季豹的身边，"说起这个，我家玉生应该比你家恬儿还高几个码头。反正我是不知他是家族第几代的庶出了。从记事起，家父就告诉我，我们祖上出自庶门与当朝同脉，此事是真的。我们如今与当朝毫无牵连只是普通的小户百姓，此事也是真的。三代庶比起庶出哪个更低呢？我们是庶，可耽误我们做人做事、生

儿育女、选婿定媳了吗？还有，"朱闯把手摁在了季豹的肩上，"我媳妇人高马大，一双裹脚堪比常人的天足，我的俩闺女索性就天马行空了。玉生的俩姐姐都嫁了人，哪个也没老在家里。所以，这个话，我先说了。"

季豹听得血脉偾张、五内翻腾。他低首轻点，半晌无语。

朱闯坦然落座。

店伙计端上了一壶酒和两碟下酒小菜。

这次朱闯没让季豹，他独自满杯一饮而尽。

郑季豹站起身来，也轻轻自斟。他举杯敬了朱闯，仰头全干。

……

近俩时辰过去了，等在店外的一众年轻人早就不耐烦了。当他们轻手轻脚、小心翼翼地来到楼上，却都被眼前所见惊着了。

郑季豹和朱闯酒兴正浓，醉眼阑珊。他们一个在前坐在地上，一个在后面蹲着，俩人连比画带说，兴致勃勃地挤在一块儿看着什么。

地板上，几张长卷书画摊了一地。有朱玉生从甘州带回来的彩岩画，还有些地貌路径的蓝图。

"爹！你们……你们这是在干什么？"恬姐儿不解地问道。

"父亲，这是什么情况？"朱玉生更是一脑袋问号。

"贤弟，这就是你女婿朱玉生。我儿虽谈不上玉树临风，但绝对是与人为善的正人君子。这点为兄给你打包票。"朱闯有点喝上头了，他微微趔趄着，拉着玉生对季豹说着。

"朱兄，这个丫头以后就是你家人了。虽说脾气大了点，但绝顶聪明。她打架一流，你家儿子以后不用担心被人欺负了。这点

第二十五章 好合

我也给兄长保证。"季豹的舌头也有些打卷。

"你们都喝多了吧？没什么要紧吗？"恬姐儿和玉生一起喊起来了。

"贤弟，不用管他们。就算以后你我成不了亲家，咱兄弟也是肝胆相照的一路人……"

"说得好！朱兄，他们成不成亲拜不拜堂有什么要紧？反正你我心意相通，结拜成礼，就是亲兄弟。以后他们过他们的，咱们走咱们的，与他们绝道也在所不惜……"

一帮年轻人你看我、我看你，都觉着是不是走错了门儿。

第二十六章　圆满

天下事往往出人意料。而某些缘分，无外是命中注定。

郑季豹女儿的婚事还没落实，自己却磕头跪天拜把子，找了一个相见恨晚的义兄。原因只有一个，这位朱姓兄弟是个有心人。

朱闯竟然知道季豹外公章荃的事。

他还知道一些季豹都不十分清楚的章荃的后续事。

新皇登基后，专为被景泰夺嫡案牵连的官员发了一纸"上谕"以表安慰。朝廷出面，在南京扩建了于谦的"少保祠"。虽然章荃不过是"于谦等"中的一员，但毕竟有了"皇恩浩荡"的明庇。

季豹此时才明白，他的几位师父爷爷以及母亲章青蕤，之所以后来的几十年还算过得风调雨顺，大概就是基于此"恩"此"荡"吧？

还有那位外公的恩师商辂前天官，他的提前致仕，大概也因弟子的冤案已平、心愿已了吧？

让郑季豹感动的是，朱闯提起此事没有丝毫掩饰他的"为儿计"用意，而其中的曲折也只是一句轻嘲"这可能是为兄姓朱的唯一用处了吧？"。

此公坦荡。

第二十六章　圆满

为了朱闯的这份真诚，季豹不惜对他磕头相谢。

朱闯的回敬，正是季豹此刻最想要的"义结金兰"。

朱闯总是不用季豹开口就做了他想做的事。一贯自视颇高的郑季豹，在做人睿智、处事大格局的朱闯面前甘拜下风。

朱玉生和郑恬在成亲之前先有了义兄妹的身份。

凤叶家的厅堂里，章青蕤手里拿着一把放大镜，仔细观赏一块透雕玉佩。郑云梧身子拧成麻花，对着亮光自顾自地看着一卷书籍。

郑季豹低头拉呱地跪在爹娘面前半天了。

他昨晚上喝酒失态，被人家几个朱姓小哥抬回了家，第二天日上三竿才勉强起身。错过了一家人的早餐聚会，加上一场不伦不类的"结拜"闹剧，季豹被老爹骂得灰头土脸，他无力为自己辩解，只好跪求父母原谅。

"这么一看，他家与当朝早出了五服。敢把自家事这么大咧咧亮出来，也算是坦荡。看起来有些担当。"

郑云梧看的是季豹带回来的朱玉生家谱。

"既然与皇家早无联系，这块将军玉牌是怎么回事？"章青蕤打断了老郑，朝儿子挥了挥手，示意他坐下，然后问道。

"那玉牌是朱兄爷爷的东西，后来的没玉只剩一张纸了，到了朱兄这里连纸都省了。他祖母、他母亲、他媳妇用的定亲信物都是这块玉牌。因为是天家所赐，不能兑现也不能典当，只能当摆设。几辈子下来，与皇家唯一的关联只此一物了。现在他们拿它当出门的护身符，遇到小麻烦撑些门面的时候还是有用的。"

"他什么时候下聘？"

"朱兄说要回去请媒人、置办彩礼,还要与他的娘子说明情况。起码要下个月了。"

"朱家以什么为生?朝廷对他们这些人当真没有任何规范了吗?"

"朱兄说,他爷爷那时候,过年王府里还有两次团拜什么的。年轻时的爷爷还有点俸禄,一年十几两银子的事,可后期就什么也没了。他父亲生活的年代,除了不能考仕途,经商种田都被默许了。到了朱兄这里,除了在宁夏老家还有一座空宅子外,他们已在外镇落脚有时了。朱兄父子现在连名字都不随原谱了。他说,祖宗给的名号传承对谋生没有一点帮助。"

"朱玉生现在能考仕途了吗?"章青蕤又问。

"没有明文规定不许考,朱兄族人中已有了秀才和举人,但真正出仕做官的还没有。"

朱闯祖母过世的时候,两代"将军"的年俸都不够给女主人办场像样的丧事。他爷爷有一个儿时玩伴,是旧时家族护院的后代,开着一间古玩小店。看到朱家的惨况,就偷偷留朱爷爷到店里帮忙。

朱爷爷完全不懂古玩,也不会做买卖,因为朝廷的限制还不能随便出入州县。他唯一的特长是在官家为皇族办的专学里,练了一身的绘画本事,多彩工笔、水墨丹青都能上手。他把店里的古董存货按样子描绘出来,添上相应的动物花草、水流山石,给每件物品都增加了灵动内涵。他还把几张注明古玩店名号、位置的小贴条,另粘在画的下方,谁有意看物件,可以随手撕下一张当路询。朱爷爷和儿子把这些小画挂在店门口,街上的茶楼、戏

第二十六章　圆满

院、旅店里，不久就有人按画寻物找上门来买东西。几年下来，朋友的买卖红火起来，还开了分店。随着朝廷对边缘皇嗣越来越不上心，当皇粮彻底断绝的时候，不少朱姓后人穷困潦倒，甚至沦为饿殍，而朱氏父子已经靠着朋友的赏识和本身的才能，在宁夏城的一隅开了自家的金石书画店。这种冷门生意，经营起来虽不够富贵但足以温饱，朱闯父亲还娶了古玩店主家的女儿。

朱闯是幸运的。因为家有余粮，他能无忧虑地在原籍的皇家子弟学堂读书。因为受第一代靖王的影响，他对古迹考证、地志收集有了特殊的兴趣。学堂的老师有些是致仕之人，朱闯的画品文书被先生们推荐给了旧同事。他的考证、实地摹拓的古迹图，还被一些文人墨客拿去当了著作插页。总而言之，朱闯是个能靠自己立天地的男儿，朱玉生也与纨绔无缘。

听过郑季豹的介绍，将军和章青蕤也明白了儿子的想法，他们没什么可挑剔的。

过了几日，郑将军携眷回了西安，季豹也回到了金城。

季豹回家做的第一件事，是让李简知道了吕丽簪的离世。

"你说要带着她私奔？丽簪信了吗？"

"她信才好。起码带着美好念想脱离凄风苦雨。她还年轻，就这么走了总是让人唏嘘。"

"最后的时刻，死在不能忘的人怀里，也值了。放弃你，应是丽簪最后悔的事。"李简讲得直接。

"她是这么说的。"季豹答得坦然。

李简低头不语，但心中有感。季豹对吕丽簪怨念未平，这一点，李简是清楚的。在季豹心底的最深处，有一块地方她李简从

来触不到,也不敢碰。他们夫妇二人有今天,已经是师父口中"拼光景"的最好结果了。斯人已逝,缘尽情散。执拗脾气的季豹,能在吕丽簪大限之时,不计前嫌,一句"私奔",全了黄泉路人的"梦",也除了他自己心中的魇。

李简在感情事上尽展智慧。温情似水、大度宽容,不为终达无不为。

"简儿,父母要求我们正式拜堂,过些日子,大娘子会给咱们主婚。"季豹又道。

这是他要做的第二件事。在朱家下聘之前,郑季豹要让李简成为他的正式妻子。

李简像以往一样的推辞,理由也不变。

"你不嫌我愿意的,好好地过了这么多年费什么事呢?不办没多少人知道我是妾,一办不是天下尽知了?反正你也不敢做什么,为什么要自添烦恼?"

"娘子,这次为了恬姐儿说亲,有幸与朱兄相遇,他让我知道了许多有关皇家的庶门轶事。朱兄有位族叔,妻子生了五男二女,可皇家嗣录上,他的名下只有一子。另外的四个男孩子,一生下来就被长房抱走了。名义上是为了让孩子有个嫡出的身份,可实际上就是为了朝廷给的那点粮钱。孩子们长大了,只要叫族叔一声爹,就被长房送回家。人是回来了,可钱却回不来。他族叔为了养家糊口,偷偷出门干苦工,还要担心被人告密受罚,最后生生累成肺痨病死了。族婶为给丈夫下葬,跪在嫡兄的门口,把头都磕破了,才求了一副薄皮棺材。出殡当日,族婶身着正装腰间一抹白绫,挡在人前压着棺材盖子就是不许上钉。等几个儿子来

第二十六章 圆满

吊唁时，她推开盖子跌进棺材，服毒殉夫了。正是这件事让朱兄爷爷下决心要脱离皇家后嗣的集居地，他不想活活地被饿死。朱兄祖母去世后，朱爷爷就毅然带着儿子离开了老家，再也没回去过。好在朝廷顾不上他们了，几十年也没出什么状况，朱家的后两代甚至还都有能力在原籍的皇家书院读书。据朱兄说，朝廷年初有了告示，边缘皇家后嗣已经允许参加仕途考试了，只不过不能像平常举子一样在吏部下任职，而是由皇家指定差事。我因是庶出，敏感自卑，从小不是捣蛋，就是怨天尤人。现在才明白，世间不公从来不是针对个人，而是天下常态，连皇家后嗣都不能避免，何况我一介武门末户？亲侍丽簪上路，更让我知道，一个人，就算走错了路，有回头的机会不啻神仙眷宥。我郑季豹何等幸运，一路的命贱身低、放荡不羁，却有严父慈母的维护，良淑妻子的不弃，更有机缘相遇的师门提携。我如果还不能与过往的'执拗'和解，还不知足贪大，就是糟蹋了天惠。简儿，相信我，季豹现在做事，只会把你和这个家的长远之计放在第一位。你我之间的娶纳之事，没必要和当下的世故拧着来。女儿出嫁，两家人的过礼走亲，一定有亮身份的场合。明明能提前抹平的麻烦，为什么要摆在那里让别人说三道四？以后我们还有三个儿子要说亲呢，我们简单地办一次礼，省千次的口水，人好我好大家好的事为什么不办？你不会是因为我以前的忽视和矫情，还对我心存记恨所以才不想办的吧？"

"胡说什么？我就是不想有机会让周围的人指指点点。我懒得理她们。"

"那就更要办了。从明天起，你就穿长襟，戴红钗，髻发盘

正。我们去西安,让大娘子和爹开个家宴,对全家人说明一下就行了。从现在起,你是我的正妻,恬姐儿是我们的嫡女,儿子们也都是嫡子了。以后,我再也不会因此等之事与外面的人对杠了。比起你我的夫唱妇随、家庭幸福,没有什么事值得我再去计较。我平静了,释怀了,再也不执拗了。希望你也支持我。"

李简深情地看着季豹,泪流满面。她是个正常的普通女子,嫁给了自己爱的人已经很幸运了。可谁会与名分有仇呢?不过是怕心上人为难罢了。今天,自己已经是四个孩子的母亲,丈夫还能说出这种话,怎让简儿不感动呢?

季豹接着提起凤叶妹妹对自己的帮助,感激不尽之余,顺便对简儿说了第三件事。

"想我郑季豹,真挺祸害人的。不仅差点辜负了你,还让妹妹也卷进烦恼之中。你知道吗?要不是我和吕丽簪分手,妹妹和吕世招也许是很好的一对呢。"

"怎么说?"

"我和世招大哥一起回的张掖,路上他几次问起凤叶的情况。我没太上心,只是简单客套地回复了一下,也没觉得世招有异样。后来因故听见妹妹的一句话,才知道他们是有故事的。本来二人已经相约说媒了,可因为我的事,妹妹恨丽簪爽约,把气全撒在世招身上。吕兄也觉得没脸再来提亲了,事情就这么放下了。虽然如今时过境迁,但回想起来终究有遗憾吧?起码凤叶是走心走肺的,我觉着挺对不起他们的。"

"命吧!凤叶女婿是个憨厚的人,对妹妹百依百顺的。听你说世招大哥也是良配在身,子女满堂。可能这也是他们各自的最好

第二十六章　圆满

归宿吧！就像你我一样，人哪里有万事顺利呢？都知足吧！"简儿道。

季豹还有第四件事要做。

朱闯走之前，想让玉生拜季豹为师，他没答应。季豹觉得玉生的特长与岐黄不同路，也不应该被埋没。他打算把朱玉生托付给他的师兄古元盛，以古三哥对舆图的爱好与研究，大概对朱玉生的才智发展有帮助。

……

郑云梧将军在西安府的边缘地，包了一家环境优雅的小旅店，整整三天的时间里，他的大小两个娘子，五个儿女及其媳妇女婿，带着多个孙子孙女先后来到店里。一场非传统的补充婚礼让一大家子欢聚一堂。

没有拜堂的香案，只有简单的介绍仪式。简儿红装素裹，神态温和。这是她第一次在家庭聚会时没有躲在人后，而是以郑家女主人的身份站在堂前，接受来客的祝福和晚辈们的礼拜。

郑季豹几天来都脚不停歇地上下招呼，亲自安排来宾的衣食住行。他没像李简一样着盛装，平常的穿戴下只在头上束了一条红绸带。

这红绸，是李简的藏物。

都道箭无回头，又叹物是人非。半蟾红丝绕心弦，曲婉折还都是缘。

郑季豹的人生，今天可谓圆满。

如今，他的心里眼里，被妻子、儿女、家人装得满满的。

第二十七章　冲撞

因为要走一趟庆阳，朱玉生按着季豹的安排，随着郑将军先回了西安。这让朱玉生总有机会与心上人相会。

父亲与未来岳丈竟然意外结拜，和心上人的婚事顺利约成。这对朱玉生来说，不啻人生中的头等大好事。

他听爷爷说过，一个男子，良配与否是一生成败的关键。

他的太爷爷不是家中嫡子，族内地位不高，但对外毕竟家世显赫。这个背景对太爷爷的最大帮助，就是娶到了一位知书达理、温顺祥和的女人。

太奶奶从没嫌弃太爷爷生活上的外光内窘，不但自己甘心寂寞不求奢华，还把娘家的嫁妆都拿出来接济夫家。太爷爷感慨自己的处境，也心疼妻子，他只有朱玉生爷爷一个儿子，而且坚拒纳妾。因为他这种家庭，添再多的男丁也只有长房受利。

朱玉生爷爷是朱皇家族中打破天家规矩枷锁的第一代人。在父亲的支持下，朱爷爷娶了平民人家的姑娘。

幸运的是，朱奶奶也是个心态平和为人善良的女人。虽说日子过得小有富裕，但朱爷爷严守他爹的嘱咐，全身心爱老婆爱家人，不染恶俗。

第二十七章 冲撞

朱爷爷有个客户，喜爱收集书画。多年的交往中被朱爷爷的学识吸引，渐渐成了君子之交。两家有适当的儿女长成，自然就成了亲家。

朱闯在温暖健康、没有争斗的环境中长大成人。他也是远离了天家圈箍的偏族子弟中，还有能力返回皇嗣家学受教育的第一代人。

朱玉生在三代人营造的书香门第氛围中活得潇洒。在玉生的身上，皇家后嗣的光环、祖辈身份的苦涩都已尽失。

"你家里的媒人是去金城呢还是来西安？那聘礼呢？送金城还是西安？你爹爹不会因为拿不出像样的聘礼就打退堂鼓了吧？我告诉过你，爹娘不会在乎这些的。"郑恬与朱玉生说话时总是这么直接。

没有生活艰苦经历的女孩子，说她单纯对，说她蠢也对。

"有些事不是你想的那么简单，耐心再等等吧。怎么？你这么想要嫁给我吗？连让我筑个泥窝再娶你的工夫也等不及了？"朱玉生看着郑恬一脸严肃的样子，忍不住调侃。

陷在爱情里不能自拔的男孩子，说他直率行，说他混不吝也行。

"胡说！只要你不急，我愿意在家里住一辈子。或者，你来我家倒插门也行。不用改姓，我们的孩子还都姓朱。我有三个弟弟，不用你来继承郑氏。"小郑恬还是口无遮拦。

一旁的朱玉生，对郑恬的话无法接茬。他摇着头，还尴尬地咳了几声。

"你不信？我去和爹爹说，他一准同意。你放心。"郑恬越来

越当真。

"哎呀,'放心'是个什么鬼?就是觉得你傻得可爱。这些事都不是你我要操心的。我现在满脑子都是对以后生活的憧憬。总想着咱们成亲之后,你我要如何报答父母的养育之恩,如何'执子之手,与子偕老'。"

"不是应该'死生契阔,与子成说'吗?这种文绉绉的词我不喜欢。山无棱、江水竭、冬雷震、夏雨雪……哦,加上那个那个天地合,才敢跟你绝,这个才带劲儿。"(上邪)

"停!姐儿啊,咱在说情话啊,还能血赤呼啦外带改词的?"

"那……'在天愿作比翼鸟,在地愿做连理枝',这总行了吧?"

"哎哟,我的姐姐,你有点忌讳好吗?这是亡命之人的亡命之音,很不吉利的。你能不能说几段吉庆点的话?这两句还不如之前的鸡飞狗跳呢。"朱玉生笑得快喘不上来气了。

"那就没有了。你知道吗?几个弟弟书都读得不错,我就不行。可下校场他们三个合起来也打不过我。所以,娘喜欢弟弟们,爹喜欢我,说我有出息,以后没人敢欺负。上山采药,我也比爹的同门弟子们都采得多、采得好。因为我能爬上他们爬不到的地方,摘那些阴山背后的好药材。我大师伯尤其喜欢我,要不是娘不同意,我差点成了大师伯的弟子。"郑恬自豪地说着。

他们的谈话,经常被郑恬这样随意改变主题,朱玉生却总是被郑恬的新话题吸引。

"听郑叔说,你三师伯对蓝图制作很有经验和成就,我对这些了解不深但兴趣盎然。我祖上就有人对贺兰、河西、河套的地志

第二十七章　冲撞

贡献过文笔，有些发现至今没人能解。我一直想着有机会能出门游历一番，亲自丈量我华夏的疆域到底有多大。如果真有那一天，你我还能同行，朱某就可慰三生了。"

"这个简单。玉生哥哥，爹教了我一身的本事，骑马射箭、近身搏击我样样不输男子。眼下大明朝安稳已久，我就是花木兰也没有上阵杀敌的机会了。但与你同行，却定能保你安全。你会画画，我会功夫，还能行医售药，我们走到哪里都能养活自己，不需找家里要盘缠。说到三师伯，他制的蓝图可是有钱都买不到的东西。你把咱们的行程记下来、画下来，交给三伯伯制成图，不仅让天下人都能知道我们走过的路和景，卖图的银子还能给咱们积攒身家。等我们老了，走不动了，就学我爷爷奶奶，在一处山清水秀之处，建一套宅子，种花莳草，养牛圈鸡，与一帮老伙计吹吹牛、唠唠嗑，挺好的。"

"你最后几句说得像幅画……还应该加上点东西才圆满。"朱玉生深情款款地望向郑恬。

"加什么？"

"一二三四幼童，五六七八宠狗。"

"狗子还好，可那时我们都七老八十了，孩子们却梳着抓髻说不通啊？"郑恬又岔道了。

"不能是孙儿重孙儿吗？"

"嗯，这就说得通了。那也好办，我多给你上一砚墨，你在画上多甩几笔，描几个儿子不就行了？"郑恬连比画带说，俏皮幽默。

朱玉生怎么也没想到，眼前这个稚气未脱的女孩，能把人生

的梦想描绘成一幅色彩斑斓的图画,还能老练严谨地说出一番道理。他在想,郑叔叔能把女儿教成这样,要花费多少心血啊?他再一次为自己庆幸,能在茫茫人海里遇到郑恬这样的伴侣。他心中一热,顾不得什么清规戒律,一下子把心上人揽在怀里。

"玉生哥哥,你怎么哭了?还流泪了?不是'男儿有泪不轻弹,只是没到伤心处'吗?我的话让你伤心了吗?"郑恬不反对玉生的搂抱,却在质疑他的眼泪。

玉生一下子脱离了接触,他尴尬地用袖子擦着脸:"是沙子进了眼。我现在高兴都来不及,哭又是个什么鬼?求你住声好吗?"

朱玉生的情绪一下子从天上掉落地面。他明白,郑恬到底还是太小了,情窦初开都算不上,打情骂俏的事,看起来还有的等呢。

"以后有事可做了。先学会如何与眼前这位聪明绝顶又不学圣贤的奇葩女相处吧。"朱玉生暗暗想着。

……

西安边城,郑将军的宅邸。

下聘的人没到,郑季豹却到了。

"娘,朱兄给的那块玉您赶紧找出来,我要带着玉生回一趟宁夏。"

"出了什么事?"章青蕤担心地问。

"朱家闹上官司了!"季豹说道。

朱闯的岳父是宁夏府有名的盐商,家资雄厚。由于两家的财资背景相差太大,朱闯岳母开始是坚决反对这门亲事的。好在玉生母亲也看中了朱闯,岳父还用"皇家嗣"的招牌忽悠,他岳母

第二十七章　冲撞

才勉强答应。婚后，朱闯从父亲手里接过了生意，家里都由娘子操持。他二人夫唱妇随，养育儿女，日子过得和和美美。眼瞅着唯一的儿子也说了亲，朱家正在安排找媒人置办彩礼的当口，他家二女婿却无来由地惹上了事。

朱女嫁给了镇上的李响，他家里是专门承接各类商铺、官邸、府衙等大型房屋建筑的生意人。因为祖上曾经参加过京城皇宫的建筑，所以在宁夏一带很有名气。

李响的特长是给买家出建筑布局图。因为需要，他总要接触一些达官贵族、世家子弟。与商贾们吃喝做东也是常事，有一大票商场上的酒肉朋友。朱家二女玉兰，也有机会带着孩子出席一些人的家庭宴会。

在一次聚会上，李响的小儿子和主家的小公子发生了冲突。

这家主人姓朱，与玉兰的娘家同姓。

起因很简单，结果却让朱家着实下不了台。

李家儿哭诉，朱家小子偷了他的玉。朱家小子却道，娘说这是家里的祖传。

可事实是，这块戴在朱家小子身上的玉，正是李家儿丢了的。

事不大，可小儿口里的"无谎话"却透出主家的尴尬。

不久，朱李两家合作的一个买卖，莫名其妙地被朱家单方面毁约了。李家前期的付出没了着落。

多方沟通无果的状况下，李家出于无奈，一纸讼状告到堂上。朱家被判定违约，要按期赔偿，可朱家就是耍赖不履行。

又一次的上门交涉，话赶话的唇枪舌剑中，朱家人终于被骂是偷玉贼。

被揭了伤疤的朱郎恼羞成怒，与昔日的合作伙伴扭打在了一处。偏那朱家郎很"草鸡"，被李响一拳打掉了两颗门牙。朱家也一纸讼状告到府衙，说李响毁人名节伤人严重，要求赔偿以抵前事。

可说来嚷去，根本的纠结还是那块玉。

朱家说，那玉是他祖上传下来的，与李家没关系。

李家说，那玉出自皇室，与天同姓的刁民不过是世间一草，不可能有这种东西。

县官很公正。

他姓朱的既然今天都能是草，你姓李的就算是花也是两千年前的事。在本老爷的堂上，只认证据，你们少在这里说些有的没的。

李家是有底气的。说这块玉并不很值钱，孩子弄丢了也就丢了。可这玉牌是照着一方真品仿刻出来的，孩子的姥姥家是天朱真脉，那玉是皇家后嗣的凭证，天下只此一块。他与姓朱的是多年的共事伙伴，自己岳父的家事对方知根知底。朱家小子戴的玉，不敢说他偷，起码是捡物不还，谎话连篇。被撞破后更是不要脸地刁难失主、赖账不还。

朱家也不示弱。说李响信口胡诌、招摇撞骗、有冒充天嗣之嫌。

李响当庭画出玉牌雕刻图络，写出内涵，还指出玉上的透雕部位代表着皇脉的出处。

朱郎虽说不出门道，但就是不承认偷玉，硬言硬语，咬死了说此玉就是祖传。

第二十七章　冲撞

县官判决如下：

李响是伤人方，下监候审。需拿出玉牌真品，证明没有说谎。不然，朱家所欠的买卖款与李响的伤人赔偿款抹平，还要连坐攀诬皇家名声，二罪并罚。

朱郎是受伤方，交款保外待审。真玉出，朱家就是偷，还敢说祖传，就是你祖宗偷的！到时朱家不仅要还李家全部的欠款，朱郎的伤就算是偷窃加说谎的代价。

事情闹成这样，朱闯不得不出面。

他给郑季豹写信，交代让玉生带着定亲的玉牌速回宁夏。

"提醒你义兄，要做多方面的准备。事情未必简单，说不定，还要受闲气。"青蕤道。

"您的意思，就算有判决，事情也解决不了？"季豹问。

"非常有可能。官司打成这个局面，玉牌的真假并不是问题的症结。那同姓人的品质低下，才让人忧虑。告诉你亲家，别纠结钱财花费，尽快抽身出来才重要。"郑将军也嘱咐着儿子。

当郑季豹和朱玉生风尘仆仆地出现在义兄的面前时，朱闯感动得差点落泪。

"贤弟！你能来，为兄很感激也很高兴。"

朱闯也是家中独子，平时围绕身边的都是他娘子的亲戚。郑季豹的到来，填补了他没兄弟的亲情空白。

"现在的年轻人，真是太浮躁了。我这个二女婿，别的还行，就是好酒后吹牛，我说过不止一次，他还不服气。女儿也明里暗里怪我这个做丈人的多嘴。这不，真出事了，还不是要来找我？"

朱闯说的就是李响的官司。

正赤

　　天脉后人这件事，连许多当事人都懒得提了。一个远亲庶支的破落皇嗣身份有什么好炫耀的？可偏偏就有人觉得这是一抹贵重的身份光环，而李响恰恰是这种人之一。每每喝到面红耳热时，总是有意无意地拿岳父的皇嗣身份说事。不想说者无心听者有意，那位朱家同姓人就非常仰慕同僚们对李响的"驸马"戏称。一次聚会后，见了李家小儿掉落的"奉国将军"牌，因为李响的吹嘘，朱郎信玉为真。他拾物在手，爱不自禁。李家人没有事后找寻，朱郎就觉得自己得了便宜。还骗老婆说，这玉是祖传。他娘子信以为真，在多个重要的场合都让孩子戴着。终于有一天，被李家小儿当场认出。虽然李响很给面子，没有当众说透，可朱郎回想起来总觉得不舒服。

　　人就是这样，本来厚厚脸皮就过去的事，或者干脆当面说清楚，是他捡到的也就糊弄过去了。以李响的为人，加上玉的价值有限，两家人不会撕破脸的。就算不想以后来往，慢慢疏远也就是了。可是，人是有嫉妒之心的，朱郎认为自己只是生不逢时。明明也是天姓，却没有半点皇家挂靠，那姓李的却有个皇嗣的岳丈，皇嗣的媳妇。更可恨的，自己当宝、不惜丢人丢份也要隐匿的皇家血脉凭证，人家根本就不稀罕，玉牌丢了都不屑找回！因为自尊心受到了打击，朱郎破罐破摔，非要治李响出恶气。

　　直到两家打官司来到大堂上，朱郎才明白那块玉不是真品，只是照着真品复刻给小孩子玩的普通玉。

　　这梁子可结得更大了。

　　"如果不是他李响肤浅显摆，何来这天降横祸？现在可好，不仅自己陷在牢里，底下说不定还要赔钱赔名誉。我总不能看着他

第二十七章 冲撞

受苦女儿遭罪吧？所以，只好把给出去的订婚信物要回来，替那业障平这糊涂债。贤弟，真是对不起，还让你专门跑这一趟。感谢的话为兄也不说了，明天我就带着这劳什子去衙门，花点钱也不在乎，只要把李响放出来就行了。他岳母为了此事气得不吃不喝好几天了，玉兰也哭哭啼啼的，要是再拖延了玉生和恬姐儿的订婚事，你说这晦不晦气？"朱闯一个劲儿地唉声叹气。

季豹并没有把父母的提醒说与朱闯。

万一事情办得顺利呢？

郑季豹祈祷上苍，希望这天降的意外冲撞，能尽快消化于无形。

第二十八章　心困

当朱闯在堂上把"奉国将军"的玉牌亮出来，还递上了他的皇嗣家谱蓝本，那里面有对玉牌的样式、质地、发牌时间和支脉出源的记载，这些足以证明李响当初的说法无误。让季豹没想到的是，朱闯手里还有自己和儿子朱玉生依然享有天朝"奉国中尉"头衔的皇家玉牒谱续文本，让监狱状师对玉牌本身提出的质疑破局。

新的判决下来了。

朱家郎限期赔偿李响的全部欠款。

有争议的复刻玉牌，李响若收回，需付朱家的牙齿治疗费。若滞留朱家，药费不赔。

对李响解除管制，释放归家。朱家之前交的保释金，直接作为欠款的一部分还归李家。

官司结束。

此事无伤大雅、有惊无险，不仅朱闯和他娘子，连郑季豹都觉得松了一口气。朱氏夫妇为了感谢准亲家郑季豹的辛苦付出，在城内的一座大酒楼安排了饭局，以表自己的感谢。

正当朱闯带着娘子、朱玉兰夫妇以及两个外孙顺着大街走向

第二十八章 心困

酒楼，来到一家当铺门口时，一家人突然和几个从里面出来的人撞了个正着。

很明显，这是有人精心设计的。

"这不是李贤弟和弟妹吗？怎么？赢了官司这是要下馆子庆祝了？为兄可就被你害惨了。不仅满嘴漏风形象受损，为了还你的烂账，我还要进当铺，筹集钱财。看见这个了吗？"朱郎拿出了那块玉牌，"人家当铺说这东西来路不明，不给当。为兄跟你商量一下，我把这玉给你，咱们之前的债款是不是能一笔勾销呢？"朱郎上下打量着朱闯，又说道："这位就是你那位皇嗣岳父、朱老爷朱将军——喔，不对，应该叫朱中尉吧？还是天朝贵胄排面大，您一出马，救女婿于无形，还真是举手擎天呢！"

"姓朱的，你有什么事对我就是了，别在这里当街撒泼。"李响发怒了。

谁也没想到朱郎竟如此下作。

这次朱家郎输了官司，不但丢脸还要赔钱。自己挨了打、掉了牙，最后一无所得。他气急败坏，决定宁可把钱花在贿赂官府人身上也不赔李响一分钱。在搞定了衙门人之后，今天就是要当众羞辱李响和他的后台，所谓的皇嗣岳父，以发泄心中的愤懑。

"老子的祖传玉牌被说是你的，现在连送当都没人敢收。我已经倾家荡产，能赔你的只有这个了。你愿意就拿着，你不愿意连这个都没有了。"

朱郎把那块玉扔过来，李响不接。一声脆响之后，玉牌碎成两半。

李响气得直咬嘴唇。可身边老的老，小的小，大街上都是熟

人熟面,怎么好当众打架?

"你收了玉牌,就应该赔我的医药费了。这是县老爷在大堂上的判词,你不会赖账吧?"

"你别太欺人!我没收玉,我也不要了,我更不会赔你的药费!"

"要这样,我也不会赔你的钱。咱们这就两清了。"

原来是打的这个主意。

朱闯上来推着李响走,他挡在了女婿前头,不想他再引争执。

"中尉阁下,您可是见证人,这玉我可是还给你们了。别到时不认账!"朱郎讪笑道。

"我不认识你,也不想与你纠缠,请你自爱!"朱闯就这一句话。

那天在公堂之上,县丞看到皇家御苑的"奉国中尉"书证,甚至当场下堂给朱闯行揖手礼。可见皇家名头毕竟有些威望,哪怕是在边缘府镇。可这个举动,也让朱姓郎心生怨恨。今天的挑衅之举,一多半是冲着朱闯来的。

"你真无耻!"李响气得血脉偾张,冲上去又要开打。朱闯和玉生死死拉着李响不让他去。朱闯明白,人家就是想让李响当街打人以求后续,官家衙役没准正在什么地方等着呢。

"姓朱的,你也太不要脸了!偷了我儿子的玉,还要倒打一耙。输了官司还想耍赖,你算什么男人?"朱玉兰实在不能忍受,她出来揭发了朱郎。

"你不是也姓朱?噢,你是黄猪,我是黑猪,反正都是挨宰的畜生,你我是一路货呢。"朱郎开口毫不含糊。

第二十八章 心困

"你算个什么东西？光天化日之下，也敢在这里胡说八道？"朱娘子见女儿受辱也上前理论。

"我不是东西，你是东西行了吧？嫁了个破落户，充什么大尾巴狼呢？知道吗？你女婿总是人前人后吹嘘你家是皇嗣。知道大家都说他什么吗？拿着鸡毛当令箭！哈哈，真好笑。我不能在这里说话，你个老娘儿们家就能说话吗？你的'奉国中尉'就是个夹着尾巴的软脚虾，光天化日之下，他不敢为你这头河东狮子说话才对！"

朱闯对着个泼皮无赖，气得脸色苍白、嘴唇抖动。

朱娘子一个打挺，当街昏厥！

现场一阵骚动，李响、朱玉兰顾不得再和人争执，手忙脚乱地忙着救人。

本来在酒楼等人的季豹，被吵嚷声吸引过来，一直在暗中观战。此刻见事情紧急，上来一把将朱娘子的人中掐住。

他用眼神告诉朱闯不要打招呼。

大家正乱着，突然被一声杀猪般的惨叫声惊得回头。

一介白衣少年飞身闪现，对着想趁乱走开的朱郎当头砸下一脚。

那朱郎不堪一击，仰头跌倒。

白衣少年并没停止，他箭步上前，一记轮掌劈在朱郎的右胸上，一个勾脚踢在朱郎的左腰眼，那姓朱的号叫不止。几个家人醒过梦来，一起上来摆出架势，准备围殴。

少年是个打架的好把事，他一个鹞子翻身跳出了圈子，接着上上下下、忽前忽后地一阵翻挪，几个家人也都倒的倒、躺的躺。

突然,不远处几个衙役连跑带喊地出现了。

就在此时,朱闯对季豹轻声说:"穿酒楼大堂,跳过楼后的矮墙,顺着巷子直跑。这里有我,快去!"

季豹放开朱娘子,快速来到少年背后。他一把抓住少年的后领子,一个躬身后退,带着少年跑向不远的酒楼,瞬间没了踪影。

等一众捕快来到当场,面对躺了一地的朱家主仆,还有另一门朱家呼天抢地的女质弱小。

朱闯和朱玉生目睹了这一切,他父子除了暗自咋舌,就是赶紧装着什么也不知地照料着朱娘子和几个吓哭了的孩子。

过路的没人知晓那个白衣少年和救助朱娘子的是何方人士,但却公道分明。路见不平拔刀相助,救助母幼的人不应该被追究。

晚间,朱家前厅。

答谢宴被搅黄了,一大家子的人被无赖当街羞辱。对着跪在面前赔罪的女儿女婿,朱娘子不忍了。

"你出嫁这么多年,我和你爹爹什么时候不是随叫随到?哪一次没助过你们?我们不求你为娘家光宗耀祖只求你安稳一生。李响虚荣就罢了,你怎么能背着我拿玉牌给他复刻呢?还因此闹出了官司,损财产失颜面,我们的老脸都要搭上陪你们丢人!"大娘子越说越气,忍不住地泪流满面。朱闯上去劝解却不想让娘子更加不爽了,"你朱家这个'中尉'也是当得真窝囊。我可从没用这狗屁的皇嗣身份张扬欺负人,可为什么要顶着你祖宗的光环受别人的蔑视?这牌子难道不是皇爷爷给的吗?你家人的奉国将军难道不是真吗?凭什么?凭他普通朱偷了皇家朱的玉不犯国法还能倒打一耙吗?凭皇嗣破落不值钱,活该被无赖瘪三当街叫骂平

第二十八章　心困

民愤吗？既然皇朱之姓如此不堪，我们还姓他作甚？这个倒霉的劳什子赶快给我扔了！越远越好！赔款不要了，就算赔他普通朱的两颗牙了！是不是皇家后嗣有什么要紧？我就是忍不下这口气，恨不得咬死那个没脸没皮的二流子。要不是亲家人出面痛扁了那个混账一顿，我大把的命都给他了！"

朱娘子哭得天昏地暗，骂得痛快淋漓，教训了女婿还捎带着丈夫。一屋的男人都自言惭愧，连个大气都不敢喘。

夜静，月明。

朱家后院的一处偏室内，灯烛摇晃。

郑季豹和朱闯喝得面红耳赤。

郑季豹不是好酒之辈，朱闯更是律己深苛。但俩人灵犀互通，到了一块儿就会肆意倾诉，不醉不怠。

"嫂夫人的反应我很理解，也怪我没提前把父母的担心告诉你。我们都太高估了人性的底线。好在到底没出意料不到的后果，就当赔钱消灾了，兄长不用太上心。"

"贤弟，道理可不应该是这样子的。说真的，我虽没因皇嗣后人而觉得高人一等，可内心还是非常珍惜这个身份，总觉得有一份荣誉感。我手中的皇谱文书，是为兄花了重金从掌案太监处拿到，虽然那本来就是属于我的东西。知道吗？皇族里像我这样的人不少，虽脱离原籍三四代了，却因为不舍这所谓的皇根天脉，花费大把功夫、钱财，游走于嫡庙宗室和皇家内院，自费为那个大族谱续展。我的祖上虽没被荫庇，但我和玉生毕竟因为这点缘分进过皇家院、读过皇家学。我祖孙几辈人，经历千难万难，自认没给祖上丢脸添麻烦。万没想到，为兄是作茧自缚、心困不知

呀！遇上事了，这个皇姓不但没任何作用不说，还被歹人百般羞辱。你嫂子没说错，我们从没因这身份得过好处，也不应因这身份被那些宵小之辈按头糟蹋！娘子骂得对，这个有的没的破姓氏，就像那块没用的劳什子！真的不用也罢！大明享年过百，看行情再有百年应该无虞。这种千年流转的一姓朝，就算真有万万年，与我一介平民有个毛的关系？为兄现在突有一炸裂之虑，改天换地再来时，你我的后辈儿孙要被这丧气的姓氏连累了才是最大的天下不公！贤弟，我不是开玩笑，现在就做个决定，让玉生和姐儿的孩子以后随你郑家的姓。永远堂堂正正，比他娘的什么猪狗杂畜强多了。"朱闯醉言醉语，不能自制。

"兄长，说起这个，弟弟我也是在世间几番碰撞，脱了几层皮才明白。古往今来，我们华夏人勤奋立家、凭本事活着、平安顺遂才是真。什么封侯拜相、嫡庶有别的？无心无德之辈，就是给他太子之位也接不住不是？再过两百年，不知花种谁家呢。姓氏传承正经没什么重要，天地间的符号罢了。要我说，让咱的孙伙计姓郑也大可不必。汉字多音多意、四声的转换不要太容易。你自己变通一下就行了。朱呢就是红，姓红差点事……但红可展为赤，赤、吃、耻、迟，我觉得姓迟就挺好！"季豹被朱闯的情绪感染着，他也遐想联翩。

"……老天有眼，让我们成兄弟成亲家。你想的做的事，我都认同。只不过你我有不一样的爹娘不一样的家罢了。"一人醉得一塌糊涂。

"……那好，我跟你回去，给你爹娘磕头，认父认母，你我就没区别了……"另一个人也分不出东南西北了。

第二十八章　心困

"……这块劳什子，真他妈的不是什么好物件。以后就给你外孙我孙子当刮屎板子得了。你告诉姐儿，就说是我说的，千万别再让它亮于天下。扔了不行，就藏起来吧。"一个人不知所以地胡乱呢喃。

"切！傻子才真扔呢！好歹也是皇家之物。你不要我要……多少人羡慕不来呢……"另一个人不知不觉地说着大白话。

郑季豹直到清醒后才有时间质问女儿。

"你是怎么回事？谁让你来的？"

"我听姨奶奶说的，我自己想来的。放心，姨爷爷陪我来着。"

"你知道吗，我要不把你拉出来，官府的捕快就到了。"

"我知道，您不拉我，我也准备跑了。"

恬姐儿笑着对爹爹说着，她根本没把打架当回事。

"你怎么就觉得你婆家占理而不是他们欺负人呢？天家后嗣里面没歹人吗？"

"哎呀！什么天家地家的？不就是个姓吗？朱哥哥不会欺负人。朱伯伯我见过，他也不会欺负人。再说，我一上来并没动手，是那个同姓人出言不逊，成心要激怒玉生姐夫。朱哥哥和朱伯伯没拳头也没嘴，从头到尾都是被人按头骂。我是为朱伯母出头，不然，她以后会越想越窝囊，不气死才怪呢。"

季豹突然发现，他女儿可不是个简单的小女孩。

朱娘子知道了内情，对这个没过门的儿媳妇喜欢得不得了。尤其对她的一身功夫称赞不已。玉生也没想到恬姐儿会用这样的机遇和面目与家人相见，结果还挺好。

小郑恬坐在朱家饭桌的贵宾位上，人样子却很不"贵宾"。她

总是低头向下，一双眼睛不够她看的。

"你在看什么？这样很不礼貌知不知道？"季豹提醒着女儿。

"爹，我太稀奇了。朱家女人出出进进的都是大脚，比咱家里还多。玉大娘、婶娘、伯母，还有我的几个堂姐妹，都是裹脚的。在这里连主带仆却很少见到，真是太好了。"郑恬果然兴致与别人不同。

季豹从进门就觉得朱宅有些说不上来的与众不同，现在才明白原因。朱家的女人们，进进出出都风风火火、稳稳当当，没人刻意扭捏，更无什么忌惮。

季豹心中感念，我的恬丫头真是好运气，比她娘的命还要好。

朱兄一家并不是因为朱娘子的天生大脚才对世俗做妥协，而是一种对恶俗的鄙视自觉。这种家庭环境成长起来的孩子，应该不会有什么大的人性缺陷。

季豹想，对女儿的这门亲事，李简也可以放心了。

吃完饭，朱家女眷们叽叽喳喳地围在一起。

她们在看郑恬的鞋。

郑恬干脆脱下鞋子让大家尽情观赏。

"这种高跟鞋子真是不错呢，是你祖母发明的？"

"是学着西域人的鞋样儿做的。这种是斜跟的，还有一种跟儿在中间，像是双底鞋但不太好掌握，弄不好就崴脚。"郑恬介绍着，"这种鞋可不只是为了看上去脚小，还可以让个子矮的姐妹穿上显得身高两寸，要是穿裙子更漂亮呢。"

底下一片呀呀啧啧的赞赏声。

朱娘子握着郑恬的手，左看右看，不觉泪目。

第二十八章 心困

这个女孩不仅长得好，功夫好，人心还好。听儿子说，她还能使药，有医家传承。

让朱娘子更满意的，郑恬家世也好，爷爷是将军，奶奶、爹娘都是有学问的大医手。

年龄是小了点儿，亲家公怕舍不得让女儿现在就出嫁。看得出来，这姐儿在家里是个被宠爱的。

难得的是，这女孩子说话做事有思量，能看出别人的眉眼高低。应该也很有自己的主见，不会随波逐流。

朱娘子现在要做的，就是联合朱闯说服郑季豹，让他对女儿早放手。

朱闯当然同意，也很配合。

但郑季豹一口拒绝。

理由当然是"要与姐儿的娘商量。"

最后约定的婚礼，两年后举行。

意犹未尽的准岳父和准公公，还兴致勃勃地为儿娶女嫁的事做设想。

朱闯说："我想为儿子办一场不同以往的婚礼。因为玉生说过，恬儿很喜欢西域军营中的嫁娶风俗。一桌酒、两家人、三四好友的祝福，简单、温馨。"

季豹答："那容易。既然是主家的提议，干脆就搞个别出心裁的场面。我们家是军旅出身，搭帐篷做外宿是行家里手。就搞一个帐篷婚礼，地点选在离你我两家都不远的山水秀丽之地。我们提供三天的食宿，来客的铺盖一律自带。咱们广发婚帖，不求必应，来与不来完全自愿。婚礼完成一哄而散、各自欢娱，岂不

痛快？"

朱闯道："好主意，我很赞成。但是，为兄还要与娘子商量一下。"

季豹听了，犹如一瓢冷水浇头，蒙在当场。

什么意思？你耍我呢？

第二十九章　缘聚

时岁瞬过，两年已往。

从宁夏回来后，郑恬性情温顺、再不浮躁。她一改前态，短衣换长衫，淡施粉黛、玉钗斜簪。眉目飞扬的假小子，成了稳重羞涩的淑雅女。

看着女儿身上这种明显的变化，郑季豹觉得不可思议。

"这丫头，说了婆家就面目全非了。以前我说什么她都不听，如今那个朱小子说什么她听什么。一句'长发更漂亮'，两年来就没见她再束过头。女孩子有了心上人都这么傻乎乎的吗？"

"岂止！男孩子有了心上人更傻。"李简接口。

"你不会又要找碴儿讽刺我吧？"

"我又没说错。有人都快二十了还不是傻到不管不顾地要与人私奔？你闺女不过是性情变正常了，你吃她的干醋不是很可笑？"

"记得有个傻女十五岁上就有心爱的人了，没被那位哥儿拉着私奔罢了。光说我，你好意思吗？"

"所以，我说对了呀。不管男孩女孩，有了心上人都是傻的，我可不是只说你。"

朱家的聘礼，被散散落落地摆在恬姐儿卧室的每一个角落。

朱玉生曾对郑恬说过,他家不是富翁出不起太多的彩礼。如今看"不太多"是实,可"少而精"却是真。难得的,姐儿对婆家给得东西样样喜欢、爱不释手。

郑季豹、李简夫妇能感觉到朱玉生对郑恬的情意十足。

朱家的婚礼办得别出心裁。

新人礼拜时,堂上坐着的不止双方父母,郑云梧与章青蕤也同在。

没有锣鼓,没有乐曲,只有双方至亲数人观礼。

简单的事情背后,却藏着郑家繁杂的情感拉扯。

首先是季豹的嫡母不听任何劝解,固执地不肯出席。

为此,季豹很不以为然。

"母亲,这可是儿子第一个孩子的婚礼。对方诚意十足,按着咱们的要求,给双方亲戚一个欢聚的场合。您是大家长,不出席不是打儿子的脸?您让我以后还怎么在亲家公面前混啊?母亲,娘亲,老祖宗!我保证一路上会让您舒舒服服、吃喝无虞,如何?"

"儿子,不是不给你面子。只是觉得,这个场合应是你娘一辈子的高光时刻。我去了,就是抢了她的风头。青蕤小心翼翼地在郑家苦熬了一辈子,到头来最疼爱的孙女说个亲,还差点让她犯了难。出席大姐儿的婚礼,是她能和过去的执念和解,也是对她至亲的最好交代。我和你爹说了,以后,在咱们家里,你娘和我再不分大小。青蕤不想平,自说大也行。为娘六十多岁的人了,风光了一辈子,也被你爹娘捧了一辈子,我知足了。不过是些没用的虚名,我让一次什么大不了的事?好孩子,娘知道你孝顺,

第二十九章 缘聚

更知道你的为人。回去对大姐儿说，虽然奶奶老胳膊老腿的去不了，但奶奶的礼物可不会少。"老太太说着，拿出一个首饰盒子递给了季豹。

季豹接过来掂了掂，感觉沉沉的。

"这里面的东西，你娘要喜欢就留几件，剩下的都给大姐了。"

话说到了这份上，季豹除了给嫡母磕头，无他了。

其次是章青蕤的表现。

青蕤打开首饰盒，见到最上面有几件用红玛瑙、红宝石、红玉镶嵌的簪子、步摇和耳坠。

这应该是大娘子出嫁时的佩物。

章青蕤因为身份所限，她自己的饰品，可贵重、可精致，但绝不能是红色。就像她不能穿正襟长衫一样。

章青蕤哭了。

她竟然闹情绪，委屈、使小性。"不用她让，我也不去！我一辈子没戴过红首饰也没少活一天，没穿过正襟长褂子也没让人看扁过一时。什么大小平庶的，我章青蕤不稀罕！"

郑季豹怎么也没想到，一贯矜持稳重、文雅学究做派的娘亲，有这么破形象、辱斯文的一面。

还是大娘子出马，才让这场闹剧收场。

"你个褶咧东西矫情货，这都什么时候了你还为难小辈？怎么着呀？我没按你的意思，闹些有的没的幺蛾子好让老郑嫌弃我，就让你这么不痛快吗？你要非这么瞎折腾不知好歹，老身陪你到底！论起耍浑，你算老几呀？"

一物降一物，方玉茹的一顿骂，章青蕤立马不敢闹了。

"我要是个褶咧矫情货，你就是个褶咧老货！你成心气我！那几只过了时的红首饰谁稀罕啊？为什么不把老郑给你买的刺绣一块儿拿过来？呜呜呜……空我这些年百般照顾他，买匹缎子都舍不得给我买点鲜活的。你们欺负我自己不敢买是怎么的……呜呜……"

章青蕤的这一番蹩脚表演，除了让大娘子偷乐，郑季豹和郑云梧都尴尬得不好意思看。

刚刚才闹得天翻地覆，转眼俩老太太就和好如初，依在一起翻衣料找花样了。

章青蕤在西北大漠跌打滚爬了几十年，在军旅之家浸染了粗犷的色彩，她自己也蜕变成了不折不扣的强韧藤蔓。

郑恬出嫁的前一晚，章青蕤跪在自己父母的牌位前，祷告了整整一夜。

"……对着大娘子的胸怀，青蕤自认不如。一直以来，总觉得我以不争霸占了郑云梧，以智退求了心清净。今天才知，到底是我高估了自己，低看了大姐。将军夫妇有大善，章青蕤才有小活。我既知自谬，不会误途不返。父母在上，是你们的德行感召天地，才让我有缘成了郑氏。如今，青蕤用举案齐眉、儿孙满堂、家事兴旺来告慰双亲。爹，娘，你们希望女儿做的，我做到了。"

另一边，郑云梧、郑季豹父子在挑灯而谈。

"爹，您可真是好命！"郑季豹这次说得很真诚。

"光命好不够，命好还要加技巧。以老夫的经验，要想过得好，后者更重要。"老郑很得意。

第二十九章　缘聚

"能传些重点吗？"

"耳朵尖深，嘴紧，心硬，两面光。"

"话要广听，还要细解；不许愿，尤其做不到的；抵制无理取闹；躺平，得过且过。"

"差不多吧！"老郑横了儿子一眼，"怎么？你有情况吗？"

"我哪敢啊！真有什么情况，不用简儿，大姐儿会横拆了我。"季豹笑了。

"与其说我好命，不如说你嫡母亲娘都是女中稀品。几十年的磕碰琢磨，她们二人斗智斗勇，既显聪慧又展人格，为父自愧两不如。家里无论大小事，你爹我被动到连拍惊堂木的机会都鲜有。我是很幸运，有两个活得明白，遇事讲理、有担当的娘子。知道吗？她们共同的优点是，能体谅对方的处境，小事上不计较，大事上拎得清。这一点，咱父子要向她们学。"

"您说得对。人活一世，万理一辙。事出有源，事终有道。我这俩娘都是千金不换的主儿。"

郑恬和朱玉生的婚礼在一处山清水秀、周围宽阔的山庄里举行。这是朱玉生的姥爷留下来的休闲居所。

季豹的三师哥带着师父爷爷老夫妇来了；二嫂来了；闲空一身俗装，带着娘子儿子与亲父长风子也来了。

家人朋友欢聚一堂，一对新人上来行拜，客人们纷纷送上贺礼。

……

"三哥，我又不差钱，你送这么多银子算什么？"

"你亲家到底是皇嗣支脉，我们平头百姓除了黄白之物还有什

么能与人家比的？我可不想师弟被天姓人看不起。"

"三哥，我女婿以后就由你调教了。那孩子资质不错但与悬壶无缘。你的本事，他能学一半我就满足了。"

"正好下个月要走一趟南路，这次就带上他。只要这孩子能吃苦我就留着他，放心吧。"

"拜托三哥了。"

……

"师父爷爷，你这是把师娘的宝贝箱子给抢了。为了一个小辈，您要把家都赔光了吗？"

"又不是给你，推辞什么？我和你师娘这把年纪，与其带着这些东西进棺材不如留给小辈讨他们高兴来得合适。"

……

"二嫂，您几个孙伙计结婚的时候，弟弟我次次都是礼到人到。怎么我闺女出门子，二哥就这么不重视？人不来就罢了，连送个礼都这么抠抠搜搜的，人家大哥都给得比他多。"

"你二哥什么德行你不知吗？和那种财迷鬼计较什么？我能来你就知足吧！再说，你家大姐儿以后大把机会给你挣子孙礼，占便宜的始终都是你，等着瞧吧。"

"怎么说？"

"没见你舅哥家的双生子吗？再看那边，那是你女婿的孪生外甥女。加上你自己的俩儿子，你不觉得大姐儿和他女婿都有双生的家染吗？"

"您的意思，我以后外孙子的礼钱多了去了？所以能占你们的大便宜？"

第二十九章　缘聚

"不信打赌！二嫂要赢了，礼钱就替你二哥省了如何？"

"好！一言为定！如果不准，我倒贴……"

"打住！怕你赔掉了腚。"

"呵呵呵，要真如您言，我赔掉腚也愿意呀。"

……

"我还能叫你闲空吗？你这拉家带口的，应该与道家早无缘了吧？"

"与道有无缘分要靠悟性，名字你就凑合着叫吧。一个世间的俗称罢了，什么要紧呢？"

季豹一下子想到了嫡母方玉茹。他很纳闷，从来没见嫡母供奉过道啊仙的，怎么说出来的话与个道家人同出一辙呢？

闲空的礼物很特别，除了他自种自制、刻着吉祥寓意的雕花葫芦外，还有季豹另外几个师伯送的书画和本草盆栽。

"你家姐儿这婚礼办得挺别致嘛。流水的席面，无始无终；没繁文缛节，无拘无束；来客自愿出入，按趣结社。我很喜欢。你这天姓的亲家能陪着你这么疯，也是难得。"

"还有更难得的，这事就只能跟你说了。别人要是知道了，还以为我俩真疯了。朱兄与我说定，玉生恬姐儿的儿子，以后通通姓迟了。"

看着闲空愣在那里半天不说话，季豹满意地仰头看天。他双臂高举，笑得灿烂。

……

岁月如梭。

四年后的四川嘉陵江畔。

朱闯溯源而上,停驻在这里。他要把一路收集到的民间书画、玉石精玩分类整理,以便运回宁夏。

郑季豹替大师兄带队进川采药,因此有机缘来此与义兄相聚。

"你怎么能走得开呢?恬姐儿快临盆了,你不在家盯着乱跑什么?"朱闯有些埋怨义弟。

"你弟妹是干什么的?有她在,我也插不上手啊。上次生老大老二难产,都用不着我你忘了?等在那里更难熬,索性替大师兄出趟门。咱一块儿回去,没准还能赶上喝喜酒呢。"

"这次又是双生,应该不会比头胎难吧?"

"一听就知你不懂忌口。应该说,比头胎顺。"

"对对对。比头胎顺比头胎顺。可是,会比头胎顺吗?"

"老兄,你真够拗的。好!一定会顺!行了吧?"

"你说行一定就是行了。"

俩亲家说说笑笑的,欢快无比。

他们兄弟又要添孙伙计了。

……

郑季豹和朱闯还没进门就听到了恬姐儿的哭声。

朱玉生慌乱地要往屋里闯,却被人拦住了。他手忙脚乱地想要挣脱却不能,只好对着窗户大声喊:"恬儿,别听人瞎说!都是儿子我也喜欢,女儿咱们可以等下次。可别哭了,你不怕把儿子们的口粮给闹没了吗……"

"哇……哇哇……"两声响亮的啼哭,让一院子的人都静下来了。

"女娃……是个女娃娃!天!龙凤胎呀……"只见朱娘子一边

第二十九章　缘聚

喊着一边从屋里跑出来。她一眼看到了站在门口的朱闯,"老爷,咱们有孙女了!老四是女娃娃!"朱娘子又激动又惊喜,一下子扑进朱闯的怀里搂住了丈夫。

蓦地,她发现朱闯身后站着郑季豹。

朱娘子赶紧放开朱闯,她既尴尬又不好意思,只好掩饰地捂嘴捂眼睛。她本来想笑却不能忍地哭起来。

季豹走向瘫坐在地的朱玉生。刚才还被一大帮人围着,现在大家都去门口争看新生儿没人理他了。

"恬姐儿为什么哭?"

"还不是朱一山多嘴!我是说过,这次希望是女孩,配两个好字。可那就是随口一提,他却告诉了恬儿。老三一出来,听岳母说是男孩,姐儿立马就哭了,还说什么对不起我之类,我被她哭得六神无主的。岳父,我说真心话,得男得女对我都一样。我只要姐儿平安顺遂,健康快乐。又不是养不起,就算老四也是男孩,我们再努力生老五老六就行了。"

"你还真是挺在乎恬儿呢!还下次?知道女人生孩子次次都有危险吗?两胎四孩了还不满足?还想要六个,你想累死我闺女吗?"季豹不是鼻子不是脸地数落着女婿。

"爹!不说话没人当您是哑巴!我不但想六个,我还想八个呢!这是我和玉生的事,您瞎操的什么心?"屋里的郑恬对丈夫被爹爹训很不高兴。

"他爹,少说话行不行?这里是亲家的地盘,不归你管!"李简从产屋出来,拉着季豹来到了自己住的偏房。

"我不是心疼姐儿吗?还说不得了?"季豹不服。

"就是说不得，说了就是自找没趣。你以后想说什么说我好了，闺女的事，少操心。"简儿累得话都说得含糊。

"好好好！他朱家的事，以后就算求我也不管了。娘子才要紧，赶紧上炕。凡事有我在，你放心吧。"

"多做事，少说话，别讨人嫌……"

可能是季豹回来有了主心骨，李简竟然靠着丈夫就睡着了。郑季豹轻手轻脚地打铺盖、拉枕头，把妻子跑上炕，还拉上了窗帘。

安顿好了李简，季豹信步走到屋外。

朱闯已经等在门前。

"走吧！出去吃酒。"

"不行，我娘子让我在这多做事……"

"还有少说话对不对？"

季豹讪笑。

"这是我的地盘，一切都在我的掌握中。贤弟，别瞎操心了，跟为兄走吧！"

郑季豹回头看了一眼身后，妻子想必已经熟睡。又抬头看前，一帮朱家女眷忙进忙出，她们都在照料自己的爱女。

他点头了。

"这次还是兄长请客。我可是要最好的酒，你别后悔被我吃垮了。"

"谁怕谁呀？放马过来，看你能吃出什么花来？"

兄弟二人，相挽而行。

他们来到城中最大最好的酒楼，拉开了架势，要一醉方休……

第三十章　正赤

一六四四年，春。

一个黑衣人连夜来到金城，敲开了街上一家古玩店的大门。

"老爷，李闯王的大军已经打下了京城。大军正往河西冲过来。皇上已经没了。这次朱家的天下应该是完了。"

"京城的百姓还算安全吗？"

"除了各府的王爷们被一锅端，普通人还算安定。"

"通知账房，让他们赶紧处理好柜上的账目，把现金就地安全隐藏，铺子只留人看管，家眷全部集结，我们要进祁连山避难。告诉下去，不来的，以后别埋怨我不管他们。"

这个当家的庄主叫迟连理。

用了两个月，赶在李闯王、女真、蒙古人到来之前，连理掌柜带着四十多口迟家子孙，全都住进祁连山中段的一处有着七进七出的深宅。

这个院子是他家准备了上百年的应急场所，这里除了上下山不方便外，是个能种粮种菜、放牧养家畜的地方。在这儿，大家出入有度，储备充分，像个安全的世外桃源。

迟家的香案上，供着两张祖宗像——郑季豹的行医图和朱闯的作画图。

这家人是朱玉生、郑恬的后代。

他家的祖祭台上，供奉着"正赤"牌。

"正赤"——"郑朱"。

"两位宗祖，我不知这个空置的大宅子以前被先辈们用过了多少次。小时候跟着祖父和父亲来这里，他们告诉我，这是迟姓人保命传宗的重要之处。不管何时都要把这里打理完全，准备着躲世乱。从连理继承祖产，带着族人来这里三次了。现在知道，这次大概才是二位祖爷爷真正让后世儿孙躲避的灾祸了！谢谢二位先人的智慧远见，后辈有礼了。"

在朱姓王朝被颠覆的血腥岁月里，迟连理能做的，就是守在深山中，为那些陷在无尽屠戮中的族人祷告……

这个家族的子弟，百多年来遵循着行医经商的立身之道：严谨，不欺。家训中有男不纳妾、女不裹脚；读书不入仕，育人不求名的训条。

半年后，天朱后嗣集中居住的皇庄村落，大多数被李闯王的兵，按图索骥，戮人毁迹。

一年多后，朱皇后嗣的漏网者，被清军的八旗兵在全域各地又清洗了一番。

十五年后，南明永历帝朱由榔，从滇西逃往了缅甸。此间朱皇后嗣的嫡庶两朔，在中原大地上几乎全灭。

又过了近四十年，随着国姓爷在台湾小岛所建的郑氏明廷遗属的消失，最后跟随郑氏东渡的皇姓人，彻底无了音讯。

朱姓人，在那场换天改地的大变动中，因姓遭灾的无辜者，大有人在。

郑季豹、朱闯，一百多年前的不羁之虑，被时间验证。

正赤的后代，得以安然。